薔薇與親吻

Side Story of Roses and Champagne

Roses

AND

Kiss

ZIG | IRpot | Zeng-Na-Ge

Presents

장미와 키스

contents

Roses and Kiss

薔薇與香檳 Inside World PAGE.005

薔薇與藤蔓 PAGE.016

薔薇與狼 PAGE.041

薔薇與親吻 PAGE.127

Secret Rose PAGE.348

Jangmiwa Kiseu

Caesar Alexandrovich Sergeyev & Jung Lee Won

第一次被綁架，好不容易活著回來時，父親這樣說了。

——看來我必須教你靠一己之力生存下來的方法。

他獨自呢喃著俯視著我。在單邊眼睛被眼罩罩住的對比下，用另一隻銀灰色的眼睛嚴厲地凝視我。

來不及發出尖叫，女人就往後倒下了。赤著身就想暗殺黑手黨首領可謂勇氣可嘉，她卻沒能看清現實，現在後悔也來不及了。凱撒面無表情地拿著散發熱氣的克拉克手槍，繼續他剛剛在做的事，機械性地出入她的身體，而女人只能無力地搖擺著。

全身濺滿女人的血射精之後，凱撒若無其事地抽身。他依然拿著槍，披上浴袍，一走出房門，待命的組織成員全都愣住了。

「告訴狄米特里。」

凱撒一開口，男人們立刻繃緊了神經。他們用僵直的表情屏息等待接下來的話，凱撒用和平時一樣，毫無感情的聲音說話了。

「說我很快就會過去找他。」

凱撒說完就若無其事地走了過去，後頭傳來組織成員急忙跑進房間善後的聲音。剛好頭髮掉落在額頭上，凱撒不耐煩地用拿槍的手往後撥，泛著光芒的淺金髮上乾掉的血讓髮絲變重，讓頭髮再次掉落在額頭上。這次凱撒沒有去理會它。

得去洗個澡了。

凱撒漫不經心地往前走去。

還沒變聲的少年高音虛弱地擴散開來。男人獨自坐在大教堂後方的椅子上，安靜地聽著拉丁文聖歌。虛弱的歌聲在空蕩蕩的雄偉教會內虛無飄渺地散開，別說抵達天際了，可能連教會的牆都無法穿透。

「羅莫諾索夫先生。」

雷普悄悄地坐到後面呼喚他。對著靜靜坐著，連眼睛都不眨一下的米哈伊，深受信任的心腹雷普低著頭呢喃道。

「時間到了，差不多該離開了……」

雷普小心翼翼地模糊說道，米哈伊卻沒有任何反應，當雷普猶豫著是否要再次開口時，米哈伊說話了。

「下次再來時，希望聲音能更有力量。」

不懂話語意思的雷普眨了下眼睛，立刻理解地發出「啊」的一聲。他慢了一拍才去回應米哈伊的話，米哈伊卻已經背對著練習聖歌的合唱團走出教堂。雷普尷尬地急忙追了過去。

走出潮溼老舊的建築物，暫時被陽光刺痛了眼睛。雷普沒有戴上墨鏡，只是用手遮了一下，當他轉頭看向待命中的轎車時，突然愣住了。

堅固的石階周圍不只有羅莫諾索夫的組織成員，還有其他組織的男人列著隊。在教堂特有的虔誠嚴肅氛圍下，繚繞著令人心驚的緊張感。米哈伊停下腳步，雷普也隨之停止，看到身材修長的男人從階梯的對面走了上來。

梳理整齊的淺金色頭髮，讓人聯想到晴朗冬日天空的銀灰色瞳孔，男人面對眼前的對象，彷彿一次都沒有避開、退縮過，不，實際上他就是如此。

他肩膀上披掛的華麗毛皮大衣長到足以覆蓋住他高大的身軀，然而，為了阻擋北方寒冷天氣而製成的長外套，瞬間給了人一種他全身都被血覆蓋著的錯覺。

凱撒．亞歷山卓．賽格耶夫。

雷普慌忙地眨了眨眼睛，想起第一次見到他的樣子。那時的凱撒比現在年幼許多，從昔日到現今都沒有改變的，正是那雙眼睛。雷普第一次看到他時，背脊有些發涼，心想這麼小的孩子怎麼會擁有那樣的眼神。

而如今依舊，只要一看到那個男人，雷普就會瞬間愣住，任何人看到他大概都會如此。

俊俏華麗卻帶著血腥味，令人毛骨悚然的臉龐。

面無表情地朝著對方的頭扣下扳機的稚嫩臉龐，和現在的他相比，其實並沒有改變太多。

那時應該要殺了他的。

雷普惋惜地回想著，以防萬一，他用眼睛確認了動線。在確認的同時，走上石階的規律腳步聲，特別冷漠地在耳邊擴散開來。

凱撒直直望著米哈伊，朝著他走了過來。年事已高但不失勇猛的獅子用嚴肅的表情俯視著他，兩人都沒有一絲動搖地看著彼此，距離漸漸接近，終於站到了同一個階梯上。

凱撒在距離兩三步的地方停住腳步，正面凝視著米哈伊，米哈伊也不發一語地與他對視。兩個人沒有說任何話，只是看著彼此。在這期間，組織成員已經把手放在西裝暗袋內或腰上，只要有任何一絲可疑的動靜，就隨時準備拔槍。

在神聖的教堂前不可能會發生不光彩的事，也希望不要發生，但不能不做好防備。在屏息看著兩個男人的數十對視線中，一直沒有說話的凱撒先開口了。

「沒想到你會上這間教堂。」

聽到不帶感情的聲音，米哈伊冷靜地回答道。

「我才訝異會在這種跟你格格不入的地方遇到你。」

凱撒依然面無表情地回答了。

「信仰很重要，尤其對某些人來說。」

米哈伊笑了一下。

「薩沙在這裡失去了一隻眼睛。」

「喔喔。」

凱撒面對看起來像是不經意地說起往事，卻是在暗暗恐嚇自己的米哈伊，用短短的感嘆詞回應道。

「確實，比起在做愛時，趁著對方沒有戒備試圖殺害他，用炸彈攻擊有男子氣概多了。」

米哈伊皺了一下眉頭，但凱撒並沒有等待他回答，直接轉過身去。組織成員立刻把手從槍上移開，跟隨其後。米哈伊看著他們井然有序的動作，轉過頭來對著一直站在後方的雷普低聲警告。

「不要再嘗試這種輕率的手法了，只會讓他提高警覺而已。」

愣住的雷普表情慌張地道歉稱是。如果凱撒發生事情，狄米特里會立即採取行動，有「癲狂於沙皇的獵犬」外號的狄米特里沒有動靜，就代表計畫失敗了，因此雷普早已知道了結果。然而依然抱著一絲希望，捐獻鉅額給教會的他，冷漠地掃視了教堂一眼。

果然不應該相信神的。

雷普急忙跟上米哈伊。組織成員立刻打開車門退到一旁，米哈伊滑坐進車裡，門關上後，發動引擎的聲音接著傳來。米哈伊將身體埋在四面被厚實防彈玻璃覆蓋的黑色轎車後座上，瞇起眼睛。

第一次綁架他的時候，就應該殺了他的。

他錯過了第一次也是最後一次的機會，米哈伊直到死去，大概都會為這件事感到後悔。他好不容易逃出去後，變成了怪物，現在連趁他做愛、放鬆警惕之時常用的暗殺手法都行不通了。米哈伊想起凱撒的父親，也就是將凱撒打造成那樣的薩沙，不禁皺起了眉頭，竟然把自己的親骨肉弄成那樣。

真正的怪物搞不好是薩沙，沒錯，那個男人才是真正的怪物，竟然把自己的兒子逼入絕境，明明連疼愛都來不及了。

他接著想起自己不得已拋棄的孩子，心臟的某處抽動了一下。

我的孩子應該能平凡地長大吧。

對他而言那是唯一的安慰，雖然有可能一輩子都見不到面，但以此為代價，自己唯一的骨肉可以不用跟這種見不得光的生活扯上關聯，也不會跟那種怪物沾上邊了。

那真是萬幸，他想起剛剛看到的銀灰色冷漠瞳孔，就越發感到安慰。我的孩子不該對上那種怪物，他強烈地否定道。

薩沙會結婚只是為了得到接班人，所以他才會這麼冷酷無情的嗎？米哈伊早已放棄把組織傳給自己親骨肉的想法，但他突然感到好奇，薩沙唯一的兒子凱撒，他未來也會跟父親一樣，只為了唯一的目的而結婚生子嗎？

那當然了。

米哈伊連一秒都沒有猶豫，立刻點了點頭。他是比薩沙更冷酷，如機器一般的男人，他無法想像那樣的凱撒會愛某個人勝過自己的性命。

萬一如果他有那種對象呢？

米哈伊搖了搖頭，拿出雪茄，他在腦海中想像了一下那樣的畫面，皺起了眉頭。

真教人起雞皮疙瘩，如果我的小孩是女兒，光是有那種男人存在於這世上，我就一定會叫她逃到地球的盡頭，把她藏得好好的。

他深深吸了一口菸後，在心裡安心地補充道。

幸好我生的是兒子。

＊＊＊

短暫地會見祭司並捐款後，凱撒走出了教堂，總是跟在後頭的尤里西，這次也急忙跟了上來。

「沙皇，聽說今天教堂收到鉅額捐款……」

凱撒瞄了薩沙的熱烈支持者，同時也是受狄米特里推薦才進入組織的尤里西一眼。他可以把交辦的事情執行得很完美，但唯一的缺點就是容易輕舉妄動。不過，只要會把事情做好就好，反正只是個消耗品，這次他也急忙地跑過來，想要報告些什麼。

「應該是吧。」

凱撒打斷了尤里西的話，那很顯然是來自米哈伊的捐款，這種報告連聽都不需要聽，這令尤里西尷尬地漲紅了臉。米哈伊特地來到這個教堂，不知是為了挑釁自己，還是只是路過，不過他絕對不是在不知情的情況下前來的。無論如何，他很明確地傳遞了意圖，他不會放棄，而這種事以後也還會持續發生。

做愛遭到妨礙雖然很麻煩，但也沒有辦法。總之，他想著今天沒好好發洩完的，下次一定得補回來才行，邁開了腳步。這時手機突然傳來震動，正好是狄米特里打來的。凱撒一接起電話，手機那頭立刻傳來熟悉的聲音。

「怎麼回事？他們竟然想在床上殺你，是膽子太大，還是太沒腦了？」

竊笑的語氣裡隱含著雙重意義，凱撒正想開口，卻被狄米特里搶先了。

「所以我就說要在你的臥室裡裝監視器啊，萬一發生什麼事，我得立刻衝過去才行，但這是怎樣，我居然要等全部結束後才能聽到彙報。」

狄米特里感到惋惜的理由，是因為他錯過了凱撒在做愛過程中殺死對方的畫面。據凱撒所知，狄米特里只是喜歡監控自己，其實就算並非親眼所見，也可以知道狄米特里聽到報告時有多惋惜。

雖然狄米特里整天都監視著植入凱撒體內的晶片發出的訊號，但沒有辦法得知所有細節。因為不論是睡覺或整晚做愛，凱撒的狀態都不會有變化。

凱撒從第一次經歷過射精那天開始，就學習了在任何情況下都不會達到高潮的方法，所以他在射精時也無法感覺到高潮，那只是一種排泄。男人最沒有防備的瞬間就是射精時或是在那之後，緊接著就會在那一刻失去性命。

可是對凱撒而言，絕對不會有「那一刻」。他總是冷眼旁觀自己的性器官勃起和射精。狄米特里每次都覺得很可惜，好幾次都提議要安裝攝影機，但都被凱撒無視了。關於竊聽他已經妥協了，不過他沒有想要答應在那之上的事情。狄米特里這次也大費脣舌地說明安裝監視器多有用，但凱撒根本不想聽，面無表情地說道。

「我剛好因為這個，有話要跟你說。」

凱撒因為沒能盡情地辦完床事，想要叫狄米特里幫忙安排女人，但狄米特里可能想像著完全不同的事情。凱撒立刻聽到他急促的呼吸聲，卻沒有在意，反正他的要求很明確。當然，狄米特里朝思暮想的安裝監視器，並不包含在要求事項內。

「……算了，我馬上過去你那裡，可能需要花一點時間……」

凱撒繼續邊說邊走著，尤里西想要跟在他身後，但凱撒舉手制止了。尤里西迅速退下，也指示其他組織成員聽從命令。在這期間，凱撒通著話，邁開大步往前走，狄米特里也依然吵著說監視器多有用。這時，凱撒為了拿出菸來，將手伸進了口袋。

他不該一時鬆懈的，凱撒在這輩子中，可能就只鬆懈了那麼一次，然後就在那時，命運衝進了他的懷裡。

凱撒看到向自己飛奔而來的黑髮男人，他拿著手機愣住了。那一霎，凱撒心想自己完蛋了，有可能會有刀子就這樣插進肚子裡，或是有子彈貫穿心臟，但他很快發現那個男人的手上什麼都沒有拿。接著比起理性，他搶先伸出手攔住了男人的腰。

「哎呀。」

發出了嘆息般的低聲呢喃，差點摔倒的狼狽男人驚險地掛在凱撒的手臂上，避免摔得四腳朝天的危機。

「很抱歉。」

男人好不容易平復呼吸，抬起頭來，凱撒低著頭直盯著自己懷裡的男人看。擁有一頭黑髮的他看起來不完全像是個東方人，或許是混血兒？他茫然地想道。亂蓬蓬的頭髮與端正的五官並不相稱，可能是他瘋狂奔跑導致的。不過最虜獲凱撒視線的，是他不經意張開的嘴脣。

「你有沒有受傷？」

凱撒把視線固定在男人的嘴脣上，靜靜問道，男人慢了半拍才回過神來，慌忙回答。

「啊，我沒事。」

他急忙離開了自己懷裡，凱撒也沒有強行拉住。

要不把他拖走，直接霸王硬上弓？

那也沒有多困難，只要把他拖到視線盡頭的巷子裡，上了他就行了。這個男人還挺高的，也不像女人那麼纖瘦，儘管如此，僅憑留在手臂上的觸感，凱撒就已經在想像侵犯他的樣子了。凱撒心裡這麼想著，微笑了一下，這時男人再次開口。

「不好意思造成您的困擾。」

「不會。」

已經把他的全身脫光，連最深處都意淫過一番的凱撒，直直地俯視著男人。如果是為了強暴這個男人而取消跟狄米特里的約，他一定會大發雷霆。

除非讓他在一旁觀賞。

當然，最後要殘忍地殺了這個男人，他可能才會滿足。男人或許是對那執著的視線感到不自在，立刻開口道別。

「那我先告辭了。」

「等等。」

男人轉過身去，聽到凱撒的聲音便再次回頭，凱撒透過厚重的廉價外套想像著他的裸體，開口道。

「你出門戴個墨鏡比較好吧？」

男人不知所措地眨著眼睛，露出不知所以然的表情，但凱撒沒有進一步解釋。或許已經被數千雙眼睛強暴過的男人露出曖昧的微笑，立刻若無其事地轉身跑走了。

「……」

說話的聲音從手機的另一頭傳來，凱撒這時才繼續通話。

「啊啊，狄米特里，剛剛發生了一點意外……沒事，沒什麼大不了。」

他將視線固定在不知何時消失了的男人身影上，笑了一下。

「我剛剛看到了行走的A片。」

——〈薔薇與香檳 Inside World〉完

「接下來的一個月都沒辦法見面。」

切牛排的刀頓時停住了，安靜了一陣子後，凱撒才抬起頭來。利元把視線固定在自己的盤子上，假裝沒有看到，皮膚卻因朝向自己的銳利視線而變得灼熱。

刀叉放下來的碰撞聲在安靜的餐廳內顯得格外響亮，凱撒慢慢把雙手放到大腿上，修長的手指交叉，將後背靠在椅背上開口道。

「你解釋一下為什麼需要一個月。」

利元深怕會不自覺地發出吞口水的聲音，因此立刻把牛排塞進嘴裡，吞了下去。

「我接了委託，是很緊急的案子。」

在凱撒開口之前，利元立刻補充道。

「我也是有工作的。」

凱撒什麼都沒有說，利元為了故意發出聲音，用力切了牛排。凱撒再次開口。

「為什麼是一個月？」

他就是這麼堅持。利元深知隨便敷衍帶過是行不通的，因此根據預想的情況，說了事先準備好的說詞。

「這個案件有點麻煩，要先著手調查，而且如果要打官司，也要先做準備。如果不想走到打官司那一步，就必須收集證據來說服對方……」

聽到利元一連串的說明，凱撒只回了簡短的一句。

「所以？」

平靜的聲音接著傳來。

「為什麼要一個月？」

「因為工作很多……」

不行了。

利元認為這樣下去，如果沒有單刀直入地下結論，對話可能永遠都會像繞圈子般回到原點。

等等，這算是對話嗎？

利元再也無法忍受，瞬間皺起眉頭，停下餐刀。他故意發出的刀叉聲消失後，兩人之間流淌著可怕的沉默。凱撒那連河馬厚厚的皮膚都能穿透的視線，讓皮膚比河馬薄得多的利元根本受不了，想要握緊拳頭大聲吶喊。

你只要看到我的臉就發情，我很怕我會死在床上啦！

但他無法老實說出自己害怕會無法承受凱撒驚人的體力，利元配著紅酒硬生生地吞下想要說的話後，開口道。

「如果我熬夜趕工，可能不需要花到一個月。」

「所以呢？」

「二十天……？」

利元變本加厲地感受到鑽入皮膚的壓迫感。

「半個月……」

「……」

最終利元受不了得投降了。

「知道了啦，我會在十天內結束，但死也沒辦法再更少天了。」

利元抬起頭來正面看向凱撒，到那時為止都沒有開口的他，嘴邊泛起了微笑。

「好。」

就像是在確認似的，凱撒復誦了一次。

「十天。」

看著凱撒瞇著眼低聲呢喃，利元只是大口喝下葡萄酒，沒有再說任何話。

＊＊＊

為什麼變成好像是我在說謊？

利元不耐煩地瞪著文件，他說是因為工作並不是在說謊，反正凱撒一暗自調查，謊言就會被識破，還不如不要做那種會被發現的事。他說需要時間也是真的，只是一個月確實說得誇張了點，但是理由不用說也知道。

「那個，律師？」

聽到小心翼翼的呼喚，利元回過神來，眼前身材嬌小的年邁女性正一臉擔心地抬頭看著自己。利元急忙確認文件的最後部分之後，放進信封裡還給她。

「來，這樣就結束了，雖然不是原本期望的全部，但還是找回了八成左右，真希望能尋回全部，真的很抱歉。」

聽到利元的道歉，委託人一臉感激地收下文件。

「不會的，我原本差點失去丈夫全部的財產，可以拿回這些已經很棒了。所有人都說不可能，叫我放棄，這都是多虧律師願意幫我，謝謝您。」

委託人連聲道謝，再次彎下腰來行禮後，才搖搖晃晃地離開了利元的辦公室兼住家。利元「呼」地嘆了口氣，關上門，他皺著臉不斷抓頭，不經意地抬起頭來。

鏡子裡的自己簡直糟得不能再更糟了，他已經好幾天沒洗頭也沒刮鬍子，每天只睡了三十分鐘到一個小時，所以眼睛充血紅腫，皮膚也很粗糙。簡單來說，就像是個流浪漢。

利元呆滯地摸了摸粗粗的下巴，他第一次這麼趕著完成案件，樣子當然會比平時還要糟糕。

這麼一說，今天是幾號來著？

他稍微煩惱了一下該先洗過澡再睡覺，還是直接去睡，轉過頭來，視線停在月曆特別用紅字圈起來的日期上。提醒自己危險的粗圓圈和星號，確實是自己留下來的。那是什麼啊？利元皺眉歪著頭，突然意識到了。

對了。

他同時回想起凱撒冰冷的聲音。

十天。

利元不自覺地低頭去聞身體各處的味道。十天竟然過得這麼快！果然應該說需要一個月的。

不過那時的氣氛終究不允許他這麼說，如果在那種狀態下堅持要一個月，他搞不好會被帶到西伯利亞的某處，甚至有可能會被監禁在地下室裡。利元想起不好的回憶，皺著臉粗魯地撥亂了頭髮。

……但是，他們這麼久沒見面了，自己好歹得洗個澡吧？

他邁開步伐朝向浴室，卻又皺起了眉頭。我不是特別在意他才這麼做的，好久沒見面了，要乾淨俐落地見面才有禮貌吧？我現在不是有點髒嗎？總不能用髒兮兮的樣子見人啊，至少要刮鬍子，不，要洗臉，不，總要洗頭啊……

利元像是找藉口般持續地喃喃自語，突然醒悟過來。

該死，我絕對不是在乎他。

他故意粗暴地脫下衣服甩出去，走進浴室後，用力轉開了蓮蓬頭的開關，但就到此為止。

滴。

只有冰冷的一滴水滴在蓬亂的頭髮上。利元瞪大眼睛抬起頭來，不過蓮蓬頭只滴下了那麼一滴，同時，可怕的現實也在利元的腦海中襲來。

浴室結凍了。

他急忙把外套披在光溜溜的身體上跑下樓去，但公共澡堂前已經排滿了人。他不得已地排在和自己樣子差不多的成群公寓居民後頭，那裡沒有一個人穿著像樣的衣服。利元正探頭看著前方，盤算著大約需要多久時，突然感覺到後面有人靠近。

「利元。」

聽到熟悉的聲音回過頭，看到樣子和自己差不多的尼可萊正笑著看他。

「啊，你好。」

利元簡單地打過招呼後，尼可萊繼續說道。

「果然你家的水管也結凍了呢。」

「這就是集體生活的命運吧。」

聽到利元的回答，尼可萊豪邁地笑了。兩個人都光著身子，只披著外套，但是光著腳穿拖鞋的利元還算比尼可萊好一些。尼可萊連拖鞋都沒穿，不斷地蠕動著貼在冰冷地板上的腳趾頭，探頭看著緊閉的男性浴室門。

「這些傢伙怎麼洗這麼久啊？」

尼可萊似乎是故意說給他們聽的，大聲嚷嚷著。站在一次可容納五個人的公共澡堂前等待洗好的人出來，其實是一件很尷尬的事。大家都像在罰站似的跺腳等了半天，有人開口了。

「一天沒洗澡應該沒關係吧？」

男人們紛紛點頭。

「兩天不洗都沒問題。」

「我是一個星期。」

「洗澡會洗掉身上的角質，感覺會更冷。」

「反正又沒有情人，何必每天洗澡呢？」

「就算有情人，只要關燈就看不到了。」

大家紛紛把行為合理化地點著頭，正當尼可萊和利元快被眾人的言論說服時，公寓外突然傳來車子停下來的聲音。柔和的引擎聲消失後，排隊喧譁著的男人同時閉上了嘴。

不會吧。

這瞬間，利元突然有種不祥的預感，他抬起頭來。經過幾秒的沉默，男人們再次吵鬧起來，但利元的視線沒有從門的方向移開，應該不會是他吧？

「利元，怎麼了嗎？」

尼可萊察覺到不對勁，而向利元問道。就在這時，公寓的大門打開了，一個男人走了進來。一頭淺金色頭髮的修長男人，肩上披著厚厚的毛皮大衣，裡面穿著深色的直條紋西裝。

從手工訂製的義大利手工鞋開始到包含背心的整套西裝，手腕上的奢華鑽錶，再加上梳理整齊且一絲不亂的頭髮，他真的太過完美了。不過讓利元訝異的不是他俐落的打扮，而是他的單手抱著看起來沉重且巨大的紅薔薇花束，另一隻手拿著香檳王（Dom Pérignon）。

啊！

利元張大了嘴，發出無聲的尖叫僵住了。僵住的人不只有利元，半裸著身體排隊的男人們也一致地看著他。帶著淺笑走進來的男人愣在原地。

他的笑容瞬間消失，面對一群全部看向自己的男人，他們披著厚外套排隊，腳上穿著襪子或是拖鞋，有的探頭看著前方或是不耐煩地跺腳，他們幾乎都沒有穿褲子或僅僅穿著薄睡褲。

在看見隊伍的盡頭跟其他男人差不多樣子的利元時，他手上的薔薇花束掉落在地上。

啪。

厚重的聲音在走道上迴盪開來，再次變得沉默。裸身披掛外套的男人們全都看向凱撒，但凱撒的視線只固定在一個人身上。

除了破舊的拖鞋，利元的腿上也一絲不掛。男人穿著華麗毛皮外套和直條紋西裝，僵硬的臉好不容易開口了。

「你在那裡做什麼？」

聽到從喉嚨深處硬擠出來的一字一句，利元用不是很甘願的表情回答。

「浴室結凍了，所以我正在排隊洗澡。」

「什麼？」

凱撒愣住了。尼可萊輪流看了利元和凱撒，把手放在利元的肩上。

「利元，他可能是委託人吧？怎麼不叫他在樓上等？」

凱撒的眼睛突然變得冰冷，利元還來不及阻止，他就走上前抓住了尼可萊的手腕。

「你。」

凱撒悄聲說。

「你是什麼人，竟敢碰他？」

尼可萊臉色頓時變得慘白，跟臉一樣慘白的手正不斷發抖。光用看的就能感受得到令人暈眩的痛楚。利元慌張地急忙抓住凱撒的手臂。

「你這是做什麼?還不快放開？」

「等等，我待會才要問你。」

凱撒依然俯視著尼可萊，低聲呢喃。

「你等著。」

利元的背脊出現一陣涼意。他忘了，這個男人是隱身於狗群之中的狼。尼可萊為了尖叫而張開嘴巴，卻只發出粗重的喘息聲。利元看到他痛得快要昏倒了，立刻嚴肅地喝斥。

「你如果不立刻把手放開，一定會後悔的。」

凱撒的視線慢慢轉移到利元身上，利元瞪著那冰冷的銀灰色瞳孔說話了。

「立刻放開，在後悔之前。」

聽到利元不耐煩的口氣，凱撒才漸漸鬆手。尼可萊抓住立刻變紅的手腕，吞下無聲的尖叫。利元看到危機解除，正放心地鬆了口氣時，凱撒卻轉過頭去。

在他視線的盡頭是自己剛剛掉落的薔薇花束，利元看到他大步走去彎下腰來，嚇得臉色發白。他真的要把那花束送給我嗎？凱撒的手指碰觸薔薇花束的瞬間，利元發出警告。

「你如果把那個送給我，我真的會殺了你。」

凱撒停頓了一下，才慢慢站直。利元從掉落在地上孤零零的花束移開視線，偷偷咬緊牙根。他要更正一下，剛剛不該說在後悔之前，應該是已經在後悔接受凱撒的心意才對。

利元正在咬牙時，剛好澡堂的門打開了，一群男人走了出來。

「啊！好爽快！」

「果然熱水最棒了！」

「抱歉，我們洗得有點久吧？」

男人們你一言我一句地進進出出，利元也想混入其中走進去。

「等等。」

凱撒突然伸出手來抓住利元的肩膀。

「你要去哪裡？」

利元沒什麼大不了的回答。

「我說過浴室結凍了。」

凱撒的臉變得更加僵硬。

「所以你要在這裡洗澡？」

利元皺起眉頭，不知道這有什麼問題。剛好尼可萊在他的後頭慌忙地打開了澡堂的門，在門開啟後的那一頭，凱撒看到沒穿衣服的男人脫下外套，露出赤裸的身體聊天。

凱撒因為受到打擊而渾身僵硬，利元卻無所謂地點點頭。

「那當然了。」

就在下一刻，凱撒抓著利元的手臂直接離開了公寓。

＊＊＊

利元回過神來時已經坐上了凱撒的轎車，他慌張地看著車子快速駛過熟悉的街道。

竟然擅自把人拖上車，他雖然心裡有一把火湧上，但很快就冷靜了下來。他不想現在上演鬧劇跟他大吵一番，反正現在這副模樣也沒辦法回去。

利元往下一瞄，看到的是自己穿著拖鞋的赤腳，這也讓他更快放棄了。

唉──

利元嘆了一口氣，馬上接受了現實。他突然看到凱撒帶來的香檳王（Dom Pérignon），頂級香檳就這麼隨便地放在桶子裡，利元不禁心想。

竟然沒忘了拿那個。

接著他神情凝重地預測接下來的事情，其實也不難猜測，因為行程一定已經安排好了。

今天一定也會帶他去讓人驚訝得合不攏嘴的高級餐廳裡吃一頓，然後就會被撲倒吧！

想到這個簡單的答案，利元忍不住皺起眉頭。

每天都是類似的行程，所以很無聊。

利元過去有約會的經驗，也曾交往過，但對象當然都是女人，男人可是第一次，他不知道男人之間該做什麼才好。

利元陷入了進退兩難的狀況，那時應該再考慮一下的，雖然當時根本無暇考慮後果，他沒想到自己竟然有如此衝動的一面。

不過，會那麼做其實也代表自己深受這個男人吸引，甚至不惜忘記和放下這個男人對自己所做的各種惡行，利元不得已地承認了這個事實。

可就算是那樣……

苦惱的利元想起當時沒能注意到的問題，搞不好這才是兩人之間最大的癥結點。

他究竟為什麼做好幾天都不累呢？

光是用想的就覺得血液乾枯，每當和凱撒做愛時，利元都覺得自己快死掉了。他第一次和男人發生關係，根本不知道男人之間是怎麼做愛的，不知道其他男人是不是都用這種方式發生關係。

不，肯定不是。他認為自己還算是正常人，都是男人，哪有什麼區別？他絕對是怪物，這個無庸置疑。

利元故意不理會凱撒，獨自陷入沉思裡。

這個男人每次都用那種方式做愛嗎？到目前為止，其他人都怎麼跟這個傢伙做愛的呢？我的天啊！竟然要承受馬上風的風險，果然十天真的太短了，我應該一口咬定一個月的，誰知道他一到十天就立刻衝來家裡。

當利元陷入深沉的煩惱看向窗外時，車子已經駛入了熟悉的街道。

喔？

這不是他預測的行程，當然以目前利元的狀態來說，去餐廳確實不太適合，但像這樣預測錯誤也並非他所期待的。利元臉色鐵青地看著車子駛入凱撒的大宅邸。

＊＊＊

「歡迎光臨，已經按照您的指示準備好浴室了。」

不知管家何時接獲聯絡，親自帶路並親切地說明著。不等管家帶路，利元被凱撒抓住手臂直接拖進大宅邸內，利元急忙用小跑步跟在大步走去的凱撒後頭。

凱撒熟悉地走過大宅邸的走廊，打開一扇門就能看到十分寬敞的浴室。被凱撒拖進去之後，就像管家說的，看到已經放滿熱水，正在冒著熱氣的浴缸。

「有其他需要的，請隨時叫我。」

管家急忙跟過來說完就出去了，凱撒毫不遲疑地脫下利元的外套，就像是覺得受不了似的，根本沒有一絲尊重和溫柔。利元一下子就變得全身赤裸，只穿了一雙破舊的拖鞋。利元本來以為馬上就要洗澡了，所以連內褲都沒穿，看到這個情景的凱撒露出了冰冷的眼神。

「你就用這個樣子下樓嗎？」

低沉的聲音聽起來可怕到具有威脅性，彷彿下一秒就會被他掐住脖子。利元沒有預料到會演變成這種窘狀，想到自己竟然這副德性被帶來這裡，不自覺嘆了一口氣。

「我以為能立刻洗澡。」

他自暴自棄地說完，凱撒的眉毛動了一下。

「以後要是再發生那種事，就來我家。」

雖然他只是輕輕地說，但聽起來更像是命令。利元心想，他搞不好為了確認公寓的浴室有沒有結束，還會派組織成員監視。於是便乾脆假裝沒聽到。

不過他很滿意這間浴室，即使利元很能適應環境，但比起跟很多人一起在公共浴室快速洗澡，一個人悠閒地使用寬廣乾淨的浴室當然更好了。

利元脫掉外套跟沾滿灰塵的拖鞋後，簡單地沖了澡。他刮掉鬍子，也將好幾天沒洗的油膩頭髮洗乾淨後，感覺頭腦變得清爽多了。原本想在體溫下降之前進入浴缸，卻冷不防看到凱撒也脫下衣服，利元愣住了。

「你也要洗嗎？」

凱撒瞥了他一眼。

「沒關係吧？你跟其他男人也能一起洗澡啊。」

該從哪一句話開始反駁呢？利元想了一下說。

「那裡只有一間，這裡有很多浴室啊！」

利元不懂為什麼來到這裡也不能自己一個人洗澡。凱撒聽到這樣的質問，脫下最後一件內衣後從容地回答。

「因為我想洗這一間。」

他立刻踏進浴缸裡，坐到另一側，利元看了，無奈地吞下髒話準備進入浴缸裡。這裡的浴室多得跟羽毛一樣，到底為什麼偏偏選這間，還要兩個男人泡在同一個浴缸裡呢？

他壓下不滿的情緒，將腳踏進水裡的同時，皮膚跟著起了雞皮疙瘩。被溫暖的水包裹住，渾身上下都變得很放鬆，利元閉上眼睛將身體泡在熱水裡。

呼……

他放鬆地吐了一口氣，正在享受這段優閒時光時，結實的手穿越水流輕輕地握住了他的腳踝。

利元愣了一下，凱撒用大手緩緩撫摸著腳踝，利元從溫暖的水中感受到愛撫的觸感而皺起眉頭。

「你在做什麼？」

漸漸湧現的睡意被打斷了，利元的聲音不自覺地變得有點尖銳。凱撒依然用悠閒的口氣回應。

「正在摸你。」

聽到凱撒低沉的嗓音，利元的下體突然變得堅硬，他對於自己反射性的反應感到不耐煩，比平時更粗魯地說道。

「我有讓你摸嗎？把手放開。」

「不行嗎？」

凱撒故意用拇指按了膝蓋窩，利元立刻扭曲了臉。

「現在我不想。」

「那麼……」

凱撒瞇起了眼睛。

「什麼時候想呢？」

低沉的聲音散發著危險的訊號，利元一臉不情願地看著凱撒。凱撒的表情跟平時沒有不一樣，但是利元比任何時候都能更敏感地察覺到對方的不滿。

「我尊重了你的工作。」

凱撒輕聲地說。

「所以耐心地等待了十天。為了讓你可以全心投入工作，不僅沒打電話，甚至都沒出現在你的周圍。不過死命忍耐十天的我，第一眼看到的是什麼？」

凱撒的嘴邊泛起微笑，眼裡卻完全沒有笑意。

「你說說看。」

利元看著他，感覺背脊湧上一陣涼意。

「我說過那是因為浴室凍結了。」

他說的明明是事實，為什麼感覺像是在找藉口呢？可能是因為那雙銀灰色眼眸，像審問犯人似的瞪著自己。利元感覺有點不舒服，凱撒會這麼生氣，自己也不是完全沒有責任，不管怎麼說，他確實有處理委託人的案件，但故意躲他也是事實，利元沒辦法主張自己是無辜的。

「沒能見面也是不得已才那樣……」

唉，我為什麼要跟他道歉呢？

利元覺得有點慚愧地說。

「以後不會發生那種事了。」

聽到利元語氣緩和的道歉，凱撒不再說話，只是靜靜地看著他。凱撒原本只在膝蓋附近游移的手，沿著大腿爬上去。面對撫摸結實肌肉的手，利元忍不住皺了眉頭，卻沒有制止。

「那麼……」

凱撒的手悄悄往上爬，慢慢移動著，終於在抵達胯部前停下來，凱撒低聲說。

「我可以要求一件事嗎？從以前開始就很想嘗試。」

原本放鬆下來的利元瞬間回過神來，一臉慌張。凱撒看著那樣的利元，露出了溫柔的微笑。

我中計了！利元現在才發現已經來不及了。凱撒早就知道結果才設下陷阱，自己明明就上當過好幾次了，卻還是掉入陷阱裡。利元雖然很不甘心，但又不能拒絕，再加上凱撒又說了一句關鍵的話。

「因為十天沒見了。」

我竟然忘了這傢伙是黑手黨，他可是恐嚇的專家。

最終利元什麼都不能說，只能扭曲著漲紅的臉。原本撫摸著大腿結實肌肉的手伸到胯間，握住了下面，利元發出短暫的嘆息，閉上了眼睛。只是輕微的動作，就足以讓浴缸裡的熱水蕩漾開來掃過全身，本是讓身體放鬆的水流化為隱約的撫觸，流過身體敏感的地方。

利元瞇起了眼睛，看到凱撒一直看著自己，慢慢地持續按摩利元的陽具。下方漸漸變硬，靠坐在浴缸的利元再次閉上眼睛，一隻腿放鬆下來，讓凱撒的手更容易摸到自己的下面。

原本沉甸甸的陽具已經在凱撒的手裡變得硬挺。凱撒的手調節著強弱，重複著有時用力、有時溫柔的撫摸。利元的臉因興奮而漲紅，開始傳來急促的呼吸聲。

「放鬆。」

聽到凱撒低聲命令，利元睜開模糊的視線放鬆了全身。水流往兩旁分開，結實的身體浮出了水面。凱撒看了一眼浮在水面上的利元，利元再次閉上眼睛，凱撒的臉埋進他張開的雙腳中。

「啊……」

利元不自覺地發出深沉的嘆息，身體不禁用力，差點又沉入水裡，他立刻調整過來。在放鬆的身體上方，凱撒撫摸緊實腹部的手抓住他的細腰，將他拉過來，同時嘴裡的陽具進入喉嚨深處，利元忍不住將頭往後仰，同時肩膀用力，頭沉進了水裡。

利元憋住氣在水裡睜開眼睛，他吐出的空氣變成氣泡浮出水面。扶著腰部的手往下抓住了屁股，下半身被凱撒含住，頭依然浸在水中。

利元從水裡看著凱撒埋在自己浮在水面張開的雙腿中。每當他敏感的動著嘴唇吸吮時，就能看到自己勃起的陰莖反覆出現又消失。他因為太過興奮，感到腰在顫抖，屁股變得緊繃。

凱撒抓住了緊繃的肌肉，像是在確認般，撫摸著結實屁股之間的縫隙。利元憋不住氣了，伸出手讓身體浮起來。

「呼。」

利元浮出水面大吸一口氣，同時凱撒鬆開口中的陰莖，抓住利元的腰拉過來，那裡毫無隱藏地打開了，利元一下子就深深包覆住了凱撒。

「……呃！」

利元不自覺地發出粗重的呻吟聲，還沒放鬆緊皺的眉頭，就被凱撒緊緊抓住肩膀。他急促地呼吸著，屁股變得沉重，彷彿內臟會一起被對方勾出去。

凱撒給了利元喘息的時間，等利元稍微熟悉之後，用單手抱住利元的腰，另一隻手抓住浴缸的邊緣。

凱撒站起來，連結的身體也一起浮出水面，下身連結的狀態下很難保持平衡。利元躺在水面上，將視線移向自己的下半身，在敞開的胯下看到自己堅挺勃起的陰莖。

當他看到自己的陰莖浮現水面時，一時慌張得有點手足無措，他第一次有這種慌亂的感覺。他急忙地想要閃躲身體，但凱撒立刻抓住他的下體制止，同時也從下方扶起差點下沉的利元。

當利元看著埋在自己雙腿之間的凱撒時還沒有感覺，但躺在水面上看到自己勃起的陰莖高高聳起，真的很不知所措。而且還被別人抓著，親眼看到時簡直有股難以言喻的羞恥感。

他因為意料外的情況漲紅了整張臉，手忙腳亂地抓住浴缸的邊緣，好不容易維持了平衡。他浮在水面上，凱撒開始慢慢擺動身體。

一開始的動作冷靜且溫柔，就像是給利元適應的時間般，凱撒慢慢地擺動。利元皺著眉想要努力忘記自己的處境。在下方慢慢進出的粗大陰莖也好，握著自己陰莖那強而有力的手也好，他只要感受就好，絕對不要想像。

不過他已經看到了，每當凱撒進出自己的身體，撫摸自己的陰莖時，他彷彿能看到自己在凱撒眼裡是什麼樣子。

「啊！」

利元瞬間眼前一片朦朧，腰部不知不覺地用力。同時，包覆著陰莖的地方緊縮起來，凱撒愣了一下，長長地吐了一口氣後說。

「你再做一次。」

隨著低聲呢喃，凱撒再次動起了腰部。變得更加粗大的陰莖抽插著，不斷膨脹變大好幾倍，占滿整個空間的陰莖，摩擦著又深又敏感的地方。

每當凱撒急促地喘氣和抽插時，浴缸的水就跟著激烈晃動。隨著水流擺動，利元手背露出青筋，更加用力握住浴缸的邊緣，卻一直不斷滑落。凱撒一刻都沒有錯過利元盡力配合他的樣子，每當水花猛烈地濺起，利元的嘴裡就爆發出難耐的叫聲。

浴室各處傳來濺溼地板的水聲和利元的呻吟聲，被水浸溼的陽具尖端，體液渲染開來。凱撒拉過利元放鬆無力的身軀，手移到下方抓住了腳，利元順著他的手抬起雙腳，圈上凱撒的腰。

「喔……啊……」

凱撒把利元拉過來後，利元發出悲鳴般的粗重呻吟。同時凱撒抽插的動作變快，讓利元錯失了節奏。

那之後利元就跟不上了，凱撒不斷地抽插撞入，水往四方噴濺、溢出。動作太快太激烈，利元想配合節奏卻來不及，只好放棄，乾脆不去理他，專注在自己的快感裡。

凱撒快速的抽插對利元也有好處，急速摩擦下方的結實腹部，讓利元閉上眼睛陷入快感裡。

「嗯、啊、呵、啊……」

利元更加用力地緊纏凱撒的腰部，壓緊的陰囊快要爆開般疼痛發麻。利元沒有錯過那個瞬間，吃力地把握了時機，他隨著抽插動作搖擺著屁股，在凱撒的肚子上不斷磨蹭自己的陽具。每一次粗魯的摩擦，都讓利元的陰莖腫脹變大，被他包覆的男人陰莖也一樣。

終於迎來高潮的瞬間，精液沒多久就開始流出，往四方散落，部分流進了浴缸，部分濺到了身上……利元用力抱住凱撒的肩膀，毫無顧忌地發出呻吟。隨著粗重的呼吸聲，凱撒的喘息也在浴室各個角落迴盪。

「啊！」

發出了壓抑聲帶的痛苦呻吟，利元的動作突然停住了，利元的體液滲入了緊緊相連的兩人之間，同時利元的身體內也流出了相同的東西。

原本滿滿一浴缸的水，現在剩不到一半。利元臉上泛紅，將頭靠在凱撒的肩膀上，耳邊傳來凱撒跟自己一樣急促的呼吸聲。射精後的無力感大多會讓腦袋放空，但也有例外，在短暫的朦朧之後，利元感受到自己體內的物什依然堅挺豎立著，同時耳邊傳來了聲音。

「現在才要正式開始，你不能這麼快就累了。」

凱撒咬著利元的耳垂呢喃。急促的氣息結合水蒸氣，讓耳邊感受到一陣涼意。利元瞬間起了雞皮疙瘩，試圖離開他身上，卻絲毫不動。凱撒立刻抱著利元的腰站起來，利元瞪大眼睛，反射性地抱住凱撒的肩膀，凱撒毫無遲疑地邁開了步伐。

不會吧？

利元急忙轉頭，朝凱撒抱著他走去的方向看，果然是另一扇門，那裡一定是臥房。

「你做什麼？快點拔出來！」

利元慌張地說著，試圖掙脫，不過凱撒立刻把抱著腰的手放下來，抓住利元的腳讓他停止掙扎。每當凱撒粗暴地大步向前，陰莖都會深深刺進深處，讓利元快要發瘋了。

真的快要發瘋了，明明很不想，到底為什麼還會勃起呢？聽說男人的下半身和腦部是分開的，利元原本以為自己會不一樣，當然不可能了。他理性上可以理解，但感性上無法接受現實，這讓利元非常生氣。

背後傳來凱撒開門的聲音，一如利元預期地看到了臥房的景象。正確來說是被抱著，往後退時看到的。

凱撒讓利元躺在床上，理所當然地佔據了上位，表情回到了平時的冷靜。

「那麼……」

他用低沉的嗓音說。

「我們重新開始吧。」

利元的臉頓時變得扭曲，凱撒用吻堵住了他想要抗議的嘴巴。

＊＊＊

……天色已經變得昏暗。

利元呆呆地眨了一下眼睛。那是夕陽嗎？他想起看到日出後就沒了記憶，那個應該是夕陽沒錯吧。利元拋開搞不好是另外一個日出的恐怖想法。他嘆了一口氣後，凱撒呢喃的聲音從背後傳來。

「你醒來了。」

利元瞬間感覺全身的血都流光了，他有種好不容易從連續殺人犯的手中脫逃，睜開眼睛卻發現犯人依然在身邊的感覺。

「等等，我真的沒辦法了。」

他不自覺發出尖銳的求饒，但實際上卻很沙啞，利元因乾澀的喉嚨大聲咳嗽起來。凱撒「嘖嘖」兩聲，拿來了水，利元一口氣喝掉冰水後，終於止住了咳嗽。拿走杯子的凱撒再次躺回床上，利元又不自覺地繃緊身體，凱撒從背後抱住了他。

「別擔心，我不會再做了。」

下方碰觸到的凶器依然硬挺，他說的這句話也不能相信。不過凱撒就像他說的一樣，沒有再做出任何帶有性意味的撫摸，只是抱著利元而已。利元很快就知道理由了，凱撒嘆口氣說。

「從你的外表看不出來你這麼柔弱。」

「……什麼？」

打從出生以來，第一次聽到這麼荒唐的話。我很柔弱？什麼話能比這一句更傷男人的自尊心呢？以健壯的身體為傲的利元無奈地回頭看了凱撒，凱撒的表情倒是無比的認真。

「……你怎麼有那種想法？」

他為了想出能夠代替「誤會」的詞彙而停頓了一下。聽到他的詢問，凱撒嚴肅地回答了。

「以前和女人做愛時，當然很常會發生昏倒的事，但你是男人。」

女人很常昏倒？利元愣了一下，但隨即又問道。

「所以呢？」

「你又不是女人，在做愛途中昏倒，當然可以說是身體柔弱啊！」

無奈到說不出話來，可能就是指這種情況。這個男人到底要讓我無言幾次呢？這樣下去，真的讓靠口才吃飯的律師很沒面子，利元一邊想著，一邊嘲諷地說。

「你沒想過究竟是什麼樣的情況才會讓男人昏倒嗎？」

「我從來沒有在做愛中昏倒過。」

利元的抗議反而讓凱撒感到心疼，他露出苦笑，撫摸了利元的臉頰。不過利元根本沒有感到安慰，反而讓心裡的火越燒越旺。

他為什麼不覺得是自己有問題？是我不正常嗎？我的體力太差了嗎？真的是那樣嗎？

「你跟別的男人做過嗎？」

利元咬著牙問了，凱撒用手按住利元的下巴強行幫他放鬆。

「我不是同性戀。」

真希望他是。

利元沒想到自己是凱撒的第一個男人的事實會這麼讓人生氣。

如果你是同性戀，一定會看到許多因為你昏倒的男人吧？這樣就不會說那麼荒謬的話了。反而會好好反省並向我道歉，都是因為自己做太多次了。

不過現實中的情況，根本看不到凱撒有任何一絲反省的跡象。

為什麼會變成是我的錯呢？利元煩躁到不想繼續說話。但凱撒根本沒顧慮利元的心情，從背後緊緊摟住他的腰，將他拉過來，同時難以言說的部位感受到可怕的攻擊，利元又開始感到暈眩。

他拚了命才阻止自己失去意識，這不只是為了自己的面子，也是因為心情差到了極點。這個傢伙到底怎麼回事？為什麼做了整晚還是同樣充滿精神？

不對，他根本沒有精疲力盡過吧，到底為什麼沒有盡頭？為什麼每次都可以用那種強度持續幾天幾夜？怎麼樣才能稍微削弱他的精力呢？難道只有我變強壯這個方法而已嗎？那一瞬間，利元的臉色變得蒼白。

這樣下去死掉的話怎麼辦？

利元咬牙想著無數的煩惱，沉默不語的他好不容易維持住意識，凱撒在身後呢喃。

「我派一個健身教練給你，你好好鍛練體力。」

意料之外的話讓利元瞪大了眼睛，他感覺到凱撒在背後苦笑。

「那樣就可以再撐久一點。」

我到底為了什麼要做到那種程度？

臉色蒼白的利元張開了嘴。

你不要忍耐，乾脆去找別人。

就在這句話幾乎要脫口而出時，凱撒又接著說。

「別擔心，除了你之外，我不會跟任何人做愛，因為我可以忍耐。」

接下來的話更可怕。

「到目前為止還可以。」

利元變得臉色蒼白，凱撒在起了雞皮疙瘩的肩膀上，溫柔地親吻著。利元什麼都沒說，接受逐漸轉黑的視野，他閉上了眼睛，緩緩升起的太陽照亮了天空。

——〈薔薇與藤蔓〉完

楔子

呼、呼。

利元蜷縮著身體，努力壓下急促的呼吸。他在伸手不見五指的黑暗中眨著眼睛，很確定那個男人就站在黑暗的另一頭。他像是隱身在叢林裡的老虎，眼睛閃爍著光芒，等待完美的時刻一口咬住獵物的喉嚨，到了那時，一切就會結束。

即使是零下的氣溫，利元仍感覺到自己的背流著冷汗，太陽穴不斷地怦怦跳動，胃因為激動緊縮起來。不論是他或是利元，一定要有一方投降，當然利元絕不認為輸的會是自己。

一直維持緊繃的狀態並不是一件容易的事。勉強承受著持續的疲勞和壓力，但是無法阻止精神不時的恍惚。他剛好察覺到自己的視野變得朦朧，急忙眨眨眼睛，焦點雖然變得清晰，卻分散了注意力。

那一霎決定了一切。當看到幻影般一閃而過的身影時，旋即聽到「喀擦」的聲音。後腦勺感受到一股驚悚的寒氣，同時極度溫柔的中低音劃破陰森的空氣傳來。

「你死定了。」

凱撒將槍口指著利元的後腦杓，用跟平時一樣冷靜和沒有感情的語調說著。他毫不猶豫地扣下扳機，打破森林寧靜的槍聲驚悚地擴散開來，那瞬間，過去的日子以慢到不可思議的速度掠過利元的眼前。

怎麼會變成這樣呢？原本是從一件很小的事情開始的。

他雖然這樣想，但很不幸的為時已晚。身體不受控制地倒下，停滯的時間迅速地一閃而過。

砰砰砰！

聽到吵雜的敲門聲，原本熟睡的利元嚇得睜開了眼。眼睛雖然睜開了，但還沒完全醒過來，他躺著呆呆地眨眼，聽到粗暴的敲門聲，低聲呢喃著朝門口走去。

「來了，請問是……」

利元打著哈欠開門，外面站著熟悉的身影。

凱撒。

他還沒說出名字，凱撒就把利元扛到了肩上。

嗯？

利元依然眨著眼睛，被凱撒扛著離開了公寓。

「……咦？」

熟悉的轎車在外頭待命，凱撒立刻把他放在後座，然後坐上車子。

喔？

利元再次眨眼睛時，車門已經關上出發了。

當他回過神來時，車子已經行駛了好一段路。映照在深色隔熱紙上的臉簡直糟透了，利元看到自己穿著皺巴巴的睡衣，頭髮翹得亂七八糟，一臉呆滯地坐在轎車裡，邋遢得不像話。

「你這是在做什麼？」

面對利元遲來的反應，凱撒漫不經心的回答。

「蓮蓬頭凍結了。」

「哪裡的？」

凱撒瞄了利元一眼。

「你的浴室。」

「……是嗎？」

利元沒多想就回答了。

「公共浴室一定又會爆滿。」

凱撒立即露出狠戾的眼神，利元假裝沒看到似的轉過頭去，又突然「啊」的回頭看他。

「你怎麼知道我浴室裡的蓮蓬頭凍結了？」

這次轉過頭去的是凱撒。

臭小子！當利元皺眉時，看到華麗的大宅邸就在不遠處。

＊＊＊

「歡迎光臨。」

恭敬行禮的管家遞出了準備好的衣服。看到準備得如此萬全，凱撒似乎存心等著這天的到來。

不會只有我家浴室的蓮蓬頭結凍了吧？

利元想著這一切有可能是陰謀，卻還是換好衣服後踏進了走廊。

「凱撒在哪裡？」

利元問了正巧經過的女僕，她指著另一側走道的房間，親自帶利元過去。

「謝謝。」

利元看著她匆匆消失，輕輕敲門後打開門。

「喂……」

利元叫著凱撒走進去，看到凱撒坐在椅子上，正看著高度及腰的展示櫃。

「你在做什麼？」

聽到利元詢問，凱撒伸手摟住利元的腰，把他拉過來。

「我在欣賞收藏品。」

當利元轉頭看到展示櫃裡擺放著各種造型的鋼筆，就像博物館的作品般優雅地展示著。利元默默無言，他低頭開口道。

「我沒想到你會蒐集這些東西……」

這個男人不像黑手黨，有許多雅致的興趣，每當這種時候，利元彷彿就發現他的新面貌。凱撒笑了一下說。

「這是萬寶龍的限量版，是我第一個收藏品，那時候為了拿到這個費了不少工夫。」

他指著其中一支鋼筆解釋，當利元轉移視線，看到優雅陳列的鋼筆前放著黃金製的立牌，上面詳細寫著鋼筆的出廠年份和設計，有什麼意義等。接著凱撒又指著另一支鋼筆說。

「這個出自匠人之手，很可惜他現在已經不在世上了，所以變得更珍貴了。他雕琢的象牙製鋼筆，墨水也只能使用特別訂製的。」

凱撒在每一樣說明中，語氣都充滿了喜愛。

喜歡到這種程度的話，當然會收藏這麼多。

利元說著「是喔」心不在焉地回應他。

「這是系列產品，每年生產限量版本，一共要收藏到十四支才算一整套。」

利元看著他指著的地方空著一個位置。

「雖然很短暫，但我曾經收藏了一整套。」

「然後呢？」

利元沒多想就反問，凱撒瞇起眼睛露出微笑。

「某個律師插進沙發裡弄壞了。」

利元閉上嘴巴，凱撒俯視著他。偷偷轉移視線的利元，過了一會兒才開口。

「你還有很多其他的收藏品。」

凱撒用充滿笑意的聲音說。

「希望有一天，你能送給我當結婚禮物。」

利元感到背脊一陣發涼，好不容易把「為什麼跟我說那種話」這句話給吞回肚子裡。

什麼嘛？這不會是求婚吧？這麼突然又莫名其妙？

利元很想假裝這句話不是說給自己聽的，但凱撒直直盯著利元的視線沒有一絲動搖。利元知道就算避開他的視線也什麼沒用，一時覺得有點恍惚，被突然求婚已經很無奈了，還叫我買限定版鋼筆給他。利元第一次知道結婚這個單字和禮物結合在一起，會是這麼恐怖的事情。

這個沒有良心的黑手黨，是想榨乾貧窮的律師嗎？

陷入沉思的利元很快就想通了。

對！毫不遲疑地對我開槍，還強暴我的傢伙，怎麼能期待他有良心呢？他不自覺地回想起往事，整張臉都扭曲了。

過去就過去了，不跟你計較，可這個厚臉皮的傢伙現在是完全豁出去了吧？

利元腦袋充滿了各種複雜的想法，見他沒有說話，凱撒開口了。

「有特別訂製的方法，你可以去問盧德米拉，他們會在筆盒內幫忙刻名字，我喜歡只刻上名字的開頭縮寫。如果無法特別訂製，也可以在拍賣網上購買。」

他親切地告訴利元購買的方式。

無法確切知道他是想要這個禮物，還是希望我跟他結婚，但不論是哪一個都很難一口答應。

我得找一個好時機，讓他別再說這種瘋狂的話了。

當然不是現在。如果惹怒了他，讓他抓狂，我可承受不了。我不想再讓肚子穿孔了。

我怎麼會和這麼令人頭痛的傢伙扯上關係呢？

利元在心裡嘆了一口氣，然後若無其事地轉移了話題。

「不過什麼時候吃飯？我連早餐都沒吃就被拖過來了。」

利元一改變話題，凱撒就瞄了他一眼。利元隱約期待著，我假裝沒聽到地轉移了話題，應該就不會再提起了吧？他不會那麼不看臉色。

雖然是很執著的男人。

幸好凱撒決定順從利元的意思。

「我已經吩咐管家準備了，要下樓嗎？」

「好。」

在他再次提到鋼筆或結婚之前，利元快速的走出了房間。凱撒應該很清楚利元的心思，卻沒有多說什麼，他從頭到尾都露著微笑對話，利元輕鬆地吃著飯，很快就把那件事拋到了腦後。

吃完飯後從座位上站起來時，凱撒也跟著站起來了。到那時為止，氣氛一直都很柔和，所以利元不疑有他，只想著他應該有其他事情要做。不過利元卻想錯了，凱撒立刻抓著他的手臂，把他拉到房間裡。

「什麼？這麼快？在一大早？」

慌張的利元忍不住大喊，凱撒笑著反問了。

「一大早有什麼不行的理由嗎？」

當他還在想該怎麼回話時，凱撒的嘴脣就疊了上來，內褲也被拉下去。利元慌張地只能想到什麼就說什麼。

「因為……等等，我們吃完還不到一小時……」

「所以要運動。」

凱撒用跟平時一樣的表情不疾不徐地說。

巧妙地說服利元後就開始無止盡地做愛，或是為了獲得自己想要的結果而使出手段，都是他慣用的手法，只是今天有點不對勁。不知所措的利元在回過神來發現自己又被他推倒在床上打開了雙腳。

他為什麼這麼著急？

利元突然想到了。他不會是……生氣了吧？

「啊！」

利元不自覺地發出呻吟聲，忍不住扭曲了臉。凱撒毫無預告地一口含住利元的陰莖，每當凱撒性感的嘴脣移動時，胯下就會發出大聲吸吮的聲音，利元柔軟的陰莖漸漸變得堅挺。

「……嗯。」

利元閉著一隻眼睛發出呻吟聲，他的視線依然無法離開在自己胯下那端正的臉。利元很少有機會可以低頭看比自己高大的凱撒，當他看到眼前的頭頂、下垂的長睫毛和低低傾斜的纖細五官，呼吸變得更急促了。利元猶豫的手伸向凱撒的頭，輕輕撫摸了一下，柔軟的淺金色頭髮繞上手指間。

「……呼。」

利元吐出嘆息，頭跟著往後仰，他根本無法想像凱撒在幫他口交，到目前為止，他可能從來沒替任何人口交。利元也從來沒有被其他男人口交過，但他感到異常興奮。

利元沒有制止，單純地享受著湧上來的欲望。陰莖在凱撒的嘴裡腫脹變大，最後硬挺勃起，光是想像自己的陽具在凱撒的口中就讓他快要射精了。

利元撥亂凱撒頭髮的手不自覺的用力，當他按下凱撒的頭，對方便張開了喉嚨深深包覆利元的陰莖。

「哦……嗯……」

利元不自覺的咬緊牙根，發出深沉的呻吟，凱撒抓住發抖的大腿壓下去，把頭埋在自然打開的胯下，含住整個根部吸吮著。

驚人的壓迫和刺激，連腳趾頭都感到酥麻。利元不斷發出呻吟聲，瑟縮著身體。精液從深處一路沸騰到肚子，他舒爽到快要昏倒了。

就在他快要射精時，凱撒的手指頭進入了體內。突然地入侵，讓不斷緊縮又放鬆的後穴瞬間停住了，射精的欲望也跟著消失。

利元用朦朧的視線看著下方，凱撒依然含著他的陰莖，不過就僅此而已。沒有像剛剛那樣的激烈愛撫，他把嘴抽出來，用舌頭輕輕舔了堅挺勃起的柱身。

在劇烈的刺激後，被輕輕地玩弄讓利元很焦急，想要射精的感覺沒了，即將噴射出來的精液緩緩退去。利元很著急，凱撒卻依然溫吞地愛撫，絲毫不打算像剛剛一樣激烈吸吮對方。利元忍不住用拳頭打向床墊，抬起了上半身用惡狠狠的眼神瞪著凱撒。

「你在做什麼？開我的玩笑嗎？」

凱撒抬起頭來，利元從沾滿唾液的陽具中，看到他那令人窒息的臉，下腹部有種電流擴散的感覺。

「真是的。」

凱撒低聲嘆息。他悄悄放進去擴張內部的手指被隨之夾緊，手指不知不覺間已經變成了好幾根，利元的臉因興奮和丟臉而漲紅，凱撒看到他的表情，嘴角泛起微笑。

「不能射精確實很痛苦。」

他笑著彷彿在說跟自己無關的事。利元正想對他發脾氣，凱撒突然彎曲了手指頭，把手指深入窄縫中，壓到利元最脆弱的地方，利元同時倒下，倒抽了一口氣。

失去力氣癱軟的陽具立刻堅挺地站起，透明黏稠的液體從被唾液滏潤的前端流出來。凱撒欣賞似的看了一會，用依然平穩的聲音說。

「你也跟我一樣沒耐性。」

不同於冷靜的語氣，粗長的手指在利元的身體裡不斷磨蹭深處的點，利元雖然支起了膝蓋，但腳後跟卻一直滑下來，不斷地擦過床單。

陰莖勃起到幾近肚臍的位置，已達極限的陰莖顫抖著。無論利元怎麼等待，凱撒都沒有撫摸或吸吮陰莖，他只是持續不斷地摩擦著裡面。一直錯過射精的感覺真的糟透了。

「……媽的，該死！」

最終，利元有種腦子發麻的錯覺，粗魯地罵了髒話。他急忙想把手伸下去握住下面，凱撒卻突然把手指拔了出來。愣住的利元看著凱撒溼漉漉的手指和喘息著微笑的臉。

「你也稍微了解了我的心情了嗎？」

利元很想說「你在鬼扯什麼」，但是沒能說出口，當他看到凱撒變大勃起的陰莖，瞬間啞口無言地張大了嘴。那血管凸出、堅挺勃起的陽具瞬間打消了利元所有的欲望。

「你什麼時候忍耐了……」

利元好不容易說出話來，凱撒立刻抓起利元的膝蓋內側抬高了屁股。

「──呃！」

隨著沉悶的呻吟聲，利元被折成了兩半。凱撒意味深長地將陽具磨蹭著溼潤微張的洞說。

「好，你就繼續裝傻吧。」

原以為發燙的陰莖只是悄悄在洞口徘徊，沒想到卻突然挺了進去。利元這次來不及發出呻吟聲，只能張大嘴巴急促地喘氣。

從上方快速插進來的陽具先是抽了出去，又再次鑽進來。利元深刻地感受到原先撫摸著裡面的手指有多麼溫柔，有別於剛剛纖細的愛撫，現在變成一連串蠻橫的抽插。

粗暴地將陽具推到最深處的凱撒，就那麼貼著磨蹭，濃郁粗糙的體毛摩擦著周圍柔嫩隱密的肌膚，每當那時，洞就會跟著張開及緊縮。凱撒像是嘆息般發出「呼」的一聲。

「利元，你看。」

凱撒故意把利元的腿推高到極限，讓他看到死命含住自己陽具的洞。

「這裡是這麼喜歡我。」

利元雖然無法像凱撒那樣露骨地觀察，但能在體內感受到凱撒瘋狂跳動的脈搏，也能將和自己的洞相連的陰莖看得相當清楚，還有跟髮色一樣的淺金色陰毛，因為利元的體液和潤滑黏在一起。

那一瞬間利元的陰莖堅挺勃起，下方緊縮。

「啊，呼，啊。」

凱撒發出粗重的呻吟聲，開始不斷擺動起腰來。每當粗大的陽具抽插時，利元就搖晃著臀部吸吮著下面。汗水和體液流了出來，張開的嘴巴感受到鹹味，但無法分辨那是汗水還是精液。

凱撒改變動作，從下往上頂弄，每當像蛇一樣抬起上半身的陽具挺進肚子又退出時，利元甚至害怕那粗壯的凶器是否會刺破肚子。

凱撒突然抓住利元的手臂，一口氣將他扶起。因為兩人下體連結在一起，利元便像是飛起來般倒在凱撒的身體上，同時下方插入得更深了。

「啊！」

利元從喉嚨深處發出尖叫般的呻吟，全身顫抖，同時下方用力縮緊，凱撒也隨著粗重的呻吟聲一起射精了。

利元氣喘吁吁地感受著肚子裡的暖流，失神地將額頭靠在凱撒的肩膀上時，凱撒卻推開了利元。利元還沒意會過來之前便倒在床上，根本還來不及體會射精後的溫存，凱撒就把陰莖拔了出去。

他的陰莖依然高聳著，利元瞪大了眼睛，看著凱撒用手包裹了陰莖，然後熟練地撫弄著，毫不猶豫地將剩下的精液灑在利元身上。

「你在做……」

瞬間精液快噴進嘴裡，因此利元急忙閉上嘴。他回過神來一看，臉上或身上到處都是精液。他慌張眨眼時，凱撒立刻將嘴唇靠過來，凱撒熟練的親吻讓利元無法開口，身體也跟著坐到了利元身上。

嘴唇雖然分開了，但凱撒依然舔著利元的口內，利元忍不住動了喉結，吞下凱撒的唾液。再次嘴唇相碰時，利元感受到凱撒在笑。手還理所當然地拉開了利元的大腿。

「這麼快又要做嗎？休息一下再……」

凱撒在射精後甚至沒有給利元休息的時間，利元急忙地想伸手制止。凱撒卻毫不猶豫地抓住他的手臂直接壓下，利元也不小心趴了下去，凱撒在他背後低喃。

「這次從後面來好嗎？」

利元還來不及回話，凱撒就插進還溼潤的洞裡。

「啊！」

利元反射性地大喊，但凱撒根本不在乎地將下身推進了深處。利元的耳邊傳來對方滿意的嘆息。

「你的這裡不論做幾次都不會膩。」

就像要證明那句話似的，凱撒在利元的上方，沒有留下一絲縫隙地緊貼著身體，只抽動著陽具愛撫他。利元皺起眉頭，陷入苦惱中，他沒跟別的男人睡過，不知道是和凱撒的床事特別契合，還是自己意外是個性愛高手。當然，他不會為了試探那件事而冒無謂的風險去浪費性命。利元只是小聲地說。

「那是因為你喜歡做愛。」

這時利元的耳朵被咬住，他把「又不一定要只跟我做」這句話吞下去。凱撒不停地輕輕咬著耳朵，慢慢往下移動。完全只用陽具愛撫交合處的感覺，簡直快要讓人發瘋了。最終利元還是閉上眼睛呻吟著，下面主動配合凱撒的動作反覆緊縮又放鬆。

凱撒「呼」的在利元耳旁嘆口氣，然後不斷的在頸部和肩膀親吻，與此同時，他依然用同樣的速度擺動著腰，利元焦急地把手往下伸，抓住凱撒的屁股，耳邊傳來凱撒的輕笑。

「啊！」

凱撒突然粗暴地抬起下身，傳來肉體相撞的聲音，利元倒抽一口氣。凱撒的手穿過利元的腋下，將他抱緊，正式開始擺動起腰部，隨著狂野的動作，肉體互碰的聲音不斷傳來，利元主動地配合抽插，晃著腰部大聲呻吟。

感覺下面一片溼潤，不知道是誰射精了，利元在床上摩擦著自己的陰莖，同時用力緊縮，咬住了下面正抽插著的陰莖，凱撒呻吟著再次射精了，即使在射精時，他也持續頂弄著利元的身體。射出的精液從洞裡流出來，和新射出的精液交融在一起，冒出白色泡沫。

這次兩人側躺著對視，凱撒將疲憊不堪的利元的一隻腳抬起，凱撒微笑的模樣簡直跟死神一樣。他不慌不忙地將利元的腳抬起來，跨到自己的腰上，再次緊貼著下方，流出來的精液隨著摩擦發出「噗滋」聲，他用依然堅挺的陽具進入利元的肚子裡。這次，利元真的想說他要休息了，凱撒卻再次用親吻堵住他的嘴，然後開始擺動起來。

又開始做愛了，重頭再來一遍。

＊　＊　＊

……我現在還活著嗎？

利元眨了一下空洞無神的雙眼，他根本不確定自己是不是還在呼吸。不只是肚子裡，全身上下都被凱撒的精液浸染。不知道過了多久，一天、兩天，不，有可能一整個月被綁在床上。

每次和凱撒做愛都很激烈，但這次特別嚴重，利元當然知道理由是什麼。簡單來說，就是凱撒生氣了，因為沒有好好回應他的求婚。

結婚？說什麼天方夜譚！

很多國家的同性婚姻已經合法了，如果想要，確實可以去某個國家結婚。

但是為什麼一定要結婚呢？而且還要特地去別的國家登記。

凱撒雖然表現了強烈的期望，但利元很滿意現在的生活，就這樣繼續下去也沒問題。況且就算是異性，也不是所有情侶都會結婚。他們兩人除了是同性之外，還有太多問題需要解決。

最重要的是，竟然要跟哪根筋不對就不知道會做出什麼事的黑手黨過一輩子，真的想都不要想，但他不會說出口來惹他生氣。

當利元什麼話都沒說，靜靜調整呼吸時，在後方抱著他的凱撒在耳邊低聲說。

「你醒了嗎？」

利元深怕回答「醒了」的話，對方又會撲過來，所以沒有做出任何回應。凱撒像是已經知道他起來似的，慢慢撫摸著剛剛射在利元身體上的精液，就像是野獸標示自己的領域一樣。

「利元，我會永遠空著那個位置。」

伴隨著低吟，凱撒溫柔地吸了耳垂。

「總有一天，你會填補那個空位吧。」

利元瑟縮了一下沒有回答。凱撒這次更明確地表達了意思，利元卻仍然沒有回應，他故意閉上眼睛再次裝睡。沉默著的凱撒卻突然從後方進入了他的身體。

「……呃！」

利元嚇得忍不住倒抽一口氣，凱撒不動聲色地開口。

「哎喲，吵醒你了呢？既然都這樣了，我們再做幾次好了。」

不是一次，是好幾次？凱撒壓在臉色蒼白的利元身上，又開始持續不停地做愛，就像是等待永遠拿不到的鋼筆一般。

遲早會死掉的。

利元的雙頰凹陷，坐在桌子上思考，好不容易離開床是四天之後。利元簡直無法相信竟然只過了四天，明明感覺像是過了四十天。如果沒有確認日期，他應該不會相信。但不論是手機還是電視上的日期，都明明擺著顯示只過了四天。

每次被凱撒抓來這裡，很快就會被吸光精力，只留下一具空殼，雖然已經不是第一次了，但利元還是會在同樣的地方想著同樣的事情。

我遲早一定會死的。

眼前可口的牛排散發著誘人的香氣，利元卻沒有胃口。稍微裝作接受他強烈的表白，搞不好後果不會這麼嚴重，但是利元的個性讓他說不出口是心非的話，假裝沒有聽到已經是極限了，雖然光是那麼做就會落得現在這個下場。

上次變成這樣是什麼時候呢？

利元呆滯地眨著眼算了下日子，以往的他，這個時候應該在自己的房間休息，或是跟父親見面。

這次的週期太快了。

每次和凱撒見面時，似乎就會瘦下十公斤。他本來就是脂肪少、肌肉多的體質了，沒有可以減少的脂肪，所以變得肌肉也減少了。每次感覺真的都快死了，甚至讓他疲憊得無法享受美味的巨大牛排，他反而怕吃完了之後，凱撒又會想做些什麼。

「怎麼了？」

聽到突然傳來的聲音，利元抬起頭來。赤裸著身體，只披了浴袍的凱撒，正親自幫利元倒著咖啡。可能是因為凌亂的頭髮，微笑的臉看起來跟平時不太一樣。利元很想幫他撥開散落在額前的頭髮，卻作罷了，他現在連一根手指頭都懶得動，他甚至覺得現在還能活著呼吸就是一種奇蹟。

我為了這個男人究竟差點送命多少次呢？

當利元陷入沉思時，凱撒輕輕撥弄了利元的頭髮，在髮際上吻了一下。然後走到桌子對面在自己的杯子上倒了咖啡。利元只是靜靜看著他。

「我只稍微煎了一下，因為你喜歡吃不熟的肉。」

凱撒微微一笑，切開滴著血水的厚實牛排，表情就像是想起利元做的那份糟糕的三明治。凱撒明明在宅邸聘請了隨時可以端出高級料理的廚師，這種時候卻不使喚對方。利元湧上了一把火，連人的靈魂都榨乾了，又何必準備這麼豐盛的一餐？

凱撒親手煎的牛排散發著引人胃痛的誘人香味。利元已經知道凱撒的廚藝很好，而且用這種方式嘲弄自己的失敗也不是這一兩天的事，即使這樣利元的心情還是因為嘲諷而受到了傷害，只能瞪著無辜的牛排。

總之待在這裡的期間永遠都吃得太好了，跟在家吃寒酸的三明治充飢的情況簡直無法比較。可能是我受到的奴役比起吃下去的還要多上好幾倍，才會有這種待遇吧？

由於私處火辣刺痛，他盡可能地張開雙腿坐著思考。雖然在屁股墊了厚實的墊子，但那也是一個問題，由於下面無法緊閉，一直感覺到有什麼流下來，當然利元知道那是什麼，他只是不想特別確認而已。

不用想也知道今天為什麼做得比平時更加激烈，總之他看起來是放了我一馬，但吃完之後可能又會撲上來。已經再也無法轉移話題，再加上體力更是已經到達極限了，利元感到性命受到威脅，因此急忙動腦筋，他一定要想出對策，這個男人除了激烈的性愛之外，其他地方都還算很溫柔。

……溫柔？

利元的腦海短暫地浮現了疑問，他隨即做出了肯定的結論，至少對我而言很溫柔。這樣的男人親自下廚，還把菜端到臥室裡，如果不是親眼所見，沒有人會相信。

當然這是在沒有惹到他的時候。

利元思索著開口了。

「我們要不要出門？」

切了牛排正要放進嘴裡的凱撒停下來看向利元，利元避開了視線，用發抖的手拿起咖啡杯，盡可能從容地說。

「難得在一起，一直待在床上很可惜吧？要不要去看電影或是表演？展覽也不錯，你不是喜歡看芭蕾舞劇嗎？」

利元硬生生地吞下「只要看不到床的地方都很好」這句話，盡可能假裝泰然自若的樣子。該死，這到底是什麼材料做的，不過是個茶杯，怎麼這麼重？

「看電影？」

「好。」

聽到凱撒平靜的提議，利元立刻回應了。

「聽說《鋼鐵做的男人》特別篇上映了，那一部怎麼樣？」

「你也是好萊塢電影迷嗎？」

他的反應裡有些微的嘲諷，利元不帶感情地回答了。

「不是，我喜歡那部電影的主角。」

凱撒切牛排的手突然停下，他抬起頭來，臉上的微笑消失，變得面無表情。利元只好急忙解釋。

「他的演技很好，私生活也不亂，也有選擇作品的眼光，所以演出的電影都不錯，那個系列的女主角也都是美女……」

總覺得越描越黑，利元慌張到不知道該怎麼說才好，恰巧他看到一旁的奶油，於是拿給凱撒。

「給你。」

凱撒一聲不吭地眨著眼睛，利元另一隻手拿起麵包，放在他的盤子上。

「你沒有想看的電影或演出嗎？」

利元用沉甸甸的銀製餐刀艱難地切著牛排問。凱撒把放在盤子上的麵包分成了兩半。

「有你喜歡的演員演出嗎？」

凱撒明明知道利元想要轉移話題，卻緊咬著不放。利元低垂的視線看著他。

「你一定也有自己的喜好吧？」

「很難說。」

凱撒用奶油刀將奶油塗在柔軟的麵包上，緩緩說道。

「我對於做愛的對象沒有很挑。」

利元沒有立刻問他為什麼要提到做愛對象，對那個男人而言，人類可能只分為做愛對象和該殺死的對象這兩種而已。比起這件事，利元對於另外一個部分更感興趣。

「跟誰做都無所謂嗎？」

那就不一定非得跟我做不可吧？

他悄悄浮現這個想法時，凱撒開口了。

「挑的人是狄米特里，我只要能放進去，誰的洞都無所謂。」

從端正的嘴巴裡說出了沒水準的話，利元瞄了他一眼，心想為什麼這男人說出那種話卻看起來一點也不粗俗呢？明明就是黑手黨。

利元把切好的肉塊塞入口中，想著只要是不知道他真實身分的人，絕對無法猜到他的真面目。狄米特里外表上是高級俱樂部的老闆，實際上卻是皮條客。利元在之前調查他時得知了這個事實。就算如此，那是個會員制的俱樂部，出入的顧客全是政府的高級幹部，或是私下幹了壞事卻很有錢的人。

那裡應該也會成為祕密交易的場地，不只是酒和餐點，所有的一切都是最高等級。接客的女人也不是一般的水準，再加上盲目崇拜凱撒的狄米特里，一定會用他挑剔的眼光仔細觀察，從中挑選最頂級的貨色。

利元不難想像纖瘦的俄羅斯美女和凱撒交纏的樣子，他好不容易吞下塞在嘴裡滿滿的肉塊後說。

「總之做點別的，除了做愛之外。」

凱撒聳聳肩又問了。

「你想做什麼？」

「什麼呢……」

本來就不是因為有特別想做的事情才提出這個話題，所以利元沒有回答得很明確。凱撒一直看著那樣的利元，就像是看著小雞的母雞。看到他那副樣子，原本因牛排和溫柔的口氣而釋懷的利元立刻鬧起了彆扭。

明明就是黑手黨，幹嘛露出一副慈祥的臉？之前面不改色地用槍指著別人的頭，還在肚子上開槍的人，現在露出那種表情做什麼？

這麼一來，過去他所做的事情像跑馬燈般在眼前流逝，那些是他埋藏在心中不去計較的回憶。強迫購買比法典更貴的料理書、用薔薇打頭、擅自砸爛別人的摩托車卻裝作不知情、朝著肚子開槍……從第一次發生關係開始，像是要致人於死地般沒日沒夜地做個不停的人。

該死的傢伙。

一瞬間，積累的怨恨全都浮現上來，利元突然皺了眉頭說。

「我們來玩生存遊戲。」

「……什麼？」

凱撒隔了一陣子才回話。利元心裡湧現小小的滿足感，又說。

「我們來玩生存遊戲，就你和我兩個人。」

「……你想跟我玩？」

「對。」

對於挑釁的視線，凱撒沉默了一會兒。看到他明顯露出無奈的表情，利元的自尊心受傷了。正當他正想再說一遍時，凱撒卻先開口了。

「那麼……」

他停頓了一下才繼續說。

「你要給我什麼？」

利元呆滯地看著凱撒，每一次他都會要求代價。這麼一想，凱撒從來不會答應沒有代價的要求，而且這一次他想要的也很顯而易見。

好不容易打消帶過的話題又回來了，利元發現自己被推到了懸崖盡頭。

「……你想要什麼？」

利元沉默了一段時間後才反問。我就算知道也要假裝不知道，你就自己開口吧！我一定會狠狠地拒絕你，利元反而期待凱撒親口說出來。凱撒看著那樣的利元說。

「偶爾拿來當運動也不錯。」

看到凱撒出乎意料的退讓，利元雖然感到失望卻也有些安心，總之只要不要再提那件事就好了。利元的視線固定在凱撒身上，故意用叉子叉起一大塊沒有切開的牛排，直接用嘴巴咬開了。

這次我會在你的肚子上穿孔。

看著利元把肉慢慢嚼著吞下，一臉意志堅定的模樣，凱撒無奈地露出微笑。

＊＊＊

三天後，他們終於朝著生存遊戲的營地出發，雖然靠凱撒的權力可以立刻準備好一切，但利元需要恢復體力的時間。好在睡得好也吃得好，在利元覺得自己足以跑跳之後，一大早就準備妥當，立刻搭上凱撒的車。

凱撒準備了沒有車頂的軍用吉普車，理所當然坐在駕駛座的凱撒，熟練地操控方向盤，漫不經心地說。

「現在後悔也不遲。」

利元嗤笑了一下。

「你沒有自信也可以放棄。」

自以為體力不錯就這樣小看我。

利元咬牙切齒地反覆握緊拳頭又鬆開。他想趁這個機會，讓凱撒知道在大韓民國服過兵役的人有多厲害。

有別於利元的決心，凱撒只是移動凝視前方的視線，瞄向利元一眼，便不再說話。車子行駛好一陣子後，終於抵達了預定的場地。

比起散發陰森氣息的崎嶇地形，首先看到的是以巨大軍用卡車為背景，正在等待他們的狄米特里。當利元一看到他，立刻想起他搭著直升機來到偏遠島上的樣子。

對二十四小時都在監視凱撒體內的晶片訊號的狄米特里而言，找到這裡其實一點都不難吧。

利元一臉不開心地想著。

狄米特里比他們更快抵達了野營地，而且背後還有數量驚人的組織成員，和看起來很可疑的巨大黑色卡車。

利元對眼前的景象感到厭煩。那個男人對於凱撒無所不知，別提這種簡單的行程了，如果問凱撒有幾根睫毛，他很有可能會說出昨天是幾根，今天掉了幾根又長出幾根的回答。

「沙皇！」

凱撒一下車，狄米特里立刻呼喚著跑過來。

「我還想說好久沒看好戲了，但這次對手會不會太弱了？」

看到他朝自己瞄了一眼，利元選擇轉頭忽視。利元看著四處平坦的地形，頂多只有小丘陵，似乎有點無聊。當他心想怎麼只有這樣時，剛好管理員從不遠的基地走過來打招呼。

「歡迎光臨，已經按照您的指示準備好了。」

那是代表已經威脅過了的意思吧！他不經意地瞄了狄米特里一眼，看到對方歪著嘴從腰下方豎起中指。利元雖然瞬間皺起了眉頭，但立刻決定忽視。管理員在說了一連串招呼語、介紹和炫耀野營地設施之後，終於提問了。

「一共有三個場地，你們想要哪一個？這邊是新手用的場地，就像你們看到的，不太有難度，就算是不熟悉這種遊戲的人也能簡單過關。所有場地又分為三個關卡，還是選擇新手場地比較好吧？」

面對推薦難易度的管理員，利元沒有回答，只是打開文宣品指著最高難度的場地。男人一臉驚訝地眨著眼睛，立刻轉頭看向凱撒詢問意見。凱撒沒有做出特別的反應，反而露出淺淺的微笑，低頭看著利元。利元反過來瞪他，兩人之間一時冒出了火花。

管理員輪流看著兩個人之後，面帶猶豫地幫他們帶路。利元率先邁開步伐，凱撒慢慢跟在後頭，狄米特里在最後皺著眉頭，罵了一聲髒話才移動。

利元看著眼前的風景，想著最適合生存遊戲的場地就是這種地方了。從小丘陵到有點高度的山，搭配適當的平地，高低起伏的地形密集地種植了高大的樹，非常適合隱身移動。

這種廣大又險峻的地形，如果沒做任何準備就冒然進入，很可能會因迷路而死在山中，從樹枝間吹來的陰森森的風也非常完美。利元迅速用眼睛觀察大致的地形時，管理員說。

「真的沒關係嗎？幾乎沒有人試過這個場地，現在還來得及更改……」

利元轉頭看他。

「請問可以在哪裡換衣服？」

管理員露出慌張的表情，但也無可奈何地帶他過去。利元接過聯想到某處的軍服，到更衣室更換之後，拿了各自裝有簡單食糧、急救藥、其他所需物品的行囊。

「接下來該挑武器了。」

凱撒用平常的語氣說完後就先走了出去，跟著出去的利元看到正在等待的狄米特里。眼中散發著光芒的他看也不看利元一眼，朝著凱撒露出滿面的笑容。看到凱撒輕輕點頭，待命的手下們就像接獲命令般往兩旁打開巨大軍用卡車的門。利元瞬間變得目瞪口呆。

卡車後方載著滿滿驚人的武器，各種大小和類型的刀槍應有盡有。其中還有幾個不同尺寸的巨大箱子，利元發現不只有機關槍、火焰噴射器，令他難以置信的是甚至還有火箭筒。

我所想像的生存遊戲不是這樣的。

他突然想起，聽說過黑手黨擁有足以跟他國發動戰爭的驚人武器，那時聽到傳聞沒什麼感覺，但親眼看到可不是開玩笑的。利元無言地看著武器後，將眼神瞥向凱撒，他一副「這沒什麼大不了」的模樣叼著雪茄。狄米特里就像是故意說給利元聽的一樣說道。

「不知道什麼是生存遊戲嗎？這只是小兒科。來，你就盡情選自己喜歡的，我很好奇你會選什麼呢！對了，我應該要準備適合你的玩具刀吧？」

利元沒有理會他嘲諷的口氣，反而觀察了凱撒的神情。他看起來沒有特別的反應，好像根本沒聽到狄米特里的話。看他認真選武器的表情，利元明白了他經歷過的生存遊戲跟自己想像中的完全不同。

他從小就拿著這些東西接受訓練嗎？

突然想起凱撒身上許多大大小小的傷疤，利元的背脊一陣發涼，但決定不去多想了。不論是漆彈還是真槍，反正只要一中槍，遊戲就結束了，沒什麼不一樣。

利元開始一一觀察武器。

還是選擇用過的比較好。

當他思考著拿起武器時，凱撒開口了。

「我雖然主要使用克拉克手槍，但左輪手槍也不錯。因為在生存遊戲中不太需要連續發射，左輪手槍容易上手也比較不容易壞掉。」

利元把凱撒的話當耳邊風，視線移到另一支槍上，凱撒看到後又說。

「帶著那個有點重，雖然不知道這個遊戲會持續多久，但是重量越輕越好……等等，那把槍的缺點是有點長，不過後座力不大比較穩定，重量也適中……嗯，如果是我就不會選擇那個，功能不錯，但太輕了，用不好後座力會……」

「喂。」

利元打斷他接連不斷的說明，正眼看著他。

「我是來自大韓民國的男人，我有當過兵。」

而且還是特戰司出身好嗎？

利元在心中補充。這傢伙竟然小看我，我會賭上男人的名譽，好好讓他知道我的厲害。凱撒默默低頭看著他，雖然氣氛暫時有些緊張，但很快地就隨著凱撒的淺笑煙消雲散。

「應該不太行。」

凱撒像是看穿了利元內心般地說。利元皺了一下眉頭，轉過頭去，不再理會他。凱撒看著他再次專心挑武器的側臉，一副「隨你高興」的樣子往後退，也開始挑選自己的武器。利元聽著金屬碰撞的沉重聲響，仔細觀察著堆積如山的武器。

他對開槍的技術很有自信，最近雖然沒有碰過槍，但當兵時曾在射擊大賽拿到第一名，也因此拿過好幾次榮譽假，自認為對開槍很有天分。不論是槍或是肉搏他都有自信。刀似乎有點危險。

備。

利元雖然這麼想，但為了以防萬一也拿了短刀。雖然主要會使用槍，但不得不為了意外做準備。

一眼掃過武器的利元停住視線，在眾多武器之中看到了他在當兵時期使用的槍。這裡可能蒐集了全世界的武器，真的是應有盡有。甚至在網路上看過的珍貴步槍也鄭重地放在一旁。利元帶著讚嘆和無奈兩種相反的情緒，靜靜地確認了彈匣。他也拿了備用子彈，正在確認手上的步槍時，凱撒開口了。

「你想把那些全都帶走嗎？」

利元正在想要不要拿手榴彈，漫不經心地回答了。

「你也帶了啊！」

凱撒瞄了一眼手上的步槍，隨即不以為然地露出微笑。

「因為這個比較順手。」

「我也是。」

利元俐落地回答後，故意在他面前把手榴彈放進了上衣的口袋。他終於選好了所有的武器轉過身去，利元對著一直看著自己的凱撒說。

「我好了。」

凱撒臉上露出淺淺的微笑，狄米特里立刻皺了眉頭，但利元和凱撒都沒有理會他。凱撒關心的只有利元，利元關心的只有贏得遊戲。或許是利元的臉上顯露出了鬥志，凱撒看著他瞇起雙眼。

有一瞬間，利元產生了他把完全勃起的陽具猛地塞進自己體內的錯覺，擔心被發現自己一時的恍神，他立刻轉過頭去，裝成要背好背包的模樣。凱撒伸出手來想要握手，利元只是敷衍地拍了一下。狄米特里氣得跳腳，但凱撒卻無所謂地說。

「每天會通過對講機聯絡一次，限制時間五分鐘，一天中只有那時可以講話。各自可以問對方一個問題，無論是什麼問題都不能欺騙或含混帶過。」

利元沒有異議地點點頭，他確認對講機沒有問題後放進背包裡。凱撒接著說。

「一個小時後開始。」

利元沒有回答，只是用低垂著視線看向他，然後轉過身去。凱撒看著他漸漸遠離的背影後彎腰拿起行囊，一旁的狄米特里開口了。

「究竟為什麼要玩這種愚蠢的遊戲？」

凱撒依然看著利元離去的方向，淡淡地開口問道。

「是誰說要來看的？」

狄米特里感到心虛，卻裝作毫不在意地帶過。

「我只是來看你，反正勝負顯而易見，哪有什麼看頭？」

那個討人厭的傢伙被打得落花流水應該挺有看頭。

狄米特里找到自認為有趣的關鍵點而眼神發亮。到目前為止都過著舒適生活的普通人，竟然想和凱撒玩生存遊戲。這個不知天高地厚的傢伙，狄米特里哼了一聲。他應該撐不到三十分鐘就會變得血肉模糊吧！

「你知道嗎？只要那傢伙露出那種表情，我就無法忍耐。」

聽到凱撒低聲的呢喃，狄米特里愣了一下。他的手錶發出警告聲，狄米特里反射性地低頭看錶，隨即愣住了。凱撒的脈搏變快了，到底為什麼？他沒有出血，也沒有發生意外，不論是什麼情況都絕對不會受到影響的他，生理反應為什麼出現變化呢？

是故障了嗎？

狄米特里皺著眉頭看著手錶上的數字。剛剛的事情就像假象似的，凱撒的脈搏又恢復了平時的數值，警告聲也消失了。狄米特里沉默地看著手錶，放下了手，確實該拿去檢查了。

雖然才定期檢查沒多久，但機器就是會某天突然壞掉，小心一點沒有壞處。在那段時間裡，凱撒已經背上行囊，晚了一步地朝著遊戲場裡邁開步伐。狄米特里在身後問道。

「你打算怎麼做？對方好像充滿了鬥志。」

凱撒漫不經心地回答了。

「只能適可而止。」

凱撒說完，就把失望的狄米特里拋在身後自言自語。

「總不能讓他死掉。」

* * *

開始了。

聽到遠處響起的警報聲，確認了手錶之後，利元深呼吸緩和緊張。他走過平地，尋找有許多岩石的溪谷，在確認方向後，走到理想的位置後打開行囊。照理說，包包裡會裝著所有必需用品，但他還是想先確認。並根據需要的程度將重要的東西放在最上面，其餘的則放在下方，以便發生事情時可以迅速地拿出來。

他把繩子和手電筒一起綁在腰上，接下來要處理的是水和糧食的問題，水尤其重要。水可以從經過的溪水中隨時取得，但一直待在水源附近很快就會被發現。他要盡可能找到水資源充沛的地點，他仔細觀察了放在包包裡的地圖，在腦海裡稍微模擬了之後，不知不覺就想到凱撒，那個男人會用什麼樣的方式戰鬥呢？

利元立刻想起了狄米特里的話而繃緊神經，他說凱撒從小就在做這些訓練。凱撒對利元說了各種多餘的意見，卻很熟練地選出自己要用的武器後就立刻退後了，彷彿腦海裡早已知道自己要用什麼。

凱撒熟悉的武器……

想起他拿起切成透明薄片的番茄，若無其事微笑的樣子。

「人也可以切成那樣。」

回想凱撒說過的話，利元確信了一件事情——他一定非常擅長用刀，那麼一定會隨身帶著刀，而且至少會有兩把以上。他常用克拉克手槍，所以才選擇那個吧。

當他想起那把在自己肚子上穿洞的槍時，不禁低聲罵了髒話。他搞不好會再次毫不遲疑地朝著我的頭或肚子開槍。用那把該死的克拉克手槍，跟當時一樣。

再次抱住刺痛的肚子，瞇起了眼睛，被他傷害的事情還真不少。從輕輕嘲諷利元的失誤開始，還動不動就威脅和綁架，甚至對自己開槍，現在更是胡說八道自己的身體柔弱，還說什麼希望收到鋼筆當結婚禮物。

過去的回憶像是跑馬燈一樣閃過眼前，重燃了利元的鬥志。

真是被那個男人看扁了，我一定要讓他看到我的厲害。

利元下定決心後快速地掌握了地形，他專注地掃過地圖，而他為了以防萬一，牢牢將地圖記入腦海裡的過程中，他也沒有放鬆警戒。在茂密幽靜的森林中，不時傳來鳥鳴聲。

* * *

「看得到嗎？」

狄米特里回到卡車上詢問，看著螢幕操控機器的男人抬起頭來點點頭。

「是，已分別確認到沙皇和律師的位置。」

狄米特里看到紅點和綠點在不同位置上閃爍，指著其中一個說。

「這是沙皇嗎？」

「沒錯，這樣下去，過不久應該就會遇到了。」

狄米特里瞇著眼睛確認了螢幕上的距離，那點距離對凱撒來說追過去只要十分鐘就能解決掉。

不過他不會那麼做吧……

狄米特里對此感到不滿，原本以為終於等到機會看凱撒露出本色，他卻回答「只能適可而止」，在那個男人的字典裡有「適可而止」這個單字嗎？原以為他接受了遊戲的提議，一定會好好分出勝負。

那樣的話律師就會死掉，開心的人換成我。

不能錯失這個機會，如果凱撒不下手，那就沒辦法了，就只能自己來。問題在於如何瞞著凱撒動手，萬一被凱撒發現了，他當然會妨礙我，計畫就會失敗。無論如何都要想辦法讓這件事成功，畢竟只要人死了，凱撒也沒有別的辦法。

如果律師那傢伙死在沙皇的手裡……

狄米特里瞇起了眼睛，光用想像的心臟就像是快要爆掉般快速跳動。

那會成為最有看頭的事情了。

* * *

……！

利元嚇得瞬間睜開了眼睛，一時之間他不知道自己在哪裡，經過幾秒的空白之後，他才恢復了記憶。前一天找到藏身處的他，用不舒服的姿勢蜷縮在睡袋裡睡著了。

確認了睡著之前最後看到的景色之後，全身感到一陣痠痛。剛好腰間傳來小小的訊號聲，他找到叫醒自己小睡片刻的物體後，取下掛在腰間那有點重量的對講機，打開開關，聽到短暫的雜音後傳來聲音。

「利元，你在嗎？」

聽到的聲音比想像中清晰，利元不禁讚嘆著說。

「聽得很清楚，Over。」

短暫的空白後，凱撒再次開口了。

「……你在哪裡？」

利元頓時想起了規則，聽到陡然變低的聲音讓他不自覺的屏息。

這是今天的提問嗎？

「……你先說。」

利元退一步反問，對方停頓了一下才回答。

「P-32。」

利元立刻打開地圖確認位置，那裡離利元的地方有一段距離。他放心地說。

「我在A-15。」

在這麼寬廣的場地不知道彼此的位置，只等待著巧遇而到處走動只會徒勞無功。每天一次，用這種方式顯現自己的位置會讓遊戲增加緊張感。雖然不知道為什麼這段對話需要五分鐘，但利元再次開口了。

「你會以攻擊為主移動吧？」

凱撒在對講機獨有的空白後聽到了問題。

「你超過了提問的次數吧？」

沒有任何不愉快或訝異，反而凱撒像是覺得有趣似的反問，利元卻裝傻。

「我剛剛沒有說是問題啊。」

果然，過了一會兒，凱撒用充滿笑意的聲音回答。

「我上當了。」

利元不理會他的回答，再次問道。

「回答呢？」

凱撒的聲音從對講機那頭傳來。

「今天我打算防守。」

雖然是意料之外的答案，但利元沒有多去追究，搞不好他是在挖陷阱等待我上鉤，或者是他想要先觀察情況，利元想了各種情況後，簡單的道別。

「那麼……」

正當利元想要掛掉對講機時，凱撒突然開口了。

「你知道嗎？我的回答中有一個是假的。」

利元瞬間愣住了，他繼續低聲說。

「只能問一個問題，真相也只有一個。」

令人無言的是他先掛斷了對講機，利元慌張地眨了眼睛。真是聰明反被聰明誤啊！利元後來才想起狼也象徵著邪惡和奸詐。

竟然對那個男人耍膚淺的小伎倆，是我不對。

利元認為自己做了多餘的事，但既然事情已經發生了也沒辦法。總之，凱撒沒有破壞規則，本來就是一個問題回答一個真實的答案，問題在於他老實回答的是哪一個。

利元盯著地圖看，判斷可能是前者。因為問題是利元突然問的，而且凱撒在下一個問題才說：「你超過了提問的次數吧？」，那代表第一個問題有老實回答，下一題才說謊。

如果他只是為了短暫地擾亂我的判斷，那確實成功了。

利元冷靜地盯著地圖，仔細地看著對方所在的區域。現在要找出凱撒會移動的路徑，如果以防守為主他會移動到哪裡呢？

利元快速瀏覽過地圖後，點點頭，站了起來。

有句話說：「最好的防守就是攻擊」，利元背起行囊開始移動，凱撒可能也還沒決定要攻擊還是防守，還沒有立下任何計畫。利元先不管他會怎麼出手，總之要正面迎戰，畢竟再怎麼用腦袋盤算，也全都是猜測而已。一直到現在，利元都深信著事實只有親眼確認才能相信。

凱撒在不遠處看著利元快速走遠。這點距離很容易殺死對方，只要拿出槍來開槍就好了，利元將會莫名其妙地死掉。

一般的情況下他會那麼做。

凱撒不經意地露出淺淺的微笑，如果狄米特里看到那張臉，一定會大吼著跳腳。他根本無法想像凱撒微笑或笑出來的樣子，但凱撒的嘴邊泛起了自己也沒有覺察到的溫柔笑意。

整晚他都在一旁，利元卻完全沒察覺，看到他立刻離開的方向，大概是不認為剛剛凱撒說的座標是假的。無所謂，就像他對利元說的，其中一個是真的，今天他只會防守。

這時對講機傳出狄米特里的聲音。

「你在做什麼？直接開槍，不就結束了嗎？」

一如預期，他緊緊追蹤著凱撒和利元的位置，也沒什麼好大驚小怪的，凱撒無所謂地答道。

「我說過了，我會適可而止。」

在狄米特里想要再說什麼之前，凱撒先打斷了他。

「不會有你期待的事情發生，狄米特里。」

繼續傳來冷靜的聲音。

「我沒有想要認真地跟他戰鬥。」

凱撒沒有再聽他的回應，直接掛斷了對講機。他立刻起身，快速跑向陡峭的地形，沒過多久他就跟上了利元。

「哈啾。」

意外看到利元打噴嚏抖動肩膀的樣子，凱撒忍不住笑了出來。他的嘴邊依然泛著微笑，看著利元揉了一下鼻子再次邁出步伐。

＊＊＊

利元追逐著凱撒的蹤跡走了許久，最終卻浪費了一整天。他知道在茂密的森林裡，天會暗得更快，於是他確認周遭的情況後離開了平地，為了走到更高的地區而往上爬，雖然比較吃力，但視野變得開闊會更有利。

在那裡好了。

正好找到樹枝多又很容易爬的樹，如果是那裡的話，從遠方應該很難找到他。他先把繩子綁在腰上，然後爬上樹，粗壯巨大的樹幹讓人足以一眼看出它的樹齡，暫時在樹上睡覺和生活應該都不成問題。

太好了。利元充滿鬥志地持續往上爬。

當利元終於爬到自己理想的高度，他環顧了四周發出讚嘆聲。濃郁的霧在腳下，他的視野可以將很遠的地方都看得清楚，也看到了狄米特里或管理員所在的帳篷，反方向還有緊急時刻使用的小房子，照這樣下去，說得誇張一點，搞不好還看得到首爾。利元心滿意足地拿出羅盤確認方位，他回頭看凱撒消失的方向，但因為濃霧的關係很難辨識。

霧明天應該就會散了吧……

利元邊想邊檢查裝備。為了防備可能的攻擊，他打算睡在樹上。

如果是凱撒，再回到這邊的機率很高，那麼我就在這上面等待著……

他大概分析了周遭的樹枝位置和動線，在腦海裡模擬了攻擊模式後，為了防止從樹上掉下去，他將自己牢牢綁在粗壯的樹枝上。

呼。

利元短暫地吐了一口氣，將頭靠在樹上休息，等待的時間永遠都漫長且無聊，他究竟什麼時候會找到我呢？

快點過來。

至今為止，利元似乎不曾像這樣焦急地等待過某個人，他屏息凝神，透過濃霧眺望著遠方。

等待的時間漫長且無聊，在緊張之中獲得的短暫安全感讓利元陷入熟睡。在樹上應該是安全的，或許是潛意識中的想法讓他變得比較鬆懈。等待凱撒現身的他，慢慢地打著瞌睡，不知不覺地睡著了。

當他睡得正熟時，隨著隱約的聲響感受到一股氣息。是什麼呢？有動物經過嗎？空氣中散發的溫暖讓利元動了一下身子，隨即臉上浮現微笑，嘴唇被某個溫柔的東西碰觸，他不自覺地蠕動嘴唇。

凱撒看著利元將熱呼呼的暖暖包抱在懷中再次入睡的模樣，露出短暫的微笑。沒有綁繩子就爬上來的他，爬下去時也熟練地不發出任何聲音，一下子消失了。

* * *

那兩個傢伙到底在幹嘛？

狄米特里氣憤的看著螢幕。兩個點好不容易交疊在一起卻又分開了。如果不想對他動手，那就不應該開始，既然要玩了就要玩個徹底，磨磨蹭蹭的到底在做什麼？

不會都來到這裡了，還在談戀愛吧？

心中湧上的怒火讓狄米特里的拳頭不斷握緊又鬆開。忍耐，我要忍耐，現在只是開始而已。他想辦法按耐住飆升的血壓，盡可能地說服自己冷靜。他們不可能那樣吧？現在正在遊戲中，再加上「談戀愛」這個單字真的很不適合沙皇。

如果真的是那樣……

狄米特里回頭看著卡車上載滿的眾多武器，若有所思。

如果讓我看到那個樣子，我乾脆炸掉整個森林。

* * *

嗅著樹木潮溼的味道，讓利元從睡夢中醒來。他眨著惺忪的睡眼，後知後覺地想起自己的處境，驚醒地坐起身。雖然差點掉下去了，但幸好前一天有緊緊將身體綁住，才沒有釀成大禍。眼前跟最後看到的風景沒有多大的差異，竟然在這種環境中睡得這麼熟，自己的神經也相當遲鈍。心裡不是滋味的他正想用手撥頭髮時愣住了。

懷裡有沒看過的暖暖包，已經冷掉了。這是什麼？為什麼在這裡？利元呆呆地眨眼。他為了節省暖暖包，昨天並沒有拿出來，那為什麼會在這裡呢？這麼一想，昨晚異常地溫暖，他原本以為清晨時會因寒冷而醒過來，沒想到反而陷入熟睡。他摸了一下暖暖包，竟然還留有溫度，會做這種事情的只有一個人，那就是凱撒。

利元無言地張大了嘴巴，他不敢相信地到處翻看暖暖包，發現上面有寫字。

小心感冒。

雖然是簡單的幾個字，但可以確定凶手就是凱撒。如果不是他，沒有人可以爬到這麼高的樹上放暖暖包和留下這種字。在睡著的時候，敵人爬到這裡還放了這種東西，還真是大膽和從容啊！

不同於凱撒，利元真的很沒用，竟然熟睡到不知道凱撒來過，這像話嗎？如果他沒有手下留情，現在早已經結束了。

這麼一想內心就燃起怒火，雖然是因為自己太大意而造成的，但面子掛不住的事情還是無法忍耐。他氣得粗魯地整理行李時，對講機傳來訊號。利元雖然不是很情願，但只能接起來，對方當然是凱撒。

「看樣子你醒來了。」

「對。」

利元覺得又生氣又丟臉，很難假裝自己平靜，但他設法讓自己不要表現出來。

「今天的問題是什麼？」

不知道凱撒是否了解利元的心情，他像平常那樣開口，用帶有笑意的口吻問了。

「沒有感冒嗎？」

「完全沒有。」

回答得太快了，利元為了掩飾尷尬立刻接著說。

「換我了，你現在在哪裡？」

這次應該會老實回答吧？雖然事後才後悔，但前一天不該對他用不自量力的伎倆。利元等待回答時，凱撒開口了。

「這是問題嗎？」

「對。」

聽到明確的回答後，凱撒也立刻回答了。

「A-15。」

是利元前一天所在的座標位置，有種被戲弄的感覺。他的意思是要我走回去嗎？利元的思緒變得複雜，但也只能回答「知道了」之後掛斷對講機。他為什麼在那裡？不是說防守嗎？那當然要去完全不同的方向啊，到底在想什麼……

利元突然皺了眉頭。

他問錯問題了。

每次都是後來才了解到自己的錯誤，他一邊想著自己還真狼狽，一邊粗魯地繫上行囊的繩子。

* * *

再次度過沒有任何收獲的一天後，利元找到藏身處，在周遭設置了陷阱，他沒有打算要讓凱撒受到重傷，只設了單純能引起注意或嚇到絆倒的小陷阱，最後他綁上小鞭炮，拿出睡袋準備睡覺。

這裡的森林比想像中還要寬廣，他走了一整天卻只走了野營地點的一小部分。他利用剛好籠罩的濃霧升火煮著湯一邊思考著。

很奇怪。

他曾經在連續劇裡看過直接撕咬活蛇吃下去的男人，雖然那是在森林裡徘徊時，餓到不論什麼都能吃下去的劇情，但看著演員使出渾身解數的演技，比起讚嘆，先想到的是肚子裡如果長寄生蟲該怎麼辦的擔憂。他對那件事的想法現在也依然沒變，但只有一部分不太能理解。

生存遊戲本來就是這麼從容嗎？

利元為了不讓濃湯燒焦，皺著眉頭用湯匙不斷攪拌著。這跟自己原本想像中充滿緊張刺激，讓腎上腺素飆升的遊戲簡直截然不同。

怎麼就像是來露營般這麼悠閒呢？

過去兩天根本沒看到凱撒的影子。

彼此都公開座標了，卻像這樣完全看不到人影。

利元皺著眉頭思考，如果不是故意躲避，至少應該會擦身而過吧？這是人造的遊戲場地，利元也沒有認為需要極地求生到活吞蛇的程度，但這也太過悠閒了吧？

因為太沒有緊張刺激的感覺了，利元甚至分不清自己是獨自來露營，還是因為無聊出來散步。在這裡如果再烤個棉花糖就太棒了。

利元看著乾柴火燃燒著發出嗶啵聲確定了一件事。

一定有鬼。

且不論狄米特里瘋狂的讚美，凱撒他也說過自己從小就經歷過這種事情，很難想像那樣的他會連續兩天都像這樣毫無動靜。尤其利元更是想盡辦法要找到他，這裡再怎麼大也不可能完全看不到蹤影吧？如果他也正在找我的話，至少有可能踩到陷阱才對。

雖然場地很大，但竟然大到看不到彼此的程度也很詭異。從地圖上觀察有可能行經的路也只有那幾條，反而讓利元覺得凱撒的行為是在故意躲他。

仔細去想，奇怪的地方不只一兩個。利元到目前為止，根本沒有踩過陷阱，最多只有碰到挖了小洞，踩下去會踩空跌倒的無聊陷阱而已。

利元認為，不可能把之前的玩家來這裡玩過的痕跡整理得如此乾淨，他想起管理員有點閒散的樣子，皺了眉頭。雖然是令人不耐煩的結論，但搞不好真的就是如此。他喝著加熱濃湯的期間一直都陷入沉思中。

如果真的是那樣……

剛好對講機的訊號聲響起，利元默默低頭伸出手來。

「利元。」

利元聽著唯一可以從對講機聽到的人聲，不帶感情地回答了。

「你說。」

自從無謂的浪費問題之後，利元再也沒有對凱撒要小手段，而是直接丟出問題，用正當的手法取得答案。一天五分鐘，問題只有一個，要想辦法趁這個機會取得有效的回答，利元已經犯了兩次失誤，因此他為了掌握對方的動向，決定改變策略把先攻的機會讓給他。

「你先說。」

利元一臉正經，但凱撒似乎打算開無聊的玩笑。

「你正在想什麼？」

聽到慵懶的聲音，利元立刻回答了。

「想要如何抓到你。」

趁著凱撒還沒回答，利元冷漠地補充說明。

「也在想抓到之後該在哪裡開槍。」

「真令人感到興奮。」

凱撒用帶有笑意的聲音低聲說。

「你在殺死我之前，會親吻我嗎？」

對於這麼明顯的誘惑，利元沒有上當。

「我剛剛決定要朝著下巴開槍。」

「真是的，一點都不仁慈。」

他真心地感到惋惜似的嘆口氣。竟然聽到黑手黨說仁慈什麼的，利元覺得很無言，他選擇不去理會，問道。

「那你呢？」

聽到一陣沉默，凱撒反問。

「這是你的問題嗎？」

「對。」

利元沒有愚蠢到使出同樣的手法，他明知道凱撒在捉弄他，不帶感情地問道。

「你正在做什麼？」

利元想著，他如果回答他正在講對講機，就真的會在他的臉上開槍。

「我現在正和你講對講機，等掛掉對講機後我要自慰。」

利元改變了想法，不該朝著臉開槍，應該是另一個地方。利元依然冰冷地說。

「祝你度過美好的時光。」

原本想就那麼掛掉對講機，凱撒卻冷不防地問了。

「你記得我的名字嗎？」

「你突然說什麼呢？」

聽到不明所以的問題，利元立刻反問，凱撒沒什麼大不了的回答。

「因為你每次都叫我『你』，都沒有好好叫過我。」

我有嗎？

雖然想不太起來，但對方這樣說應該就是吧。利元認為那也沒什麼，於是立刻回應了他。

「凱撒，好了吧？」

他感受到的不是用對講機對話時會有的延遲，而是另外一種感覺。

「你再叫一次。」

聽到對方靜靜的要求，利元立刻答應了。

「凱撒。」

「……呼。」

當利元從對講機傳來不尋常的深沉呼吸聲而產生了微妙的感覺時，突然傳來像是嘆息般的聲音。

「……好了，那就再見。」

對方傳來簡單的道別就掛斷了。利元愣了一會兒，眨了眨眼睛。剛剛聽到的呼吸聲並不陌生，那不會是……

「這小子，怎麼這樣！」

後知後覺的利元皺著眉頭怒罵了一聲，一股毛骨悚然的寒意衝上背脊，他決定不去多想。

利元簡單用完餐後環顧了四周，但濃霧絲毫沒有散去。在這種情況下走在森林裡非常危險，是不是又要這樣度過一天呢？一想到這裡就變得焦躁。利元靠在捲成圓形的睡袋上陷入沉思。

一一回想和凱撒的對話，總覺得有點古怪，對方並沒有很專注於這場遊戲。雖然一開始認為他很熟悉這種遊戲才會有這種表現，但理由應該不只如此，那又是什麼原因呢？

雖然一天中只有五分鐘能對話，但可以取得情報的時候只有那段時間。

利元突然想起他傳來的聲音異常清晰，如果起了這種程度的濃霧，電磁波應該會受到干擾才對，但從第一天到現在，聲音永遠都那麼清晰。原本以為可能是使用了功能較好的對講機，但過去兩天，他走到腳都腫了，就算是功能再好的對講機也絕對有限度。

搞不好……

利元瞇起了眼睛。

根本找不到那傢伙蹤跡的理由搞不好是……

眼前被濃霧沾溼的柴火發出噠噠聲，吃力地燃燒著。

＊　＊　＊

凱撒把飲用水倒在還有一絲火苗的柴火上，火頓時熄滅，變成黑色的灰燼。今天多虧有濃霧可以升火，但相反的什麼也沒辦法做。因為這裡的地形有點險峻，不小心踏錯一步就會有死亡的風險。

利元今天也幾乎沒有移動，凱撒很早就放棄跟著他。這種天氣利元也會儲備體力，不會勉強行動。險惡的地形很快就會消耗新手的體力。今天他應該會稍做休息，明天適當的應付一下，再結束這個遊戲好了。

凱撒想了想，不自覺地泛起微笑。利元已經好幾次進入他的射擊範圍內又消失了，他本人雖然完全沒有自覺，但只要凱撒下定決心，大可結束這場荒唐的遊戲。不過凱撒用跟利元不同的理由享受著，像是貓捉老鼠一樣，反覆地找到他又放走他。

狄米特里知道後一定會口吐白沫。

當他再次微笑時，從陰森的濃霧中傳來異樣的香味。凱撒本能地拿出熟悉的克拉克手槍，差一點就要扣下扳機了，但在這裡除了自己之外只有另一個人的事從腦海一閃而過。

他突然出現了，從濃霧中跳出來，男人撲上，凱撒就那麼往後倒，重物落地的聲音在安靜的森林裡擴散開來。

「出局。」

凱撒皺著眉，發出短暫的讚嘆聲。

「我差點就腦震盪了。」

凱撒笑著仰望坐在自己身上的利元，利元卻沒有笑，他不耐煩地皺著眉頭瞪著凱撒。

「我現在開槍的話，你就輸了。」

利元的手上拿著柯爾特手槍，凱撒看到後，不合時宜地說了莫名其妙的話。

「這把手槍不適合你，沒有更性感一點的嗎？例如貝瑞塔手槍……」

利元沒有回答，而是輕輕轉動手槍，握住槍身，用槍把毫不留情地打了凱撒的頭。

「……！」

凱撒這次沒有發出任何聲音，額頭的一角很快流出血來，他卻連一點呻吟聲都沒有發出，只是看著利元。這種反應，利元知道跟剛才不一樣，這次他是真的很痛。

「夠性感了吧？」

「……很夠了。」

凱撒無奈又不甘願地回答了。經過短暫的衝擊，他馬上恢復了平常的樣子。

「你是怎麼找到我的？」

利元依然坐在他的胸口上，用槍指著他說話。

「你很有自信不被發現嗎？只離我不到二十分鐘的距離。」

凱撒依然沒什麼大不了的聳聳肩。

「我以為你明天才會發現。」

利元瞇了眼睛。

「那是因為你預計要在我面前出現吧？」

凱撒用簡短的微笑代替回答，他抬起手來溫柔地撫摸了好幾次利元的臉頰。利元雖然感到心動，但沒有表現出來，他只是一心期盼不受理性控制的下半身不要有所反應。

「你怎麼知道的？」

凱撒誘惑似的呢喃，利元面無表情地老實告訴他。

「你一直在我身邊吧？不然怎麼可能一直找不到？再加上你如果是認真的，至少會遇到一次，但連那種偶然也沒發生，根本不可能。要不是故意躲我，就是隔著一段距離跟著我。」

凱撒笑了一下，就像是發現了預料之外的事情。

「我被擺了一道。」

被擺了一道的是我！這麼一來就能確定凱撒是故意沒有抓自己，不然怎麼可能這麼鎮定？再加上他一直跟著我卻什麼都沒做。利元輕輕咬了咬嘴唇。說不定那時的自慰也在不遠處看著我做。

一想到這個男人又小看了自己就覺得很火大，凱撒根本不懂利元的心情開口說。

「那麼就結束遊戲吧？因為你贏了。」

凱撒說著話，正想再次撫摸利元的臉頰，利元卻突然甩開他的手。

「你開什麼玩笑？」

聽到利元低聲的抱怨，凱撒嚇了一跳，他立刻發現利元在生氣，因為利元又甩開他再次伸出的手。剛才還游刃有餘的凱撒愣住了，對於啞口無言的凱撒，利元用傲慢的眼神說。

「我現在連你的手都不想碰。」

聽到冷漠的聲音，凱撒輕聲地問。

「為什麼？」

利元笑了。

「因為一點都不讓我心動。」

凱撒沉默了，利元低頭看著他繼續說。

「對我手下留情的你，真的一點魅力也沒有，我根本就沒辦法勃起。」

兩個人在沉默中瞪視著彼此，沉默一陣子的利元慢慢將身體壓下去，兩人的臉越來越接近，在能感受到彼此氣息的地方停了下來。

「凱撒。」

凱撒聽到低沉的呼喚聲後愣住了，利元低頭凝視著他，嘴脣微張。

「讓我興奮，讓我瘋狂好嗎？」

利元用夾雜著呼吸聲的低沉嗓音繼續說。

「那樣的話，我連你的腳尖也願意舔。」

利元注視著凱撒抬起上半身。到那時為止，凱撒依然不發一語，不過利元很清楚他興奮了。

「你欠我一次。」

利元故意隔了幾秒之後才開口。

「別忘了我現在救了你一命。」

利元故意讓凱撒看到自己將那打了他額頭而沾滿鮮血的柯爾特手槍插進腰間的模樣，再次開口了。

「那麼重新開始吧？」

凱撒用淺淺的微笑代替回答。利元站起來之後，凱撒才跟著站起來，利元等他拍完灰塵問道。

「從什麼時候開始？」

凱撒回答。

「我給你十秒，這段時間內你盡可能跑遠，我會在數到十之後……」

他血紅的雙眼裡，散發著初次見面時看到的瘋狂之氣。

「把你抓來強暴。」

凱撒立刻開始數數，利元轉身就跑。

他來真的！利元用盡全力跑著，心想他這次是認真的，那個男人是真的想取我的性命，他一定會竭盡全力來殺我。

當然，這是我所期待的事情，如果不是出於這個目的，就不會故意把他找出來挑釁，遊戲終於要開始了。

現在總算感受到熱血沸騰了，腎上腺素飆升，脈搏也瘋狂跳動。利元跟著記在腦海裡的地圖不停奔跑。當然，這也是他來到這裡之前就已經想好的路徑。

「喔！」

看著畫面的狄米特里發出小小的讚嘆。

「現在終於要開始了嗎？」

暫時會合的點瞬間遠離。利元跑走了，凱撒在等待。原因不說也知道，一定是發現不對勁的利元找出凱撒，教訓他要好好應戰。不知道他用什麼方式說服的，看樣子凱撒要認真起來了。因為原本停在原地的點，沒多久便開始以驚人的速度追逐著另外一個點。

來，讓我看到期盼的表演。

狄米特里躍躍欲試地擺弄著一把小刀。

凱撒，殺了他，抓到那個該死的律師把他的肉切成薄片。

* * *

利元氣喘吁吁地停下腳步。到了這裡就可以放心了。來的路上經過了無數個陷阱，但目前都沒有聽到聲音，如果凱撒跟在他的後面，至少會引爆三個鞭炮。利元相信自己已經甩開了他，靠坐在樹上調整呼吸。

凱撒會認真到什麼程度呢？

利元雖然好奇，卻又不太想知道。總之，現在的狀況確實是朝他想要的方向發展，遊戲真正的開始了。

像隨風飄動的樹葉聲似的，模糊的腳步聲和眼前一閃而過某個東西。利元開始懷疑自己的眼睛，他呆呆地眨了眨眼，才僵硬地發現瞄準額頭的槍口。

凱撒就站在離他僅僅幾公尺的前方，與自己不同，連一口粗氣都不喘地低頭看著利元。對視了一段時間後，利元才意識到他真的是凱撒。

與此同時，背脊竄出一股涼意，他驚訝於凱撒能如此悄聲無息的移動，而且沒有踩到任何一個自己設置的陷阱，也對他能移動得那麼快速感到驚訝，最後驚訝的是，他立刻就找出自己的藏身處並用槍口對準他。

利元啞口無言地盯著凱撒，他卻突然把槍收起來。當利元不明所以的眨著眼時，他露出一貫的淺笑說。

「欠你的，這樣就扯平了。」

面對受到衝擊的利元，凱撒用溫柔的語氣補充了。

「別忘了我現在救了你一命。」

利元第一次知道自己說過的話被人原封不動地奉還時心情會變得這麼糟糕。看到利元凶狠地皺了眉頭，凱撒輕輕舉起手說。

「那我們重新開始吧，這次換我逃走。」

然後就像剛才出現時那樣，他轉身退到樹葉後方，瞬間從視野中消失了。一時之間，利元不相信他是真的不見了，在寂靜的森林裡，他繃緊神經，全神貫注地再待了一陣子。像那樣能夠完美隱藏自己的行蹤的人，一般來說是不可能察覺對方蹤跡的。

利元這時才接受過去三天裡，即使一直被凱撒跟在身後也完全沒有察覺的理由，萬一中途沒有發現任何不對勁，一定會按照凱撒的計畫，在他沾沾自喜的自願出現後抓住他，或被對方抓住。

差點又變成了凱撒的笑柄。

那可不行。

雖然只有一瞬間，但他已經清楚了解到凱撒的實力。

現在該輪到我回應了，我絕對不會認輸。利元重新繫好軍靴的鞋帶，站了起來。朝著凱撒消失的反方向跑過去，臉上露出比任何時候都更加緊張和認真的神情。

「獵物朝著路徑外的地點跑過去。」

聽到組織成員的報告，狄米特里確認了螢幕，兩個點朝著相反的方向分散。怎麼會這樣？狄米特里不自覺地皺起眉頭。那個該死的律師不可能瞞著凱撒的眼睛逃跑，難不成凱撒是故意放走他的嗎？

應該是吧。

狄米特里毫不懷疑地下了結論，凱撒絕對不可能錯放抓到的獵物。

「要開始了嗎？」

聽到組織成員的詢問，狄米特里抱著手臂搖搖頭。

「等一下好了。」

他一直盯著螢幕繼續說。

「我們再觀察一下凱撒會怎麼應對，我們該做的事情是讓那個陷阱變得有用。」

他瞇著眼看著顯示利元的點低聲說。

「然後那個律師就會死。」

凱撒一定會認為他是因為自己設下的陷阱才死的，那麼一切就會結束。乾淨俐落。

狄米特里深吸一口氣，平復興奮的心跳，期盼著那個時刻到來。

* * *

利元停下快速移動的腳步，環顧周圍，這裡是哪裡？森林長得都差不多，所以辨識方向尤其重要。他試著在腦海中繪製地圖，但想要確認自己現在的位置並沒有那麼容易。首先，他四處尋找合適的藏身之處，正好看到一個還不錯的小洞穴。

他以為可以蜷縮著身體爬進去卻失敗了，高大的身材這時就變成了缺點。利元低聲咒罵幾句後再次尋找其他地方。利元仔細觀察著散發可疑味道的洞穴後走了進去，雖然沒有剛剛的地方理想，但那是唯一能稍微遮掩身體的地方。

這裡可能曾住著體型較大的野獸，裡面有許多動物的骨頭，還散發著嗆鼻的味道。

如果身體染上這些味道就糟糕了，利元一邊思考一邊拿出地圖打開。光是想確認自己現在的位置就花了不少時間。他判斷從原本的地方離開了一段距離之後，現在應該要找到適合的場地轉守為攻。

雖然嚥不下這口氣，但凱撒確實放過他一次，那麼接下來一定會不斷地攻擊自己。

這樣的話我也會同樣的方式對付你。只是消極地防禦和逃跑，永遠無法分出勝負。凱撒應該也不會想到我會這麼快進行反擊，因此可以說是攻其不備。利元做出決定後，立刻制定了作戰計畫。花了不少時間仔細觀察地形，想出策略和製作裝置。利元擔心自己的身體沾染上動物死屍的味道，味道越濃郁，被發現的機會越大。

難道沒有別的方法了嗎？

如果利用這一點呢……？

換作是凱撒的話一定會察覺，只要他不立刻開槍，我也有勝算。先引誘他到可以設置陷阱的地方好了，那麼就是這裡和這裡……

應該不會立刻開槍吧？

不會不開槍的，凱撒已經那麼做過了。利元總是認為自己隨時都有可能被凱撒的槍射中。比如說，一旦他要分手的話，那男人肯定會馬上把槍指著自己的頭，真是令人不悅的現實。

無法預測凱撒的行為，可能米哈伊也是因為這樣，每次都為了對付他而傷透腦筋。他的父親薩沙究竟是什麼樣的男人呢？竟然讓自己唯一的親骨肉變成了這樣，這世上不可能存在沒有感情的人，但凱撒在遇到利元之前就是過著那種生活，現在因為對他產生了感情，狄米特里才會厭惡並憎恨利元。

那樣的凱撒在遇到我之前進行的訓練……

他可以毫無聲息地爬上那麼高的樹木，還能從容地放一個暖暖包在利元的懷裡。有些恍惚的利元立刻回過神來，重新陷入思考，反正只要贏他就好了，這世上沒有永遠的勝利者，只要是人都存在著輸贏。

雖然可能會是一場硬仗，但不能因此失去鬥志。

即使那麼想，脈搏卻不斷加速，當然不是因為害怕，雖然感受到壓迫感，但跟恐懼又不太一樣，怎麼會有這種興奮的感覺呢？

利元壓抑著越來越急促的呼吸，試圖讓自己平靜。面對比自己強大的對象，一個無法預測的人，這讓他興奮不已。

真的很想贏，一定要贏了他。

如果需要的話，我也隨時可以開槍，凱撒應該也一樣。利元再次抱住隱約刺痛的腹部，深呼吸後急忙走出洞穴。

因為停留了較久的時間，身上已經有難聞的味道，利元到處聞了袖子之後轉過身去。

凱撒一定認為利元會朝著相反方向逃跑。既然如此，這次就由我來主動去找他好了，設下陷阱抓住他，讓他被網子困住，吊在半空中。利元光用想像的就覺得內心在顫抖，急忙朝著預計的藏身處走去。

「真是的，該怎麼辦呢？」

組織成員急忙向狄米特里報告，螢幕中的利元正朝著奇怪的方向走去。

「那傢伙怎麼回事？」

狄米特里皺著眉頭咒罵，他為什麼要去那裡？那裡有什麼嗎？

「……那裡什麼都沒有啊！」

狄米特里確認過事先拍好的照片，摸著下巴陷入沉思。然後立刻明白了，他想要利用那個地形。

「那可不行。」

狄米特里冷笑著下了指令。

「把陷阱全部破壞掉。」

＊　＊　＊

將網子連結上鞭炮的準備時間並不長，利元模擬的場景很簡單，只要踩了陷阱鞭炮就會上升，同時也會把網子拉上去，獵物就會直接被抓住吊在樹上，這個方法雖然很單純，卻很實際。

利元在網子的周遭走動確認距離，以地圖上來看，可以使用這個方法的地區不是很多，地面到處都凹凸不平，樹木的高度也不一致。好不容易找到這裡的利元，對於這裡的地形感到很滿足。

現在只要找出凱撒，把他引過來就好了。

但這個方法有一個缺點，如果凱撒在離陷阱太遠的地方，遊戲可能會在將對方引誘到這裡之前就結束了。而且設下陷阱後，也代表自己無法遠離那個地區，可是他也無法悠閒地到處設置陷阱。再加上裝備有限，如果設置較大的陷阱，最多只能設下三個，如果再發揮一點創意的話，最多是四個？

凱撒可以設置幾個呢？

利元感到很好奇，他突然覺得手指變得僵硬。他忙著製作陷阱，沒注意到長時間暴露在寒冷中的手已經凍僵了，他把珍惜著使用的暖暖包拿出來努力搖晃。

果然暖暖包是人類最棒的發明物。

利元用雙手包裹住熱呼呼的暖暖包，摸了好一陣子，就在感受到溫暖時，他突然覺得自己好像又重新去當兵了。

心裡浮現淒涼的想法，正好肚子也餓了，稍微休息一下好了，坐下來打開背包，他打算吃點東西。從塞滿的物品下方看到攜帶式濃湯和乾麵包，下面有看似熟悉卻生硬的文字。

口糧。

利元看到包裝上的韓文，頓時懷疑自己的眼睛，拿出來仔細一看，真的是口糧。就是自己曾經在當兵時吃的那個口糧，怎麼會在這裡呢？意想不到的狀況讓他有點不知所措。一開始整理包包時，他只是把吃的、用的、立刻會用到的和以後用到的粗略地分類而已，沒有好好確認。

竟然是口糧。

久違地看到韓文，讓他既開心又陌生。用微妙的表情看了好一會兒後，隨意拆開包裝放進口袋站起來，他掃了一眼即將離開的位置，確認沒有留下任何痕跡後便轉身離開。

……好像是來參加教召的感覺。

「唉。」

他不自覺嘆了一口氣，從包裝裡拿出口糧，放在嘴裡邊咬邊想著，生存遊戲要做的事情很單純，就是掩蓋自己的痕跡，追蹤對方的氣味，然後取敵人的性命。利元再次感受著攜帶了一整天的沉重槍枝的重量。

如果只是想要隨便玩玩，根本不會準備這些東西。

要是單純想成是運動或遊戲一定會輸得很慘。當提到生存遊戲時，一般人會理所當然地想到漆彈，而不是沉重的真實武器。

就算利元說要拿火箭筒去，凱撒也會點頭答應。當初帶著那些武器過來，不只凱撒，包含狄米特里都是一些與常理沾不上邊的人。

雖然放任那種男人為所欲為的也是我。

隨著輕輕的嘆息，再次感受到背著的裝備和藏在各處的武器變得更沉重了。利元避開凸起的危險石塊，經過一個個與腦海中的地圖相似的風景。

停留在同一個位置是很危險的，如同管理員說的，最高難度的地形隨時都有高低起伏，利元很有技巧地走過去。

如果只是地形充滿變化就好了，這條路線到處都設置了陷阱。如果依照文宣上的介紹，很有可能掉落陷阱中摔斷腿，或無法躲避飛過來的攻擊物而集中要害。

這裡不是一開始就設計成那樣，但是以前來過的人設置的陷阱沒有全部被拆除，留下來的結果就是到處都有陷阱。不只地形崎嶇不平，還要注意設置在各處的陷阱，真的很不容易。現在，利元和凱撒也打算在那裡佈下新的陷阱。

如果我設置的話，那個男人也會設置吧！

利元用最簡單的心態揣測凱撒的想法。

我不做的話，別人可能會做，但如果我做的話，那別人一定也會做。他想著，非常留心地觀察，但沒有看到陷阱。如果知道我在跟著他，他應該會設置一兩個吧？如果是我，我一定會這樣做，而且已經做了。

不過凱撒又不是我。

利元減緩走路的速度觀察了周遭，除了已經完成的陷阱，該在哪裡設置什麼樣的陷阱，他才會上鉤呢？當他想起各種方法的時候，感覺嘴巴有點乾澀。他喝了一口水滋潤嘴內，把手放進口袋裡拿餅乾時，從裡面又摸到了另一個小袋子。拿出來一看，原來是星星糖。利元拿起一包為了取代水分而放進去的星星糖，輕輕搖晃之後，不禁笑了出來。

口糧裡當然不能少了這個。

他沒有多想，想要把裝有星星糖的包裝撕開時，突然愣住了。

這麼一想……

當兵時期流傳著超級誇張的傳聞。聽說在只有男人的軍隊裡，為了壓抑大家的性欲，在星星糖的口糧裡加入了降低性欲的藥。當然，國防部駁斥這說法是子虛烏有，大家也認為那只是都市傳說。

不過那會不會是真的？

利元用懷疑的眼神看著星星糖。這麼一想，當兵的時候真的很神奇地不太能勃起，每當休假時可以正常作用，但為什麼只要回營區就會垂頭喪氣的呢？

……因為星星糖？

無法確認這個小小的糖塊，是否真的擁有那麼強大的力量。利元用嚴肅的表情半信半疑地低頭看著糖，最後他沒撕開包裝直接放進口袋裡。他想再次把新的口糧放進嘴裡，手指頭卻不聽使喚，很快又因寒冷凍僵了。

我瘋了，竟然在這種國家玩生存遊戲。

因為那多餘的好勝心，眼看要凍死自己了。利元回想起久遠的回憶，以前在當兵時都怎麼做呢？冬天永遠都很冷，夏天又熱得要命，穿著軍裝背槍出去時簡直重得要命。再加上不論白天還是晚上，一直行軍，現在想起來都會咬牙切齒。還有隨時都會下的雪和雨，真的很討人厭……這裡的雪也下得沒完沒了。

俄羅斯軍人也要剷雪嗎？

當利元咬牙切齒地想起沒日沒夜的雪，突然感受到微妙的動靜。他反射性地壓低身體，躲到了大樹後方。他屏息等待，但周遭很安靜。除了偶爾傳來被風吹動的樹葉聲之外，什麼都聽不到，他在原地維持靜止的狀態好一陣子。

……

當身體快變得僵硬時，利元放鬆下來嘆了一口氣。再次拿出口糧放進嘴裡，但吃太快了，喉嚨被嗆到，利元急忙咳嗽著搥胸。雖然沒有被任何人看到，他卻覺得很丟臉，嘆口氣，搖搖頭時頭撞到樹枝上坐了下來。

他沒辦法發出呻吟聲，不斷揉著額頭，眼角蓄著淚水。好幾天都沒能好好吃飯，才會發生這種誇張的意外。比起口糧碎片，還是好好吃一頓好了，他不耐煩地嘆口氣，翻找著行囊準備晚餐。

＊＊＊

在烤爐上烤得焦香的午餐肉散發著香噴噴的味道，凱撒低聲哼著歌，在上頭撒了橄欖油，烤好的肉伴隨著滋滋聲，上方冒著油，凱撒趁這時混合美乃滋和番茄醬，製作簡單的醬汁，並滴了兩三滴橄欖油攪拌。

不論在什麼情況下都要好好吃飯，有機會時不吃的話，不知道下次會是什麼時候才能吃飯。他用了還算滿意的材料，熟練地完成料理。在黑麥麵包放入烤午餐肉，還把背包裡的酸黃瓜切片放進去，完成了色味俱佳的三明治，最後淋上了醬汁咬了一口，腦海裡期待的味道在口中擴散開來。他慢慢吃著三明治，想起了利元，煮泡麵很簡單，應該不會有什麼問題吧？

凱撒從另一個方面擔心著利元的安危。不提別的，但是絕對無法信任利元親自做的料理。雖然不至於餓死，但絕對有食物中毒的風險，幸好現在是冬天，不會有食物腐敗的問題，讓他稍感安心。

乾脆準備可以保存的簡單食物是不是比較好呢？凱撒陷入沉思裡，再次咬了一口自己做的三明治。

同一時間利元還在摸著刺痛的額頭，在稍微加熱的濃湯裡放入剩下的口糧充當一餐。

＊ ＊ ＊

利元進入睡袋後不久，伴隨均勻的呼吸聲睡著了，躲藏在黑暗裡的影子一個個出現。他們為了執行狄米特里的命令一直在等待，但利元意外地機警，讓他們遲遲不能付諸行動。利元直到睡著為止，對於周邊細微的聲音反應都十分敏感，沒有放鬆警戒。

也對，玩生存遊戲當然會這樣。

男人們雖然那麼想，但他的直覺還是太過敏感了。就像是野生動物在警戒周遭，只要有點風吹草動就能敏銳地察覺，其實還挺厲害的。

明明只是個身手還不錯的律師。

男人們想起狄米特里每次掛在嘴邊提的男人的真實身分，小心翼翼地開始行動。其中一個男人失神的看著躺在睡袋裡的帥氣臉龐，卻立刻被其他男人催促而回過神來，然後他們按照原本的計畫分散開來。

利元突然感覺到微妙的動靜驚醒過來。是凱撒嗎?還是路過的野獸?利元維持躺著的姿勢瞇著眼睛觀察四周。

他看到了黑暗中移動的黑影。

人……?

野營場地明明只有自己和凱撒而已，但利元立刻想起還有另一個伏兵，那就是狄米特里。足以獨自闖下一百人份禍害的他，追著凱撒來到了這裡，為了他什麼都願意做。再加上如果是可以危害利元的事，他應該會赴湯蹈火地去實行。

毀掉別人耗費好幾個小時做的陷阱只是小事吧。

不出所料，男人們的行為很容易看穿，當然不能讓他們得逞。利元繃緊了身體等待時機。

「你們要做什麼?」

利元抓準他們正準備毀掉網子的時機，站起來大聲喝斥。男人們瞬間嚇得驚慌失措，他們應該直接逃跑或是撲向利元，倒楣的是偏偏有一個人走錯了方向，後退一步時碰到了鞭炮，同時四方竄起了火花。

各處傳來「砰砰」的鞭炮聲，男人們慌張地大喊。其中一個手忙腳亂的男人意外踩到了不該踩的東西。

「唉……」

利元不由自主地嘆氣，男人悽慘的尖叫聲傳了過來。好不容易設置的網子和男人一起騰空飛起。組織成員看到同伴在空中消失了，立刻慌張地呼喚他的名字跑過去查看，男人們的喊叫聲從森林各處傳來。

利元慌張地站在原地一直眨眼，無法對應突發狀況的不只是男人們，利元也對於眼前發生的事情感到不知所措而愣在原地。

當他回過神來後，又因為別的原因愣住了。雖然成功驅趕了男人們，卻付出了不少代價。他茫然地想到白天耗費心血的成果全都白費。

該死的傢伙。

利元咬牙切齒的看著眼前亂七八糟的景象。要介入和插手也有個限度，這個已經越線了。最重要的是，他沒有權力介入凱撒和我的遊戲中，把局面搞得一團亂。

利元折著手指發出「喀喀」聲響，臉上充滿了殺氣。

好啊！你想這樣，老子就陪你玩一場。

到目前為止，他都認為對方這些行為自己無關，因此對於過去各種沒有禮貌的言行都沒有過問。他們不會有工作上的互動，私生活更是如此。他是凱撒需要的人，也不是自己可以干涉的領域，所以從來都沒有理會過他。

不過他用這種方式直接傷害我，找我麻煩，可不能就這麼算了。利元咬牙切齒，用熊熊燃燒的眼神瞪著可能是狄米特里所在的方向。

管他是不是前ＫＧＢ，我要好好修理這個對凱撒瘋狂的渾蛋。

* * *

真是一群窩囊廢。

狄米特里辱罵著徹底慘敗而歸的組織成員，連那種事都辦不好，如此狼狽地逃回來，實在令人無奈。

對方只不過是混血的傢伙。

如果自己親手處理，絕對不會這麼無奈地失敗。不過要他親自對付利元這種人，也覺得有損自尊心。不過現在事情變成這樣了，除了提高了利元的警覺，根本沒有任何收穫。他如果再嘗試別的方法，被凱撒發現的機率也會提高。

「一群沒用的飯桶！」

他粗暴的怒吼讓手下們嚇得開始來回看眼色。狄米特里在卡車內摸著下巴來回踱步，沒辦法了，只能再找機會下手了。總之，先破壞掉陷阱這件事，已經達到目的了，接著只剩下怎麼讓那傢伙掉入凱撒的陷阱。

……對了。

他停下步伐，瞇起了眼睛。

使用陷阱依然有極限，更重要的是肉搏戰。

過了一段時間後，終於恢復平靜的利元改變了想法。現代武器再怎麼發達，也需要軍人，再次設置陷阱是有困難的，更重要的是，把敵人引誘到有陷阱的地方這個想法本身就很老套。況且凱撒不是別人，不可能被那麼顯而易見的手法所騙。

利元出神地摸著下巴陷入沉思，乾脆用那些鞭炮做成炸彈還比較好。

雖然已經太晚了。

利元對於錯失良機的好點子感到惋惜，但又重新思考著。

首先要知道凱撒的位置。

＊＊＊

遠處傳來吵雜聲，凱撒停下來轉過頭去。陰暗的天空接連升起閃亮的火花。森林裡只有兩個人而已，大概是利元做了什麼，凱撒雖然想知道他是不是發生意外，但距離太遙遠了，到達的時候利元可能已經跑走了。

那該怎麼辦呢？

凱撒眼睛都不眨一下，以利元所處的地方為中心觀察了周遭。那裡有密密麻麻的樹叢，也有比較稀疏的地方。他當然會去樹比較多的地方，這不需要用上心理學就很明顯。誰會逃避可以隱藏自己的天然資源呢？凱撒重新握好克拉克手槍邁開腳步。

果然一如預期。

利元突然從樹木之間看到了凱撒而屏住呼吸。凱撒果然沒有想到他轉守為攻的模式，理所當然地朝著密密麻麻的森林走去。很好，利元屏息，再次握緊手上的柯爾特手槍和刀。

對於一直以來輸凱撒一截的他，這是一舉挽回的大好機會。利元不太會用刀，一不小心就可能會讓自己受傷，因此他想先把主力放在槍上。只要擦身而過就好了，下定決心的利元壓低聲音，一步步靠近凱撒。

凱撒還沒有察覺到利元正在靠近他，一步，再一步，利元這時才好奇自己身上是否有異味。他想確認，但已經來不及了，現在無論如何都只能往前衝。

縮著身子走路讓利元全身快要抽筋了，反正只要沒被凱撒發現就好。

十步、五步、三步。

終於進到射程範圍時，利元甚至忘了呼吸。

心臟和頭不行，必須瞄準下方……

瞄準四肢比身體要難上許多，利元瞇著眼睛屏息等待。

就是現在。

當他停止呼吸扣下扳機時，火花立刻從空中四散。

「……！」

利元看到凱撒很快地縱身一躍。糟糕，利元發現他驚險地躲過子彈，那可是千載難逢的機會，利元一邊惋惜一邊想要全力展開攻擊。

現在還有機會，因為剛剛開槍的衝擊，凱撒應該還沒反應過來，所以現在要立刻把握時機。利元衝向凱撒想要進行肉搏戰，不過卻出現了意想不到的伏兵。

轟！

隨著巨大聲響天搖地動，利元朝著凱撒跑過去，卻失去重心跌倒了。利元驚訝地轉過頭去，四周都引爆了炸彈，他似乎碰到了隱藏的陷阱。是之前有人留下來的嗎？利元雖然感到慌張，但炸彈又引爆了，因此他急忙護住了頭。

要快點逃離這裡。

雖然錯失機會很可惜，但也沒辦法了。利元急忙匍匐著離開那裡，那之後又引爆了幾次炸彈，不久後，當灰濛的塵埃落定時，那裡已經沒有留下任何蹤跡。

「該死！」

親眼看到這情景的狄米特里不禁罵出了髒話，明明幾乎快要成功卻被搞砸了。那個該死的傢伙！狄米特里扭曲著臉咬著指甲，任誰看都知道他幾乎快爆炸了。

好不容易利用凱撒的陷阱引發爆炸，卻白白浪費了。這一定會引起凱撒的懷疑，比起他做的陷阱火藥，這火力強大了好幾倍，他當然會感到訝異。

而且還差一點讓凱撒受傷了，他咬著牙瞪著螢幕。沒想到那傢伙竟然會改變攻擊模式，對於預料外的行動，狄米特里不耐煩地把頭髮撥到後頭。這樣下去無法繼續進行計畫，他原本預計要在其餘的陷阱也加上火藥的。

「該怎麼辦才好呢……」

組織成員雖然已經料到對方的反應了，但依舊為了聽到明確的命令而開口詢問。狄米特里覺得煩躁但又無可奈何。真的不可能在不被凱撒注意的情況下幹掉那個律師嗎？狄米特里進退兩難地看著螢幕。

* * *

一邊的額頭感到刺痛，可能是擦傷。凱撒先治療了手臂上深深裂開的傷口，大概是某個碎片擦過去造成的。

狄米特里這個傢伙。

凱撒不耐煩地皺著眉頭，把還嵌在肉裡的碎片拔出來，再迅速地用繃帶纏住湧出來的鮮血，先做好緊急措施就好。他沒有看到利元的蹤跡，一定是平安逃脫了。

挺有兩下子的。

他的嘴角不自覺地放鬆了。利元轉守為攻是很不錯的策略，他甚至覺得失敗有點可惜。

機會明明只有那麼一次。

凱撒確認包裹傷口的繃帶之後站了起來。

不會再有第二次機會了。

利元似乎聽到某個聲音，但回頭看卻什麼都沒有。

應該吧。他心想著，回過頭來卻發現耳朵嗡嗡作響扭曲了臉。

怎麼會有那個爆炸物？

他停下來揉著耳朵思考，生存遊戲是運動，可以使用那種自製炸彈嗎？那個威力甚至可以把人整個炸飛。

凱撒沒事吧……

利元雖然很擔心，但立刻決定不去想了，反正他信誓旦旦地說自己更熟練。現在反而對於錯失大好機會更感到惋惜，利元主動進攻的事情被他知道了，已經無法再趁他不注意時攻擊了。

那麼剩下的是……

利元勉強把手從耳朵上拿開，思考了一下。

正面一決勝負。

他應該會正面一決勝負吧。

凱撒確認彈匣內的子彈後塞在腰間。

那麼遊戲就結束了，利元。

他面無表情地走著，但嘴角卻掛著些微的笑意。

＊　＊　＊

利元用緊張的情緒克服湧上的疲勞，他每一步都走得很謹慎。四周除了偶爾傳來樹葉晃動的聲音，除此之外什麼聲響都沒有，甚至覺得自己的呼吸聲很刺耳。利元隨時壓低身體觀察四周。

不知道凱撒什麼時候會從哪裡冒出來，這次一定不會放過彼此。利元和凱撒都知道這是最後一次的勝負，只要一發現對方，找到的那一瞬間勝負就會分曉。

他會在哪裡呢？

夜晚的森林暗得很快，現在明明是傍晚，已經漆黑到看不到前方。只透過樹葉之間灑落的星光很難看得清楚，即便如此，也不能開手提燈，太危險了。利元只能靠著自己的直覺和朦朧的視線，一步一步向前。

……

突然聽到某個聲音，利元立刻壓低身體警戒四周，他繃緊了全身的神經，但沒有再感覺到其他動靜。還需要一點時間才能安心，利元緊張地等了又等。

……呼。

過了一段時間後，他才稍微鬆了一口氣。雖然只是暫時的鬆懈，但他立刻感到背脊發冷，本能地感受到生命受到威脅，像是發出尖叫般不自覺地飛身躲開。

砰——

巨大的槍響劃過黑暗的夜空，從四方擴散開來。利元再次感受到剛才的痛楚，急忙摀住耳朵。尖銳的疼痛穿過鼓膜，利元咬著牙好不容易才忍了下來。真的是千鈞一髮之間，他如果沒有移動，搞不好頭已經被轟掉了。

竟然第二次對我開槍。

雖然這次是利元提議的，但就像是揭開很久以前的傷疤般，心情變得很不好。他永遠都會毫不猶豫地對我開槍，利元反覆地用力握緊又鬆開拳頭。

這次我一定會打贏你。

利元下定決心後，迅速觀察周遭。他在哪裡？他會在哪裡？現在在哪裡觀察我呢？

在根本無法分辨四周的黑暗中，利元無法得知凱撒是怎麼朝自己開槍的。他一定在這附近的某處，會不會依然看著我呢？他是不是已經掌握了我的位置？

我該逃跑，還是要繼續等待？

每次都是同樣的選擇，利元再次在分岔路上猶豫著。危機就是轉機，搞不好這是好機會，讓最後的結局反敗為勝。

不過，想逆轉結局需要條件，我有什麼條件可以贏凱撒？

苦惱的利元改變了想法，反正條件都一樣，就算他先找到我，我只要好好藏起來，應該很難再次被他找到。利元壓低身體慢慢往旁移動。一邊尋找凱撒，一邊改變位置沒有那麼容易。

不過對我來說很困難的話，對他而言也是一樣的。

利元一邊想著，耐心地移動著身體。除了那道槍聲之外周圍一直都很寧靜，甚至有自己的呼吸聲會不會太大的錯覺，儘管他幾乎沒有呼吸。

他在哪裡？

利元一動也不動地縮著身子觀察周圍，不過根本看不到可疑的影子。

他到底……

當他想到這裡時，突然明白了。他從一開始就沒有瞄準我，可能連我在哪裡都不知道，不論是開槍射樹或是天空，對他來說，重要的就只是發出槍響而已。

因為他想讓我移動。

呼、呼。

利元蜷縮著身體，努力壓下急促的呼吸。他在伸手不見五指的黑暗中眨著眼睛，很確定那個男人就站在黑暗的另一頭。他像是隱身在叢林裡的老虎，眼睛閃爍著光芒，等待完美的時刻一口咬住獵物的喉嚨，到了那時，一切就會結束。

即使是零下的氣溫，利元仍感覺到自己的背流著冷汗，太陽穴不斷地怦怦跳動，胃因為激動而緊縮。不論是他或是利元，一定要有一方投降，當然利元絕不認為輸的會是自己。

一直維持緊繃的狀態並不是一件容易的事。勉強承受著持續的疲勞和壓力，但還是無法阻止精神不時的恍惚。他剛好察覺到自己的視野變得朦朧，急忙眨眨眼睛，焦點雖然變得清晰，卻分散了注意力。

那一霎決定了一切。當看到幻影般一閃而過的身影時，旋即聽到「喀擦」的聲音。後腦勺感受到一股驚悚的寒氣，同時極度溫柔的中低音劃破陰森的空氣傳來。

「你死定了。」

凱撒將槍口指著利元的後腦勺，用跟平時一樣冷靜和沒有感情的語調說著。他毫不猶豫地扣下扳機，打破森林寧靜的槍聲驚悚地擴散開來。

砰——

「呃……！」

利元忍住耳膜快要破裂的痛楚撲向了他，凱撒驚訝的臉瞬間出現在他眼前。他可能沒想到利元會趁那短暫的空隙進行反擊。看到他的反應，利元頓時感到滿足。

啪——

隨著骨頭碰撞的聲音，利元的拳頭精準的打中了凱撒的臉，漂亮的臉龐立刻扭曲起來往後退。利元沒有錯失機會，立刻撲向他，揮出另一個拳頭，凱撒的臉上鮮血四濺。

利元雖然接連揮了幾拳，但到此為止。以微弱的差距躲開攻擊的凱撒踢出腿，準確地踢中利元的肚子，利元搖晃著身體，發出如同慘叫般窒息的呼吸聲。凱撒再次踢向利元，利元倒下來抓住他的腳踝。

凱撒「啪」一聲倒在地上，利元很快地爬到他身上揮拳，凱撒抓住對方拳頭翻身過去，兩個人交換了位置。躺在下方的利元用額頭撞向他的下巴，追上急忙站起來的凱撒，向他揮拳。

「啪！」腹部吃了一記重拳的凱撒快要跌倒時，一把拉住了利元的手臂。利元突然被抓住，一起滾到地上。利元再次揮拳，用膝蓋撞向對方的肚子，他們又在地上翻滾。

終於，利元被壓在地上，當他要大喊時，嘴唇就被吻上。

舌頭粗暴地交纏在一起，尖叫般急促的呼吸聲被吞進嘴裡。不斷磨蹭的嘴唇經過脖子和鎖骨到達胸部，急躁的手硬是拉起阻擋嘴唇的衣服，露出底下光裸的肉體。碰觸到冷空氣的身體因寒冷打顫，火熱的嘴唇立刻吻下來，刻上烙印。

似乎一直在等待著這一刻。利元晃動著腰部，不斷用下體去磨蹭凱撒的腰。凱撒按住這催促的動作，解開褲頭，沒有任何前戲，立刻就挺進下身。

利元同時發出了長長的呻吟，他的身體受到衝擊而顫抖著，隨之而來的是酥麻的快感，像電流般流過全身。

「利元。」

凱撒喘著粗氣，在利元的脖子磨蹭著雙唇，並用牙齒輕咬。裡面柔嫩的肉凶狠地咬著下半身，想要征服他，似乎一直說著「不夠，再粗暴一點，更加粗暴地衝進來」、「更熱情地磨擦裡面，更充實填滿我」。

「呼、呼、呼。」

在像是快要斷氣般的喘氣聲中，接連發出呻吟。利元忍不住抱著凱撒的脖子，咬著他的鎖骨、吸吮他的脖子，就像是變成吸血鬼似的，虎牙狠狠咬下，讓凱撒更加興奮，下身更脹大堅挺。

「呃，好痛……」

利元不自覺地說，凱撒沒有回答。他將手伸進膝蓋下方，抬起屁股，直接撞了進去。利元皺著眉頭急促地呼吸，他一鼓作氣地送到最深處。

呼、呼、呼、呼。

兩個人的呼吸聲混亂的交雜，好一陣子沒有任何動作。交合的下半身感受到脈搏強而有力的跳動，咬合的地方瑟縮著，利元吐出顫抖的呼吸。

凱撒用嘴唇輕輕擦過因興奮而站起的乳頭時，利元立刻顫抖著身體發出呻吟，下面變得溼潤，透明的液體和濃稠的精液混合流出，交合的地方充滿著體液。這使得凱撒更容易動作，開始擺動著身體粗魯地抽插。

「我會讓腳尖都溼掉。」

凱撒在急促的呼吸中巧妙地重複利元說過的話。

「你再好好感受。」

利元失了魂似的搖晃著身體喘氣，凱撒緊緊抱著他，只動著腰進出他的下體。粗大的陽具深入又快速地抽插，讓利元失魂落魄地不斷呻吟。連結處在發癢，肚子裡熱熱的，前面又發燙，他覺得自己魂不附體。利元氣喘吁吁地抱著凱撒，緊縮了下方。

痛楚讓難以忍受，他緊緊縮住了凱撒的下身，凱撒卻突然射精了，毫無預告地射進肚子裡，讓利元愣住了。他呆呆地眨著眼睛，才意識到自己也不知不覺射精了。

短暫停下的凱撒又再次抽動了起來，每當他有動作時，利元身體內的體液就會流出來，經過好幾次後，凱撒終於射精，長吁一口氣。他努力調整呼吸後站起來，同時拉過利元的手臂，身體在空中被他像是木偶般輕易翻弄，進入體內的陽具磨蹭著各處又開始衝刺。

「啊、呼、呃、啊……」

不斷傳來難耐的呻吟聲，利元只能把掙扎著將手臂貼在地上，像野獸一樣抬高屁股呻吟。

好難受、好痛、快不能呼吸了。

可是……該死！我好喜歡……！

「喔……」

當聽到一聲長嘆的呻吟時，精液從利元的陽具中噴出，利元愣愣地看著自己的體液噴灑在凱撒精緻的臉上，他立刻用舌頭舔了凱撒的臉頰，把自己的精液含在口中後粗暴地吻了過去，利元噴出的精液流進凱撒的嘴裡，凱撒「咕咚」一聲吞下，利元壓抑不住興奮，全身顫抖著縮緊下面。

還會有嗎？

利元用朦朧的意識思索著。

這世界還有可以讓我如此興奮，如此顫抖的對象嗎？

他出神地望著眼前的凱撒，嘴唇立刻交疊上去，伴隨深沉的呻吟，再次傳來肉體互相碰撞的聲音。

「嗶——」

突然不斷傳來警告聲，狄米特里驚訝地確認手錶，絕對是發生了異常狀況。

為什麼？

他急忙確認了螢幕，兩個點重疊在一起。一定是發生了什麼事，凱撒的脈搏竟然跳得這麼快，血壓也在飆高，這簡直不得了。

難道是律師那個渾蛋？

「沙皇！」

狄米特里什麼都顧不了了，立刻拿了步槍慌忙跑了過去。不可能，凱撒不可能被任何人殺害，再加上對象是那個該死的律師？絕對不可能！

「沙皇！」

當他急忙大喊著跑過去時，還沒反應過來發生了什麼事，胸口就被某個東西打到，來不及發出尖叫聲就往後倒下，差點要腦震盪了，幸好頭沒事，多虧了在空中等待的套索套牢了他的腳，將他高高地拉上半空中。

「怎麼回事？」

狄米特里倒吊在樹上慌張的大喊，他根本沒想到會有這個陷阱，這怎麼會在這裡？

他回想著從自己的卡車到凱撒所在位置的直線路徑，但沒有設置任何陷阱的記憶，難道是自己倒楣地踩進了之前某個人設置的陷阱嗎？

當他想到那裡時，警鈴聲再次響起，狄米特里面如土色地努力想要切掉綁住腳踝的繩子。就在這時，他看到了出生後最可怕和骯髒的畫面。

兩個男人在黑暗的另一邊蜷縮著身體，渴望著彼此、心急地交纏，像是要把對方拆吃入腹般不斷咬著對方，將陰莖插入，用精液塗抹身體再全部舔掉。

男人似乎是剛射完精，抖動著身體抽出了粗大的陽具。月光下，溼潤的陰莖拉著長長的體液抽出來，每當利元喘著氣時，從張開的洞裡流出的濃稠精液沿著大腿滑下。

不過那並不是結束，就像狄米特里知道的，凱撒不可能在這裡停下。他立刻從後面抱住利元，將還在勃起的陰莖放進去，然後再次發出碰撞的聲音抽插著下體。

利元氣喘吁吁地發出悲慘的呻吟聲，他的手掙扎著往後揮動，拽住凱撒的頭，拚命地將頭向後仰，濃烈地交纏著舌頭，在這期間，下身也沒有停止抽插的動作。

凱撒的手掌從利元的胸口下滑到腹部，抓住了他的手臂。利元的上半身立刻晃動著往前倒下，凱撒從後方抓住他的雙手，用力撞擊，隨著凱撒的抽插，利元也瘋狂地晃動著屁股。

肉體不斷相撞的聲音打破森林的寂靜，凱撒緊抓著利元的手臂，密實地貼合著下方後突然停頓了一下，抽插了兩下又停了一下，又大力地抽插了兩次。

當凱撒放開手臂，利元才疲累地倒在地上，不過凱撒並沒有停止，爬到他的上方。輕易地侵占敞開的胯間，將手伸到膝蓋下方，被抬起的屁股深深的和陽具交合，凱撒又開始抽插起來。

慢慢抽送好幾次之後，突然快速且粗暴的抽插，利元像是死了一般一動也不動，嘴裡發出呻吟聲，跟剛剛的尖叫聲無法相比的微弱。

「啊、嗯、嗯、啊。」

與其說是叫聲，更像是病態的呻吟。不過凱撒並不在乎，又射精了，這下利元的肚子裡已經被撐滿到極限，凱撒每動一次，精液就從交合的地方冒著泡沫一點一點流出來。

凱撒對此視若無睹，再次親吻利元張開的嘴脣，將舌頭伸進去，嘴邊流下了唾液，精液也不斷地噴出來。

狄米特里倒吊著陷入恐慌中，呆滯地看著不斷做愛的兩個男人，看到利元用後面和凱撒做愛，發出深沉的呻吟後射精的樣子，不禁驚恐地發出尖叫聲。

「啊啊啊啊啊啊——」

陰暗的森林裡迴盪著淒厲的喊叫，但沒有任何人聽到。

急促的呼吸聲漸漸緩和下來，兩人躺著從蔥鬱的樹葉中看著夜空，他們雖然什麼話都沒說，但比任何時候都有了更多的交流似的感到滿足。

* * *

暫時找回朦朧的意識，但腦袋依然呆滯，可能是因為不斷晃動著身體的關係嗎？嬰兒搖晃症候群說不定是這樣產生的？他隨意地想些不著邊際的事，正半睡半醒時，凱撒再次爬到了利元的上方，利元瞬間臉色蒼白，突然想起了某件事情。

對了。

凱撒又用親吻來叫醒他，想要從頭來過，利元急忙揮動手，手指尖好不容易碰到行囊，他拉過來翻了口袋，撕開塑膠包裝，拿給了凱撒。

「給你。」

「……這是什麼？」

對於訝異的提問，利元回答了。

「這是做愛之前吃的，快點。」

凱撒聽到笑了一下後拒絕。

「我不需要威而鋼。」

我是為了讓你不要再勃起才給的！

利元很想大喊卻忍住了。

「總之吃吧，這是好東西。」

對我而言。

利元把下面的話吞回肚子裡，催促凱撒吃下星星糖。

「……這是什麼？感覺只是一般的糖。」

「這是韓國賣的糖。」

「你呢？」

「我不用。」

我是想叫你別那麼有精神啦！

利元在心裡再次說著，把小包裝袋裡的好幾個星星糖全部讓凱撒吃掉了。凱撒照著利元說的全部吃下去後，再次親吻著利元進入雙腿之間。

這些要等到消化需要多久呢？

他毫無阻礙地進入還在刺痛的裡面，開始抽插起來，利元在心裡期盼著一分鐘內出現效果，至少十分鐘之內，不，拜託一定要有效。

在利元不斷祈求的時候，凱撒心滿意足地進出著他的身體。他發出可愛的啾啾聲，在利元的臉上、脖子上、肩膀等各處親吻著，原本不怎麼理會他的利元嘆了一口氣。

「怎麼了？」

凱撒依然努力抽插著問，利元默默地隨著規律的動作晃動身體。

利元知道最終還是會變成這樣。

到目前為止，不曾有任何人讓自己如此興奮。

如同這個男人對利元深深著迷，利元也對這個男人深深著迷，利元苦澀地承認了這件事，凱撒是唯一一個會讓利元腎上腺素飆升的人，不論是做愛或是其他方面。

……鋼筆，應該很貴吧？

利元自暴自棄的想著，用嘴唇接受了他的吻。

那天，利元終於證實了口糧裡的星星糖可以降低性欲真的只是傳說。還有，就是在戶外做愛會得流感。

凱撒和利元離開之後，過了好幾個小時，狄米特里才被手下找到，但也因為嚴重的流感好一陣子沒有看到他的身影。

——〈薔薇與狼〉完

那是什麼？

急忙彎過轉角的利元倒抽一口氣，再次緊貼在牆壁上試圖隱藏蹤影。氣喘吁吁的他慌忙的不斷眨眼。

不會吧？我應該看錯了吧？

他讓自己冷靜下來，小心翼翼地探出頭來確認剛剛看到的情景。

很不幸的那是現實，當他意識到自己並沒有看錯時，他用單手摀住臉，嚥下湧上來的嘆息。馬路的那一邊有個高大帥氣的男人在等著自己，手臂上抱著非常大的薔薇花束，臉上帶著比北方寒流更冰冷的表情，站在路中央，毫不在意路人的視線。

凱撒·亞歷山卓·賽格耶夫，正是利元現在要去見的對象。

將近兩公尺的高大身材，每次移動時飄動的淺金色頭髮，擁有銀灰色瞳孔的美麗男人，隨時都吸引著路人的視線，如此迷人的他卻冷血到可以面不改色地把槍對準小孩子的頭。

他擁有很常被人誤會是模特兒或演員的俊秀外表，卻從沒在路上被星探挖掘，他應該根本不知道這世上有那種事情吧。因為他真實的身分是在俄羅斯擁有龐大勢力的黑手黨組織首領。那種男人現在正抱著看起來就很重的薔薇花束站在路中央。

他不那樣就已經夠顯眼的了。

利元在立刻跑過去把他拖走，以及假裝沒看到後退逃跑的心情中搖擺不定。不過在他煩惱的期間，時間也一分一秒地流逝，他已經離約好的時間超過了半小時。

唉，真的很不想在外面見面。

利元真心的這麼覺得，但很不幸的，那個男人現在是利元的情人，雖然有點情非得已，但畢竟是自己也有意思才發生了這種事，總之現在就是這種情況。

他恢復理性後，大致掌握了目前的情況，他正在煩惱的不是他愛的對象是男人，也不是那個男人偏偏是俄羅斯，甚至是全世界最惡名昭彰的黑手黨首領，或是自己的親生父親在退休前是他的敵對組織的事。

而是那個男人手臂上的一大把薔薇花束。

那一定是送給我的。

「唉——」

利元閉上眼睛，好不容易嚥下不斷從喉嚨深處湧上的嘆息。他雖然有幾次談戀愛的經驗，但從來沒有去見對方時像這樣感到羞恥過。當然，送花給約會對象並不是很特別的事，反而收到那麼大把的薔薇花束應該感到開心才對，只說到這裡，任何人都會聯想到浪漫的約會而感到羨慕。

如果拿到花束的人，不是跟他一樣的男性。

而且還是身高一百八十六公分，骨骼健壯、肩膀寬闊，還有結實的腹肌，不需要確認下半身，也能毫無疑問地知道他是貨真價實的男人。

想起比那樣的自己更高大的凱撒，兩個健壯的成年男性站在路邊送花的樣子，利元就產生想和凱撒永遠分手的衝動。

就在他麼想時，肚子的某個角落突然刺痛起來，他不自覺地抱住一邊肚子皺了眉頭。不可能會痛啊！傷口很久以前就癒合了，不過每當他只要想到分手，那裡就會立刻痛起來，就像凱撒的警告般，火辣辣的痛楚再現，背脊上出現一股涼意。

如果再次提分手，他到時候會真的朝我的腦袋開槍。

現在還這麼年輕，利元一點都不想讓腦袋開花，然後死掉。萬一如果發生那種情況，他一定會賭上性命逃到世界的盡頭，而且會做好完美的準備和計畫。

父親有組織保護不會有事，雖然有點擔心租屋處的人，但應該不會對一般人動手吧？

但如果他想，應該也不會放過一般人……

當利元想到這裡，立刻扭曲了臉。

我究竟為什麼要膽戰心驚地談戀愛啊？

利元突然覺得一股怒氣湧上來，立刻走到巷子外面現身，帶著我什麼都不怕的念頭。

除了那超級大的花束之外。

剛好凱撒轉頭，他們正面對到視線，利元一下子愣住了，他默默地注視著對方，發現凱撒的眼角慢慢地傾斜。

利元。

雖然聽不到聲音，但從輕啟的嘴唇利元感覺到了。冷漠僵硬的臉淡淡地泛起微笑，銀灰色的瞳孔蕩漾開來。利元不自覺地看著他發愣，他真的美得令人瘋狂，可能到死為止都看不習慣那張臉。

還呆呆的發愣時，他突然做出「啊」的嘴型皺了眉頭。

那細微的動作，立刻將利元拉回現實。凱撒停頓了一下，遞出花束。

濃郁的薔薇香味撲鼻而來的瞬間，利元用手臂挽住凱撒的脖子，直接跳進了停在路邊的車子裡。

* * *

在吊橋相遇的男女陷入愛情的機率很高，俗稱「吊橋效應」。那是察覺到危險而心跳加速的本能，卻被誤會為對異性產生心動的感覺。不知這對於男男是否有同樣的結果，但應該不會差很多，畢竟都是人與人之間的關係，問題是對方是什麼樣的男人。

每次都感覺像是在吊橋上相遇般驚險。

利元往後撥弄散落的頭髮，瞥了一眼身旁，凱撒微微皺著那張剛剛讓自己失神的臉，撫摸著脖子，他纖長的手指揉著利元剛剛用力勒住的地方說。

「如果想勒脖子的話，就在床上做。」

利元本來想抗議為什麼要送花，卻因為聽到意外的話不自覺地回問。

「在床上勒就沒關係嗎？」

他很訝異不是行為的問題，而是場合的問題。對於眨著眼看自己的利元，凱撒慢慢開口了。

「因為聽說在床上死掉是最幸福的死法。」

雖然在很多層面上的意義不同，但利元沒有特別挑明。畢竟，他確實是不太容易死在床上的那種類型。

如果會死，應該是我先死吧！

不自覺這麼想的利元，因太過現實的想像感到毛骨悚然。

利元低頭看著在雪茄盒裡精心挑選雪茄的細長手指。總之，他必須為遲到的理由辯解，雖然他是硬擠出時間見面，但也正因為那樣，只要遲到一分鐘凱撒就會明顯地露出不高興的臉色。

但今天竟然遲到了半個小時。

利元算了一下時間，立刻改變了想法。

至少有十五分鐘是因為他。

利元瞄了一眼隨便放在座位上的薔薇花束，打算解釋遲到的理由後，警告他再也不要拿那種可怕的東西來見自己。不過當他正想開口時，凱撒用熟悉的動作剪開雪茄後先說。

「不需要道歉。」

利元感受到微妙的氣氛愣了一下，他原本認為凱撒會生氣卻猜錯了，凱撒沒有皺眉或生氣，反而非常平靜地說。

「希望你下次也晚來。」

他把點火的雪茄拿到嘴邊露出微笑，利元看了卻笑不出來，還不如直接生氣比較好。他很想當面問他到底有什麼詭計，但同時一點也不想知道。就在他煩惱的時候，轎車已經開進熟悉的馬路，利元停頓了一下，回頭看向凱撒。

「我們不是要去吃飯嗎？」

他深深吸了一口氣，慢慢將菸吐出來後開口了。

「會吃的。」

凱撒朝著利元微笑，眼裡卻完全沒有笑意。

「慢慢來。」

他說了莫名其妙的話，但意圖明顯到無法假裝不知道。果不其然，在凱撒的身後看到他的大宅邸。覺察到危險的利元開始飛快地轉動頭腦，凱撒瞥了一眼他的側臉，將雪茄拿到嘴邊說。

「我看你的頭都快要冒煙了。」

接著故意吐了一口菸，微微一笑。利元沒有回應他的話，選擇繼續絞盡腦汁。比起吐槽他的玩笑，如何說服這個精力充沛的可怕怪物才是大問題。利元焦慮地皺起眉頭，凱撒卻自始自終都悠閒地享用雪茄。

「做點其他的怎麼樣？」

對於突如其來的話，讓凱撒一邊的眉毛稍微動了下，利元急忙掩飾自己的胡言亂語。

「因為每次都做一樣的啊！我們嘗試一點新的。」

凱撒什麼都沒說，只是盯著利元看，他的嘴邊慢慢彎起露出微笑。

「……好。」

背脊感受到一股惡寒，凱撒伸出手來，纖細優雅的手指頭緩慢溫柔地撫摸利元的脖子。

「要我勒你，還是你勒我呢？」

看著優雅彎曲的眼角，利元臉色蒼白地止住了呼吸。

* * *

不斷踩著油門，流線型跑車在路上狂飆，四周的車嚇得分散開來讓路，坐在駕駛座的男人卻無法容忍，不斷的按著喇叭大喊。

「讓開，愚蠢的老爺車！不要占著馬路，快給我滾！」

他粗暴地穿梭於車子之間，他的腦海裡只有一件事情。

沙皇。

像是在催促他似的，警告聲再次響起，確認數字的狄米特里一臉僵住了。不論發生什麼事，凱撒的脈搏都沒有超過九十，但現在竟然快超過一百二十了。不僅如此，血壓和體溫也比平時高出許多，而且根本沒有要冷靜下來的意思，反而持續飆升，他一定是遇到了驚人的危機。

是誰？哪個渾蛋竟敢把沙皇變成這樣？

他光用想的就氣憤得不得了，不停咬牙切齒。

可以殺死沙皇的只有我，我怎麼可能會放任讓其他傢伙得逞！

他瘋狂地跟著座標，更加用力踩油門。驚人的是，座標指示的地方居然是凱撒的住宅，在戒備森嚴的家裡，沙皇正面臨生死關頭，真是令人難以置信，一群沒用的傢伙，我要砍掉所有人的腦袋。

雖然狄米特里認為到這種程度的話，那裡的人應該已經全死光了，但是無所謂，誰說不能再殺死一次已經死掉的人？首先要打碎把沙皇變成這樣的人的頭顱。

看到不遠處的寧靜宅邸，狄米特里的臉變得更加凶狠了，與此同時，數字依然在不斷地攀升。

狄米特里甚至沒有將引擎熄火就跳下車，直接衝進了宅邸。通常從大門到這裡，至少有十多名組織成員，但今天連一隻老鼠都沒看到。

大家都去哪裡了？該死，真的全都死光了嗎？

手錶的警告音越來越大聲，代表他和凱撒越來越近，方向指示著凱撒的臥室。在自己的宅邸，還在自己的房間遇到危險，光用想的就很氣憤。大家到底都在哪裡做什麼，就算犧牲自己也該保護他吧！狄米特里下定決心要把所有人找出來殺光後，急忙大喊。

「沙皇！你沒事吧？」

當他打開門闖進去時，床上展現的情景和他想像的截然不同。因汗水溼透的兩個男人，裸身在床上交纏著，但更恐怖的是那是他認識的人。當狄米特里看到凱撒粗暴地在趴下來的利元背後擺動著腰，不禁無法呼吸。

「啊！我的眼睛！」

他急忙用雙手摀住瞪大的眼睛，急忙跑出去，凱撒在他的身後發出粗重的呻吟聲，隨著噗滋一聲，他在利元的體內射精了。

* * *

真是兩個王八蛋。

狄米特里像是在自己家一樣翻找杯子，喝了兩大杯冰水後稍微冷靜下來。他咬著牙謾罵著那兩個男人。

我又不是為了自己的榮華富貴拚了命跑來這裡。

想一想當初就有很多破綻，從小接受各種求生訓練的凱撒，竟然會在自己的家裡受到生命威脅，當初就該意識到不對勁的。這兩個人就像是混在魚子醬裡的黴菌，真的很該死。

再次想起依然很火大，被騙的事情已經夠煩的了，但更煩的是竟然親眼看到了那個樣子。這都是因為那該死的律師，就算看盡全世界最骯髒一面，也不想再看到那傢伙的裸體，更何況是是跟沙皇搞在一起的樣子。

「該死的傢伙！祝你們不得好死！」

狄米特里揮舞著拳頭朝著空中大喊，回想起那天恥辱的回憶，就變得怒不可遏。他竟然倒吊在樹上，一整晚都看著那兩個渾蛋糾纏在一起，這糟糕的體驗可是他人生中的恥辱。

然後又讓我看到那個樣子？

當他咬著牙說「真想拔下眼睛來清洗」時，會客室的門打開了，看到他謾罵的對象出現。狄米特里用凶狠的表情瞪著他，凱撒一定沒穿衣服，只披了件浴袍而已，因為在量身訂做的浴袍下方，露出的長腿沒有穿褲子。

看到凱撒的臉上依然還留有射精後的餘韻，狄米特里沒等凱撒開口，就不耐煩地問。

「怎麼回事？為什麼連隻小老鼠都沒看到？」

不同於衝過來問話的他，凱撒露出不耐煩的表情回話了。

「我在休假。」

「休假？」

從來沒聽過他鬼扯這種事情，竟然把那麼多組織成員都趕走，然後說在休假？原本想要再次質問他，但沒有抓緊時機。凱撒隨便撥弄散亂的頭髮後，先問道。

「有什麼事嗎？特地來妨礙我的私人時間，一定是發生很大的問題吧？」

口氣中透漏著如果只是小事，絕對不會放過他。狄米特里聽著赤裸裸的威脅，臉立刻扭曲了。明明自己才是受害者，這種態度是怎麼一回事？狄米特里咬牙切齒地說。

「沒錯，當然有很大的問題，因為組織的首領差點死在床上。」

「什麼？」

狄米特里看到凱撒皺眉頭，於是勾起嘴角挖苦道。

「到底玩得有多瘋狂，你的脈搏會那樣狂跳？我還以為有人在你的心臟上開了一槍，誰知道你在做愛呢？你明明一整晚對著十幾二十幾個人都沒有反應，怎麼只上一個傢伙就發出警告聲？」

說著說著，他也覺得很好奇，他們究竟做了什麼？狄米特里很有自信地認為自己比任何人更要了解凱撒，而且知道他並沒有變態的興趣。

他的父親薩沙有時把拷問別人當作一種樂趣，不過凱撒比他更像是機械，他的所有行為只分為有需要和沒有需要，是否有效而已。如果他判斷有需要，就可以比薩沙變得更殘忍，他也不會受到感情影響，只有算計。

他只是薩沙製造出來的機器而已。

那一定不是普通的性愛，對於凱撒連有幾根頭髮都必須掌握的他，在和與利元相關的事一點都不想知道的抗拒之中進退兩難時，凱撒慵懶地垂下銀色的長睫毛，微微皺起眉頭。

「我只是因為做愛興奮而已，不行嗎？」

「不行！」

狄米特里立刻瞪視他，故意翹起腳，深靠在沙發上盯著凱撒。

「我要對你瞭若指掌，為了以防萬一，我總不能像這樣再次白白跑來吧？到目前為止從來沒發生過，你的數值竟然飆升到這種程度，一定有其他理由。來，告訴我一切，你到底玩了什麼花樣？」

他決定不去想上次野營場地的事情，不只一次，竟然還騙了我兩次？你解釋清楚讓我急忙跑來這裡的理由。讓我吃盡苦頭的不是別人，而是那個該死的律師，用普通的原因是無法說服我的。狄米特里鐵了心要聽到答案，凱撒面無表情地說。

「因為在臉上。」

一時半刻，狄米特里沒有意會那是什麼意思，慢半拍才「啊」的反應過來時，凱撒又打算開口。狄米特里臉色一變，忍不住伸出手，猛地站起來。

「不要說了，我知道了，我不想聽。」

「我在他的臉上射精。」

很不幸的狄米特里聽到凱撒同時開口說了。凱撒像是正在回想似的瞇起眼睛，對著已經石化的狄米特里說。

「他說不要，但我勒著他的脖子直接射出來了。他氣喘吁吁地看著我，讓我再次勃起。我先在他的身體裡射精，然後想再射在外面塗抹全身，但因為你進來了我才停下來……」

他想要繼續說明，但狄米特里摀住耳朵大喊。

「該死的傢伙，你現在還想讓我的耳朵爛掉嗎？知道了啦！給我閉嘴！臭小子！」

他氣得臉紅，立刻轉身大步離開。凱撒看著他粗暴的背影皺著眉頭，然後轉過身去。他回到房間，打開門後，看到利元跟自己離開前最後看到的一樣癱在床上。不知道是睡著了還是昏倒了，他一動也不動地趴在床上，凱撒低頭在他的背上輕吻。

凱撒對狄米特里說的話並不是吹噓，只是按照他的要求說了實話而已，接著他打算從現在開始重新進行被打斷的動作。

從頭開始。

凱撒撫摸著利元結實漂亮的背部線條，另一隻手朝下面伸過去，他的下半身已經撐起浴袍，等待接下來的動作。利元閉著眼裝睡，正在煩惱是不是該醒來說今天就到此為止時，凱撒露出堅挺勃起的陰莖。

警告聲再次響起，帶著怒氣瘋狂的踩著油門離開宅邸的狄米特里，低頭看了一眼數字，然後「哼」的發出窒息的聲音。

真是一對發情的公狗。

他們到底要做到什麼時候！狄米特里好不容易壓抑了想要朝著手錶大喊的衝動。

乾脆就這樣比較好。

他好不容易找回理性想著，他最清楚凱撒多麼的有精力，利元要一個人應付整晚和十幾個女人做愛的他，連如此討厭利元的狄米特里都感到同情了。

再加上他還不喝酒呢……

不難想像利元變得瘦骨如柴的樣子。好啊！像那樣耗盡精力後快點死掉吧！

狄米特里說著所有他知道的髒話和詛咒，不斷的踩著油門，這段期間，警告聲也不斷地響起。

* * *

……又是那裡嗎？

利元用空洞的眼神看著天花板上開滿的彼岸花，想著，我過不久一定會去到那裡。

……不需要拖太久，現在就過去那裡吧？

這時腰部被抓住拉過去，讓他回到現實，從背後抱住他的死神輕咬著耳朵。他真的弄得我死去活來呢！利元嘆了口氣，無奈感嘆著自己又回到了人間。

凱撒把嘴唇移到頸部，磨蹭著發出氣聲，如果是別的時候，可能會因為癢而起雞皮疙瘩，或很敏感，但現在什麼想法都沒有了，是連細胞都感到厭煩而放棄的狀態，凱撒看到他沒有任何反應，嘆了口氣說。

「你不要接太多工作，身體會受不了。」

利元突然不知道什麼意思的瞄了凱撒一眼，對到視線的凱撒開口了。

「我知道你是工作狂，但過度工作不太好，你的身體又這麼柔弱。」

以工作為藉口，將近半個月沒見面是事實，但凱撒似乎有種奇怪的誤會，他知道今天已經是第五天了嗎？吞下口水的利元用不甘願的口氣指責他說。

「……不是因為工作身體才受不了。」

「不然呢？」

凱撒的口氣很平常，但碰觸到屁股的分身卻不是。利元感到臉上的血氣頓時消失，立刻回答了。

「你說得沒錯。」

凱撒露出笑容，在利元臉頰上親吻，陰莖理所當然地朝著利元雙腿間進入，暫時停止的性愛又開始了，從頭開始。

我到底為了什麼，甚至還做出去玩生存遊戲那種瘋狂的事？

利元後悔地吞了一下口水，當他一想起生存遊戲，就想起那張沒那麼想要看到的臉，然後說。

「這麼一想，那個男人不是有來嗎？」

不知道是夢還是現實，似乎有看到他大喊著跑出去。

利元靠著朦朧的記憶問凱撒，他沒什麼大不了似的回答了。

「沒什麼事，他只是來確認我是不是發生問題。」

「什麼問題？」

「不知道，他說我的脈搏好像變得有點快。」

凱撒聳了聳肩，慢慢的開始動起了下身。他的身體裡植入了晶片，因此身體若發生任何改變，都會立刻傳達警訊。偏偏監視數值的人是他的堂弟，也是瘋狂崇拜他的狄米特里，雖然不喜歡他，但總要有人做這件事，再加上他比任何人更認真盡責。

不過等等……

「那個男人跑進來看到我們做愛？」

「對。」

無數個想法頓時充斥在腦中，讓利元的思考一片空白。凱撒依然一副無所謂的樣子說。

「那就是那傢伙的工作。」

利元也知道狄米特里會隨時隨地闖入，有可能看到凱撒的任何模樣，他本人都說無所謂了，利元也不想多說什麼，很不幸的，他也需要別人這麼做。

不過，「任何模樣」裡也包含自己，那就不一樣了。說起來，凱撒可以泰然自若地讓別人監視就很誇張了，被人看到做愛的畫面竟然也無所謂，這世上有多少人可以這樣？通常一定會說再也不會發生這種事了，或是為了以後不讓這種情況發生，而採取某些措施，如果都沒有，至少會無奈地請求諒解不是嗎？他怎麼會那麼荒唐地對這件事毫無反應呢？

對自認為有充足常識的利元來說，每次都會被凱撒的態度深深打擊，這次也一樣。自己怎麼會談和一般人相差十萬八千里的戀愛呢？不論說什麼，遇到什麼狀況，對方只會說出與想像中完全不同的話，簡直就是答非所問。利元正想著該怎麼說服他時，凱撒補充說明了。

「反正只要他想就沒有看不到的，因為他的專業就是收集情報。」

他是前KGB，挖掘別人的祕密或打探別人的隱私根本是小事。他的意思是，就算再怎麼想辦法也沒有用，反正永遠不可能逃避那個男人嗎？

他應該看過各種醜陋的樣子，別人做愛只不過是小事吧。利元無法跟厚顏無恥的人一樣變得厚臉皮，當然另一個地方的皮也是。

「……呃……」

柔嫩的內裡變得火辣辣的，利元發出痛苦的呻吟，無奈地接受深深插入身體的粗大陰莖。

「不要想別的男人。」

低聲裡很明顯帶著不悅的情緒。利元想要專注在眼前的男人，但另一方面又想要逃避現實。

……這麼一說，我還沒找他算帳呢！

利元皺了眉頭，現在這一刻連呼吸都顯得吃力。凱撒在利元的臉頰上親吻後，溫柔地撫摸脖子，想著他是不是又要勒脖子了，呼吸不自覺地急促起來。凱撒靜靜瞇著眼看利元一臉蒼白地喘氣，同時進入肚子的陽具激烈地顫抖著。

數值回到平時標準的凱撒，經過了一天半之後，停止的警告音又開始小聲響起，讓狄米特里臉色發白，那個渾蛋又開始了。

再怎麼強壯，做愛做到這種程度一定會撐不下去。再加上凱撒肯定整整一天半都在等著那該死的律師醒來，他滿腦子都在想著要做那檔事。

有別於原來的功能，警告音告知的是利元的狀況，並現場直播他們的做愛時間。狄米特里想要的絕對不是這個結果，但又不能為了確認事實跑過去再次傷害自己的眼睛。

在那傢伙被榨乾之前，我可能會先發瘋死掉。

狄米特里抓了一把藥丸，一邊放進嘴裡一邊這樣想，同時一臉蒼白的他抱住了頭。

「不可以，該死！我要殺了你！我要親手宰了你！該死的律師，這全都是因為你！」

他大喊著拿起槍，無法忍耐怒火而不斷朝著空中開槍。

「主人，您還好嗎？我聽到槍聲……」

對於急忙跑來的管家，狄米特里反射性地轉過身去，看到面色蒼白的管家，才好不容易把槍放下。

「我需要厲害的殺手。」

他像是自言自語般呢喃。

「只要給錢就什麼都願意做的那種傢伙，不論花多少我都願意。」

狄米特里咬牙切齒地看著後方。

我要殺了他。

狄米特里將槍指著閃著紅燈發出警告音的機器，咬著牙發誓。

我一定要殺了他，該死的律師。

然後機器在整整兩天後才終於恢復了平靜。

＊＊＊

「你看起來很疲倦。」

利元聽到擔心的聲音，看著坐在桌子對面的父親。不久之前，米哈伊還是俄羅斯龐大的黑手黨組織的首領，目前已經讓位給接班人並退了下來。現在的他只是釣釣魚、玩撲克牌等，用平淡的興趣度過晚年的退休老紳士。他的臉上浮現著父親擔心兒子的表情。

利元輕輕開口了。

「我只是瘦了一些。」

米哈伊的臉上立刻產生了陰影，利元看到立刻接著說。

「不到需要擔心的程度。」

「你是不是太操勞了？」

米哈伊繼續說。

「你真的是工作狂，希望你不要工作過頭。」

真的太多人誤解他了，當然他打死也說不出口是因為做愛做太多才變成這樣。利元為了忍住快要衝出口的話而無法立刻回答，就在這時，父親說話了。

「你工作到沒空和人見面，身體當然會瘦，你只要承接一個案件就會整個人栽進去。」

利元看著他搖頭的樣子，只是小小的反駁了一下。

「你也知道打官司本來就會拖很久。」

「不過你大部分都不會打完官司就結束啊，我每次打給你總是說很忙就掛斷電話，不然就是聯絡不到……」

米哈伊持續抱怨。當然利元把緊湊的日程安排到非常精細，再加上兩個男人佔走了不多的休息日，將忙碌的生活變得更加混亂。而且其中一方還會耗光精力，因此更加耗費所剩不多的時間。

經過了漫長的十天之後，利元終於回家睡了整整兩天，才終於將體力恢復得差不多。那之後和父親約好時間來到了這裡。雖然想說的話很多，但利元只是把眼前的茶杯移到嘴邊，發出啜飲熱茶的聲音後才開口了。

「我會盡量調整的。」

如果父親知道體重變輕的理由和他想像的完全不一樣會怎麼樣呢？

利元將視線瞄向米哈伊，太陽穴上的灰白頭髮，讓人感受到歲月沉澱下的威嚴，朝著兒子的眼神充滿了信任和愛意。和藹的樣貌讓人無法相信是黑手黨的首領，但利元知道那只不過是外表而已。

為了守護媽媽和自己而離開的男人，那也代表他所處的世界冷酷到必須要拋下太太和孩子。即使不用深入去想也可以輕易地知道，他在黑手黨時期多次派人暗殺凱撒。現在已經退休了，所以狀況可能不一樣，但利元也不想特別詢問和確認那件事。

「你有好好吃飯嗎？不會忙到餓肚子吧？」

「我有好好吃飯。」

利元回答完後立刻察覺到了，米哈伊似乎很心急地想要替他做些什麼。對利元而言過去已經是過去了，現在像這樣偶爾見面聊聊天就代表不會再放在心上，但米哈伊卻不是這麼想。

他一直想送禮物也有點困擾……

利元想，又不是不懂事的小孩子，已經長大成人了，一直接受父母的禮物總有點過意不去，再加上他們又不是普通的父子關係。

可是一直拒絕也不妥。

利元在心裡嘆口氣。收或不收都不是。

當他這樣想時，米哈伊開口了。

「工作結束了吧？現在應該有點空了。」

利元無法說出十天前已經結束了，所以曖昧地笑了笑。米哈伊沒有錯過時機繼續說。

「有一個溫泉不久前開幕，我已經預約了，你要不要一起去？」

「溫泉嗎？」

聽到利元反問，米哈伊點點頭。接著，他提到的地方是最近當紅的高級度假勝地，主要的顧客都是知名人士或有權勢的人，一般人連電話號碼都很難打聽到。竟然預約了那種地方，米哈伊雖然退休了，但名氣依然不減。

這是很難得的機會，利元對溫泉非常感興趣，因為他現在身體各處都很痠痛，強烈地渴望泡在熱水裡，在三溫暖裡痛快地流汗。米哈伊似乎發現利元表示有興趣，迫不及待地開口了。

「去過的人都說很不錯，泡完溫泉後去做水療，全身的疲勞都一掃而空……」

「我要去。」

聽到利元立刻答應，米哈伊的臉上露出了驚喜的笑容。利元雖然覺得自己變得有點庸俗，但他沒有否認自己確實有點心動。

而且他也想要多給父親一些時間相處，雖然沒有和凱撒的時間那麼多，但機會總要公平一點。

溫泉聽起來很不錯呢……

利元想像著泡在熱水裡放鬆的自己，感覺腦袋也變得輕鬆。

「什麼時候去呢？我也需要做點準備。」

「你需要什麼儘管告訴我，我會在那邊都準備好，不需要另外做準備。」

米哈伊毫不掩飾高興地回答了。利元再次開心了一下，竟然不需要做準備，直接動身前往就可以泡溫泉，哪有人會拒絕這麼好的事情呢？米哈伊繼續問道。

「你什麼時候有空？我配合你調整日期。」

「我明天就可以。」

「真的嗎？」

米哈伊露出燦爛的笑容，立刻約好從明天開始和利元一起去溫泉一個禮拜。說著早上要開車去接利元，臉上完全隱藏不住笑意。

走出咖啡店和米哈伊分開之後，利元走路去搭地鐵。本來米哈伊希望能現在一起回家，隔天直接出發，但利元拒絕了。他雖然想去旅行，但必須要先告訴奶奶他會離家一個禮拜，而且奶奶應該已經在煮晚餐了，不回去的話她一定會生氣。

正當利元想著出發前應該要打掃和做其他家事時，背後傳來異樣的動靜，一股熟悉的涼意衝擊利元的背脊。當他繃緊神經放慢腳步，背後的動靜也變慢了。利元拿起手機假裝要打電話，彎過了轉角，他進入偏僻的巷子裡，將身體貼在牆壁上藏起來等待。

他需要幾分鐘來確認是不是真的被盯上了，還是只是錯覺。當戴著墨鏡的男人屏息走進來的那一刻，利元迅速踢向他。男人沒有戒備，立刻倒地打滾，利元壓在他身上揪住了領口。

「為什麼跟蹤我？」

男人茫然地眨著眼睛，就像是完全沒想像到自己會被發現。利元用力搖晃對方的衣領大喊。

「告訴我，是誰指使的？」

被質問的男人慌張地瞪大眼睛，然後突然用額頭撞向利元的臉。

「……！」

在突如其來的攻擊下，利元根本來不及喊叫就失去了重心，男人推開他，搖搖晃晃地站起來。利元雖然感到頭暈，但抓住了急忙想逃跑的男人的腿，將他絆倒。

兩人一來一往地拳打腳踢。對方似乎很熟悉這種打鬥，出拳的技巧很不錯，不過利元也不好對付。拳頭抓準時機，打中對方的肚子，男人臉色蒼白地跪了下來。

「是誰？」

利元抓住男人的頭，氣喘吁吁地問了。不只是利元，男人的臉和手也都沾滿了血，男人不得已的回答了。

「有人下了指令。」

「誰？」

接下來聽到的名字令利元大感意外。

用手機拍下男人的照片後放走他，他急忙站起來逃走了，應該很快就會去報告吧。利元一邊想一邊找著號碼按下按鈕。

透過祕書轉接後，才聽到凱撒的聲音。

「我有事情要說，我現在過去，你等我。」

利元單方面說完想說的就掛斷電話，因為他氣得很難再冷靜的說明下去。

＊　＊　＊

即使敲了門再開門，盧德米拉依然嚇得大叫，邊從座位上站起來，她看到利元的臉後臉色變得更加蒼白，讓利元感到很不好意思。可能是因為過去曾荒唐地威脅過她，她每次都會用恐懼的眼神看著利元。利元雖然氣得快發瘋了，但他不想對無關的人發脾氣，於是露出了微笑，但盧德米拉還是沒有笑容。

「凱……沙皇在裡面嗎？」

雖然已經用電話確認過了，但他還是再確認一次。盧德米拉只小小聲地回答「在」。利元輕輕點頭後立刻打開了裡面的門。

辦公室裡除了預想的人物之外，還有另一位。坐在客人用的沙發上與凱撒單獨喝茶的狄米特里，和走進來的利元對到視線後就立刻皺了眉頭。從完全不隱藏那討厭的神情來看，他果然只有身材高大，實際上卻是個小孩。利元心裡想著，把視線轉向了凱撒。

「利元。」

凱撒慢慢從位子站起來呼喚了名字，微笑著擁抱了利元。利元並沒有推開他，若是平時有其他人在，可能會警告他克制自己，但坐在那裡的人例外。果不其然，狄米特里瞪著利元，臉上露出厭惡的表情，凱撒根本不在乎他的那種反應。

「你的臉怎麼了？手也受傷了，你和誰打架了嗎？」

他握著利元的手觀察傷口，利元卻稍微後退說。

「我有話要說才過來的，剛好他也在這裡，太好了。」

利元轉過身去，故意在狄米特里面前拿出手機。

「我逮到了今天跟蹤我的男人。」

利元拿出方才拍到的男人照片，兩個男人的視線同時看向了手機。很難知道兩個面無表情的人在想什麼，但利元擁有很明確的證據，他確定他們都看清楚照片之後，把手機收起來。

「我希望聽你說明這是怎麼回事。」

利元的視線依然看著坐在對面的狄米特里。利元壓根就沒想過這個男人竟然派人跟蹤自己，因為一般老百姓根本就沒有被人跟蹤的理由啊！隨後立刻在心裡補充，雖然很偶然地牽扯到黑手黨。

利元在某種程度上期待著狄米特里會怎麼回答，經過短暫的沉默之後，他突然露出了微笑。

「奇怪，我不認識這個人。」

已經預測到他可能會毫不在意地裝蒜，利元再次開口了。

「這個男人親口說受到你的指使跟蹤我，但你不認識他？」

「不認識。」

狄米特里笑嘻嘻地回答。

「你應該親自把他拖來這裡，只憑這一張照片，而且還滿臉是血，我怎麼能認得出來？誰知道那是不是你隨便找個路人打個半死再拍照的？」

雖然已經在預料之中了，但沒想到會這麼厚臉皮，竟然可以像這樣面不改色地睜眼說瞎話。果然不該對前政府密探，現任俱樂部皮條客的良心有所期待。再加上狄米特里又更誇張地張開雙手聳著肩說。

「又不是純種俄羅斯人，怎麼相信那種雜種？」

「狄米特里。」

一直沒發言的凱撒開口了，雖然他只是叫了一聲名字，但狄米特里愣住了。氣氛變得凝重，狄米特里鬆開咬住的嘴唇說話了。

「我開玩笑的。」

利元有點嚇到，狄米特里雖然不是正式道歉，但他那樣說已經算是大大的退讓了。狄米特里帥氣的臉皺成一團瞪著利元，就像是在說竟敢讓自己說出這種話，一定會讓你後悔。

「你要說的就是這件事嗎？」

凱撒輕聲打破了沉寂，利元轉頭看著他。

「你已經知道了？」

凱撒沒有回答，只是笑了一下，這麼一來他很明顯就是共犯，至少他知道卻默認。雖然是堂兄弟，但親戚果然就是親戚，利元靜靜的看著兩個串通在一起的男人。

這麼一想，他們的外表長得也有點像，對著他們生氣好像也沒有用，反正他們想做什麼就做什麼，利元沒有自信能用理性說服他們。最重要的是，他不想在狄米特里面前難看地大吼大叫，因此利元選擇了別的方法。

「……！」

「沙皇！」

因為突然飛過來的拳頭，凱撒瑟縮了一下，狄米特里急忙站起來，不過利元根本不在意，立刻朝反方向出拳，準確擊中了凱撒的胸口。

「……呃！」

這次可能真的很痛，凱撒的嘴裡發出呻吟聲。狄米特里一臉蒼白地想要跑過去，凱撒卻把手舉起來制止了，喘了好幾口氣之後開口了。

「你不要介入。」

「可是……」

狄米特里著急大喊，但凱撒用可怕的眼神回瞪。在沉默中再次看向利元時，他的臉已經變得很溫柔。

「夠了嗎？」

凱撒似乎願意讓利元打到滿足為止。利元覺得那個態度更討人厭，這次看向了狄米特里，真正邪惡的根源是那個男人，過去一直伺機等待機會的利元，這次真的要好好引爆以往所有的憤怒，當他正想朝著他走過去時，凱撒突然阻攔在面前。

「不行，你打我。」

「沙皇！」

狄米特里用尖銳的聲音激動地大喊。不過凱撒繼續低著頭對利元說。

「不要摸其他人，你摸我。」

狄米特里的臉立刻僵住了，利元瞄了一眼狄米特里又看向了凱撒。

「我沒有要摸，我是要打。」

「所以啊……」

凱撒抓住利元的手，在有血漬的手指頭上親吻。

「你打我。」

利元和狄米特里第一次有了同樣的想法。

凱撒是被虐狂嗎？

利元立刻這麼想。

他只是不想我跟別人接觸吧……

那也難怪，因為凱撒真心的、熱烈的，用充滿愛的眼神低頭凝視著利元。

很快就知道原因了，凱撒在利元的手指上接連親吻著說。

「沒想到這麼快又再見面了。」

他以為可能至少半個月見不到面，當然會這麼想。要不是發生了這件事，利元也沒想到會這麼快見面。

利元不理會凱撒，面無表情地說。

「是你派人跟蹤我的嗎？」

「不是。」

對於立刻否認的凱撒，利元瞇起眼睛。

「但你知道吧？」

凱撒沒有回答，只是淡淡地微笑，很神奇的，他是不會說謊的男人，也有可能是沒有那個必要。利元冰冷的繼續說。

「不要再派人跟蹤我了。」

凱撒把嘴脣放在手指頭上，抬起頭看著利元。沉默中傳來狄米特里嗤之以鼻的哼聲，雖然是預料中的反應，但還是令人煩躁。利元冷靜地說。

「如果不是腦袋有問題的話，沒有跟蹤我的理由啊！」

這句話是針對狄米特里說的，當然他也用可怕的眼神回應，利元選擇忽視，這時凱撒開口了。

「如果不喜歡狄米特里的手下，那就派我的組織成員，可以嗎？」

哼，利元忍不住嘲諷。

「你乾脆在我的身體裡裝一個跟你一樣的晶片好了。」

雖然利元只是嘲諷，凱撒卻認真回答了。

「我不想在你的身體裡放進除了我之外的任何東西。」

這男人從頭到尾都在說些狗屁不通的話，不過接下來說得更誇張了。

「因為你很柔弱，需要派人保護。」

「咳。」

剛好在喝茶的狄米特里被嗆到用力咳嗽，用怎麼會說這種鬼話似的眼神，一邊咳嗽一邊看著凱撒，利元也覺得很沒面子。

「誰說我很柔弱？」

聽到利元立刻抗議，凱撒說了自己認為的答案。

「因為你每次做愛都會昏倒，男人怎麼會只因為做愛就昏倒？」

狄米特里再次咳嗽了，這次好像是呼吸時被嗆到。利元有點同情在一旁被波及到的狄米特里。

當他正想要反駁時，凱撒先說道。

「而且我已經很忍耐就那樣了，如果我認真做了，你會死的。」

現在也快要死了，無言到快死了。

利元張大了嘴巴，無聲嘆氣。只不過是做愛？只要做一次基本就會做一個禮拜叫做只不過？利元為了保命，默認了無數個誤會，但這次真的很難嚥下這口氣，而且他無法忍耐對方那同情自己的表情。

「我的體力也算不差好嗎？我看你忘了，我可是特殊作戰部隊出身。」

你才是怪獸，利元在心裡補充後，凱撒只是笑了一下，像是這沒什麼似的。

「那只是會開槍的程度。」

利元感受到依然被凱撒握住的手漸漸施力，盡可能冷靜地說。

「所以你打算繼續派人跟蹤我？」

「是保護你。」

最好是。

不知道凱撒的想法如何，但狄米特里派人跟蹤，絕對不是那個意圖。如果現在凱撒不在這裡，他一定會立刻站起來勒住利元的脖子。

「知道了。」

再多的對話也沒有意義，不管說什麼都只有利元自己一個人氣得半死，然後繼續發生丟臉的事情，所以他打算抽身離開。

「這件事我們以後再聊……單獨兩個人，不做愛的時候。」

利元故意加了最後一句，狄米特里露出無奈的表情，凱撒皺了眉頭。他們是無法溝通的黑手黨，利元壓抑著想揍人的欲望離開了。

利元離開辦公室之後，剩下狄米特里和凱撒。凱撒打開雪茄盒熟練的挑選著雪茄，回想起剛剛的事情。他已經猜想到利元會親自找上門，不過沒想到他竟然會那麼冷靜地離開，原以為他會更加生氣。

將「戰鬥永遠是對的」奉為人生真理，並且深信不疑的狄米特里覺得很鬱悶，他原以為兩個人會扭打起來。

不過那種廉價的拳打腳踢一點都不適合沙皇。

他直盯著從小就崇拜的男人臉龐，美麗到無懈可擊的男人，可以用美麗形容一個男人真的很罕見，狄米特里認為只有那個單字適合凱撒。可以面無表情、毫無顧忌地劃開別人的脖子，任何時候都不受影響、不會興奮的男人。

他最景仰的最完美的男人。

但是那個該死的律師竟然毀了這一切。

狄米特里無聲地咬牙切齒，凱撒的脈搏怎麼可以加快？不論任何情況之下，這個男人都不能有所動搖，因為他是那樣被打造的，藝術家雕塑的曠世巨作，竟然墜落成不起眼的平凡人，真的無法原諒。畢馬龍是他最討厭的神話，他絕對無法眼睜睜的看著他變成那樣。

狄米特里就算這麼想，另一方面也認為利元確實不一般。凱撒應該沒有察覺，但狄米特里派去的男人是前拳擊手，不太會被一般人打到落花流水。如果是普通男人早就被他一拳打倒了，但他卻被利元擊敗，甚至供出了狄米特里的名字，還被拍下照片，這真的是意外，而且是令人不太開心的意外。

雖然很不想回憶，但利元的裸體真的很不錯，健壯的肌肉分布在比例良好的身材上，輕輕碰一下就能感覺到很結實。他應該會幾種東方的武術，沙皇竟然對那樣的利元說「你很柔弱」，他聽到了當然會生氣，雖然可以理解利元的心情，但就算是那樣，跟沙皇相比之下，他只不過是個普通人。

「狄米特里。」

「嗯。」

聽到叫自己的名字，狄米特里立刻回應了，他反射性地投射出熱烈的眼神，凱撒一邊在雪茄點火一邊說。

「利元過來這裡之前發生了什麼事，你應該已經聽到報告了吧？」

狄米特里什麼都沒說，凱撒把雪茄拿到嘴邊深深吸一口氣，雪茄頭冒出了紅色火光。

「你說說看，今天利元和誰見面，聊了些什麼。」

這並非狄米特里跟蹤利元的目的，他跟凱撒相反，因為太討厭他了，很想找到害他的把柄才派人跟蹤。凱撒明明知道卻沒有制止，也是因為這個理由。狄米特里看著傲慢的堂哥，舒服地坐著椅子上聽關於利元的報告，心裡雖然氣憤卻無法不回答。

「……聽說要跟米哈伊去溫泉旅行。」

隔著白茫茫的煙霧，他瞇起眼睛，長長地吐了一口菸之後，凱撒說。

「你繼續說。」

＊　＊　＊

可能是因為寒冷，俄羅斯的溫泉很受歡迎。即使不是最冷的時節，也有很多人來到溫泉或三溫暖，休閒勝地永遠都是滿滿的人潮，尤其越是有名的地方競爭就越激烈。

利元很喜歡三溫暖。以前有委託人為了感謝利元用便宜的委任費處理案件，因此隨時歡迎他去使用自家後面的個人三溫暖，利元有時會在那裡暖暖身體。可以在熱騰騰的蒸氣中和男人們聊天，流汗之後喝一杯冰啤酒也是至高的享受。

當米哈伊提到溫泉時，他已經知道那裡是最高級的休閒勝地，腦海卻只是浮現自己來到俄羅斯之後去過的個人三溫暖或是公共三溫暖。他想著，根據俄羅斯人的喜好，規模一定很大，但其他的應該不會有太大的不同，了不起只是在牆壁上塗金漆罷了。

他只是一心想泡在熱騰騰的水裡，其餘根本沒有想太多，因此搭上來接他的米哈伊的車子抵達目的地時，瞬間愣住了。

不論你在期待什麼，都會超越你的想像。

讓人聯想到現在已經變成經典的電影標語，原本想像的窮酸三溫暖頓時化為烏有，他的猜想其實沒有相差太遠，規模確實很大，牆壁也塗了金漆。

不過這種規模加上這種塗金漆的程度也太誇張了。

看到巨大的宮殿矗立在眼前，看起來至少有二十樓層高的建築物，就像是炫耀廣大的腹地般，左右兩邊也望不到盡頭。再加上外牆各處都鑲嵌了雕刻或彩繪玻璃，讓人聯想到中世紀時期建蓋的古堡。

斯拉夫樣式的屋頂上，放了一個巨大的銅像，可謂有畫龍點睛的效果，利元並不想知道那到底是誰的銅像。車子快速靠近散發五顏六色光芒的輝煌飯店，光看規模就覺得浮誇到令人厭倦。

「……那是溫泉嗎？」

過了好一陣子，利元才開口，米哈伊滿足地點點頭。

「有點小吧？外觀看起來有點樸素，但暫時待在這裡應該還不錯。」

利元眨了一下眼睛，再次看了一下眼前的景象。來到俄羅斯之後，第一個感覺到韓國和俄羅斯相似之處就是「越大越好」的概念，因此在俄羅斯人的想法中，只要是有點名氣的一定都又大又華麗。這次也不例外，所以從遠遠的地方就能看到讓人聯想到皇宮的飯店，利元一時語塞。

原本想著只是公共澡堂，去泡泡澡而已，在三溫暖流個汗就回去睡覺的想法消失了。米哈伊對著啞口無言的利元說。

「我真的很想跟你一起來這裡。」

看到他跟平常一樣的笑臉，利元發現他並不是第一次來到這個休閒勝地，未來接受父親的好意之前，應該要先想到可能都是這樣的規模。就在利元打算牢牢記住時，車子停住了，門僮打開了車門。

「歡迎光臨，羅莫諾索夫先生。」

經理親自出來鄭重地打招呼，服務員排隊幫忙搬運行李。利元跟在米哈伊的身後，走進讓人聯想到俄羅斯帝國時期的華麗建築物裡。經過寬大到一不小心就會走失的大廳，走去房間的過程中，經理用好聽的聲音說明館內設施。不愧是雪國，從透明電梯看出去的風景全是一片白茫茫的雪地。

「室內、室外都有三溫暖和溫泉，可以依照您的喜好使用。」

經理流暢地介紹位置和溫泉效果，利元心不在焉地聽著他介紹溫泉的成分，一心只想快點泡進熱水裡。

「禁止在泡湯時喝酒，因為有可能引發意外，還請多多留意。」

米哈伊聽到很有禮貌的嚴重警告，理所當然地點點頭，不過利元看到了在先下電梯的經理背後，他偷偷眨眼的樣子。

被領進的房間是位於最高樓層的總統套房。如果是一家人，有可能會選擇這種有客廳、還有好幾個房間的總統套房，但利元沒想到只有兩個人也會訂這種房型。他原本預測會訂雙人床房，但又猜錯了。

米哈伊似乎是想趁這次機會，完全打破和利元之間的隔閡，雖然有一點負擔，但利元心想算了，如果能因此讓米哈伊開心，也沒什麼壞處。

畢竟利元心裡一直懷有愧疚感。

「怎麼樣？滿意嗎？」

等經理離開後，父親充滿期待地問了。如果能對著他大聲歡呼或許會比較好，但很可惜的，利元並不是那種個性，也過了那種年紀。

「房間很不錯。」

米哈伊看到不同於期待的平淡反應，露出了失望的表情，利元一看到，立刻接著說。

「我沒想到是這麼好的飯店，謝謝你帶我過來。」

利元一說完就覺得自己太過禮貌了，反而變得更加有隔閡。利元覺得難為情，立刻改變了話題。

「什麼時候吃飯呢？這裡的餐廳應該也很棒。」

「那當然了。」

米哈伊立刻笑著問了。

「你想吃義大利菜，還是法國菜？」

「我什麼都可以，您應該比我更清楚，幫我推薦吧。」

這是很實際的建議，但父親似乎聽到這句話心情變好了，米哈伊立刻點點頭。

「世界知名的英國廚師在這裡開了義大利餐廳，很諷刺的，英國食物真的很難吃，但在英國賣的外國料理卻很優秀，好幾年前我在倫敦的時候……」

接著他開心地說起當時去英國的事情。

吃完整整兩個小時的晚餐後，米哈伊帶著利元去了酒吧。酒吧的大小果然也不輸知名飯店的名聲，規模大得驚人。如果以客房數量來看，酒吧應該也會有不少人，但那天卻異常冷清。

在空蕩蕩的酒吧裡，只坐著兩個男人，看起來沒那麼有趣。店內儘管播放著悠閒的音樂，但利元坐在位置上，感覺安靜到乾咳一下就會變成回音在店裡擴散，他開口說。

「這裡意外地沒有很多人呢！我還以為很受歡迎。」

食物好吃，服務也令人滿意，設施也很棒，但像這樣空蕩蕩的，經營上不會有困難嗎？利元想著自己何必做多餘的擔心時，剛好前來點餐的服務生露出職業微笑回答了。

「全部的房間都被預約了，客人可能還沒到，很快就會客滿了。」

「好可惜，原本可以給我們包場的。」

她笑著回應帶著溫和微笑開玩笑的父親。各自點好了要喝的酒，等服務生消失後，米哈伊說。

「那位小姐很漂亮呢！」

利元沒有多想就回應道。

「如果想約會，就去約她，我覺得她會答應。」

利元沒有錯過年輕小姐的眼神關注著充滿魅力的老紳士，父親一定也有意思才會那樣說吧？但是聽到利元這樣說，米哈伊立刻正經地回答了。

「你怎麼說那種不可能的事情。」

利元反而用「又沒關係」的口氣說。

「你一直一個人，如果那位小姐也有意思……」

他已經過了對父親再婚會受到打擊的年紀，兩人的關係也沒有親密到那種程度。聽到利元那像是一般人會說的回答後，米哈伊搖搖頭。

「你不要說這麼荒謬的事，什麼女人？除非你媽媽活過來……」

他嘖嘖兩聲後繼續說了。

「而且急需約會的人是你吧？」

「什麼？」

對於突如其來的提問，利元慌張到不自覺地反問了。米哈伊用充滿關愛的眼神看著利元說。

「你也差不多該結婚了吧？應該說有點晚了。現在你的年紀差不多該有一兩個小孩才對，你長得很像秀妍，所以你的孩子也一定會很漂亮……」

米哈伊看到利元因意外的話題而猶豫著無法立刻回答，急忙把話題帶過。

「最近也有很多人晚婚啦！我想你會自己安排。」

利元第一次覺得幸好跟父親之間的關係還保有一定的距離，如果再親近一點，沒有得到滿意的答案之前，他一定不會放過這件事情。

剛好服務生拿酒過來，兩個人很快的改變了話題。利元說著日常的生活瑣事，同時心想，幸好沒有繼續聊令他不舒服的話題。

從開始喝著一杯兩杯，兩人在不知不覺中喝醉了。俄羅斯人以愛喝酒聞名，利元也是喝酒不輸人的韓國人。一杯兩杯接續喝下去後，兩人都忘了在適當的時候喊停，才會喝了這麼多。

利元覺得天旋地轉，雙腿無力，不過比米哈伊好多了。他真的毫無顧忌喝個不停，現在根本連走路都有困難。沒辦法，只好把帳單掛上房號，利元把米哈伊的手臂扶在肩膀上走出酒吧，搖搖晃晃地走過去準備搭電梯時，米哈伊抬起頭來自言自語說道。

「我的兒子。」

他眼角笑出皺紋，撫摸了利元的臉頰。

「誰竟敢把這麼帥氣的臉蛋變成這樣？竟敢對我兒子……」

利元的臉上依然留著瘀青撕裂的傷口，米哈伊似乎有點驚訝，卻沒有說什麼，他果然還是有點在意。如果利元看到父親的臉上有這種傷口，可能也會有同樣的擔心。利元心裡這麼想著，沒有做出其他的回應，父親長長嘆了一口氣。

「你本來應該毫髮無傷地長大……」

「我現在很好。」

「沒錯，是很好。」

米哈伊滿臉醉意地看著利元傻笑。父親看著自己的視線中，永遠都有對媽媽的懷念，他用微微溼潤的眼睛凝視著利元說。

「雖然你會埋怨我……但我現在依然認為幸好那時離開了你和你媽媽。」

他有點口齒不清地嘮叨著。

「你要跟我過不同的生活……平凡的，遇到好的女人，生個小孩……就像普通人一樣……我真的很想跟你媽媽過那種生活……」

利元沒有回答，雖然只是一瞬間，但酒一下子全醒了過來。他好不容易扶著越來越沉重的米哈伊走回房間，心不在焉地聽他說接下來的話。回到房間後，將他放在床上，幫忙脫掉鞋子，隨便換上衣服後，利元再次搖搖晃晃地走到客廳。

自己的房間雖然在對面，但他不太想進去。雖然喝了很多，酒卻已經醒得差不多了，利元感受到自己的清醒，站在客廳中央想了一下。

……去泡溫泉好了。

二十四小時開放的露天溫泉沒有任何人，不只是喝酒的期間，連回到房間之前，除了服務生之外沒看到任何房客，利元對於跟想像中一樣的情景感到滿足。

總之，獨自享受這種規模的溫泉並不是常有的機會。米哈伊也睡著了，雖然並不長，但至少可以擁有自己的時間。據說預約已經額滿了，所以等預約的客人到了之後，就不會再有這種機會。利元輕鬆地脫下衣服，赤裸地走進熱水裡。

身體本能地打了寒顫，對著熱騰騰的蒸氣微微發抖，他嘆了口氣，坐在溫泉池的中央，將身體沉入到脖子的位置。

呼……

利元滿足地嘆了一口氣，他閉上眼睛放鬆全身。漸漸地，從臉上的傷口到身體各處都開始痠痛。他時不時皺著眉頭，身體靠上牆面，眾多想法自然浮現。

最近很常受到有關結婚的壓力。凱撒上次稍微透露意思之後，偶爾趁不注意時又會暗示。到目前為止，利元都假裝不知道，但不知道這種方法可以撐到什麼時候。

米哈伊給的壓力比凱撒小，但是更直接。不論由誰來說都會造成壓力的話題，卻被最有壓力的兩個人提及，讓他只能用閃躲的方式回應。

總有一天會放棄吧！

他忽略了這兩人都是不知放棄的男人，拋開了惱人的心事。反正又不是立刻能解決的事情，他是來休息的，專心休息就好了。再過一陣子年紀變大，父親就會妥協了吧！雖然不知道凱撒會怎麼想，反正等以後再說。他雖然決定這麼想，但內心依然有一角很在意，不過又沒有解決的好方法，他只能不去理會，在水裡放鬆身體。

在溫泉睡著會很危險嗎……？

他打著盹突然想到這件事，耳邊傳來細微的聲響，利元把身體泡在熱水裡，意識模糊地想著，可能有客人來了。

雖然比預期中更快失去一個人的時間，但也沒辦法，應該很快就會泡進水裡吧。他預想隨著對方走進來的動作，水面也會跟著波動，但水面一直沒有動靜，利元等了又等，仍然沒有任何反應。

我聽錯了嗎？

不知道是把其他聲音誤認為腳步聲，或者聽到聲音本身就是幻覺。利元不情願的睜開眼睛，卻在冒著熱氣的水面上發現只有自己一個人，寬大的溫泉池內根本沒有任何人的影子後，利元淡淡地想著是自己聽錯了。

……結婚啊！

放空的腦袋醒來，利元立刻想起父親說的話。平凡的人生，結婚。如果父親知道他所期望的一切都無法實現，會露出什麼樣的表情呢？拋下媽媽和我離開時，他應該沒有預期這樣的結果。

一想起凱撒就頭痛，不耐煩地撓了撓頭。男人之間的關係也很令人頭痛，況且他還是那樣的男人。父親希望利元結婚，但如果對象是凱撒，他一定會拚命反對，搞不好會想再次殺了他。他好不容易隱退了，而且那樣的話凱撒一定也不會善罷干休，不用想就知道會有什麼後果。利元很想跟之前一樣，不介入兩人之間的戰爭，但現在已經不可能了，利元習慣性的撫摸了肚子上的槍傷。

只好永遠隱瞞下去了……

當他再次下定決心時，隔著白茫茫的水蒸氣看到了某樣形體，利元才意識自己完全沒有發現他。他從什麼時候開始站在那裡呢？高大的男人像是雕像般，一動也不動地站在那裡，甚至有種他本來就是屬於華麗牆壁裝飾一部份的錯覺。

不過他絕對不是雕像，像是根本不會呼吸似的，沒有一絲動搖的他，全身上下只有一個地方透露著他是人的訊息。

異瞳。

和陌生男人不同顏色的瞳孔對望的瞬間，利元瞪大了眼睛。

＊＊＊

已經過了中午，天空依然布滿了烏雲，可能又要下雪了。

決定命運的那天下午，還是年輕人的米哈伊不自覺地抬頭看著天空。在令人厭煩的北方國家，冬日祈求不要下雪幾乎等於是祈求奇蹟。

他呼出一口氣，嘴裡冒出白茫茫的煙霧隨即消散。提早吃完午餐，走向辦公室，他走在昨天下雪結凍的路上，戰戰兢兢地留意不要滑倒。悠閒的路上，偶爾看到快步走過的路人，當他也想要加快腳步的時候……

某個男人突然從他身旁快速跑過去，在這種馬路上用那種速度跑不，他是想腦震盪嗎？米哈伊驚訝地看著他的背影，但很快就知道為什麼了。

「有扒手！快抓他！請幫我抓到他好嗎？」

背後某個女人結結巴巴地說著跑了過來，米哈伊轉過頭去。披頭散髮的女人快速跑了過來，蒼白的臉上透露急切的神色。

她是東方人嗎？

當米哈伊這麼想著再次轉過頭去，不遠處看到男人跑過去的背影。他的手裡拿著老舊厚實的肩背包，瞬間失去平衡往後滑倒，一頭撞在地上。

「讚啦！」

不知道從哪裡學了那種俄文，女人說完後就立刻跑了過去，米哈伊繼續看著經過自己身旁跑過去的女人。

「啊！」

他不自覺地張開嘴伸出手來，卻已經太遲了。就在扒手跌倒的那個位置上，女人也揮舞著雙手，整張臉往地上撲去。

「啊！」

悲慘的叫聲在路上響起，傳來令人心驚的摩擦聲。她在結凍的道路上整個人摔了出去，似乎好一陣子沒有回過神來，扒手趁這時候慌忙站來身來，迅速地逃跑了。

「等等，幫我抓到他！扒手！我的錢！」

她倒在地上焦急地大喊，但米哈伊只把雙手插進大衣裡觀望。在沒有路人的大馬路上，她悽慘的叫聲變成孤單的迴響擴散開來。她絕望地將手伸向空中眨著眼，最後落寞地低下頭，搖搖晃晃地站了起來。

她拍打被泥土和雪弄髒的大衣，咬著牙抬起頭來，撞上米哈伊一直看著她的視線。好一陣子，她什麼都沒說地凝視著米哈伊，米哈伊也只是看著她。

突然，女人的黑色瞳孔閃過可怕的光芒，她快速跑到愣住的米哈伊面前。

「你這個壞蛋！」

女人一邊大喊一邊揮動了拳頭，米哈伊快速往後退閃避，可是卻沒能料到第二次的快速攻擊，她立刻向米哈伊的小腿踢了一腳。

「……！？@#︿&︿*！！」

米哈伊根本來不及尖叫就直接抱著腿坐下來，她氣勢洶洶地低頭瞪著他。

「這是老天給你的懲罰！」

她邁著大步離開，把痛到無法呻吟的米哈伊拋在腦後。米哈伊就坐在原地，咬牙忍受著刺痛。

不是說東方女人都跟羊一樣溫順嗎？

他依稀回想著自己熟悉的形象，不斷揉著刺痛的小腿。

果然一到了晚上就下起雪來，米哈伊提早離開辦公室，搭上雷普待命的車子離開了。

「看樣子又要下大雪了。」

聽到雷普擔心的話，米哈伊只是點點頭。要趁還看得到路時快點回家，照這個狀態，暴雪可能會下到明天早上，米哈伊看著窗外飄落的雪花，陷入沉思裡。

他想起白天父親的話，組織內的鬥爭越來越激烈了。賽格耶夫早已讓他的兒子薩沙和別的組織的女兒成婚，多虧這樣，薩沙可以在他那一代取得跟之前不同的更大勢力。

「現在甚至威脅到我們了。」

父親嚴肅說道，米哈伊其實也切身體會到這件事。他們跟羅莫諾索夫原本是俄羅斯的兩大組織，但現在看樣子也不會長久了。幸好父親目前還健在，不同於薩沙，米哈伊還有一點時間。

那麼接下來，羅莫諾索夫……

當他茫然地想著這些事情時，在白茫茫的朦朧大雪中看到了某個東西。

「……等等，停車。」

聽到米哈伊的聲音，雷普驚訝地回過頭看。

「請問還要辦什麼事情嗎？」

「先停車，然後你先回去。」

米哈伊依然看著車窗外開口了。

「這是我的私事。」

雷普雖然不知所措，還是放慢了車速，將車停在路邊，這期間，米哈伊也依然盯著窗外。

真的倒楣透了。

秀妍低頭看著腳尖，深深嘆口氣。放著全部財產的肩背包被偷走了，一轉眼之間就變成了乞丐，怎麼會有這麼悲慘的人生呢？好不容易把在韓國擁有的一切都賣掉，來到了新的國家，這一切努力都變成了泡影。

努力學了六個月的俄語也沒用了，我究竟為什麼要來俄羅斯呢？

秀妍開始不斷地自責。

隨意轉動地球儀亂選時，當然有比較高的機率選中面積大的國家，結果不是中國就是俄羅斯。

秀妍嘆了一口氣。

為了那種偶然，完全投入自己的人生，還真是傻啊！反正選上了中國也一定會變成這種在屋簷下躲雪的下場吧！

搞不好會比躲雪淒涼。正當她那麼想時，眼前看到的是被雪水浸溼的皮鞋。是不是曾在機場看過那雙皮鞋呢？總覺得很面熟。

秀妍目不轉睛地看著精心擦拭而散發光澤的牛津鞋，在紛紛大雪中漸漸失去光亮。她緩慢地抬頭，視線掠過長腿，披著溫暖的毛外套的肩膀，最終看到了他的臉，秀妍只是呆呆地眨著眼睛。大雪裡，長相清爽的男人微笑著。

「又見面了。」

秀妍蹲在屋簷下，伸長脖子仰望高大的男人，這時才瞪大了眼睛。看到秀妍的表情，應該是想起自己了，米哈伊才微笑著說。

「妳為什麼在這裡？」

秀妍再次皺著眉無力地回答了。

「因為沒地方可去。」

「為什麼？」

秀妍不耐煩地大發脾氣。

「哪有為什麼？因為我所有的錢被偷光了！如果你剛剛幫我抓到扒手……」

怨恨再次浮現，秀妍不斷大喊著，卻馬上無力地低下頭。

「事到如今又能怎麼辦。」

她忍不住嘆了口氣。陰暗的天空就像是自己的未來，手中連一枚銅板都沒有，她怎麼會來到國外卻變成了乞丐呢？雖然想去大使館，但已經太晚了，再加上也沒有車費可以去到那裡。她一生經歷了各種風風雨雨，卻第一次這麼茫然。當她淒涼低著頭時，米哈伊在她上方說。

「那麼……」

傳來他呢喃似的溫柔聲音。

「要不要跟我一起走？」

無力看著腳尖的秀妍突然愣住了，好一會兒她才有所反應。蜷縮著身子蹲在地上，好不容易才能躲雪的秀妍，和在她上方用全身淋著雪的米哈伊，兩人對看著。秀妍眨著眼睛說道。

「你是不是在做人口販賣？」

聽到她懷疑的口氣，米哈伊充滿笑意的回答了。

「差不多。」

然後他用非常溫柔的聲音補充了。

「不過我不會把妳賣掉。」

秀妍一言不發地看著他，米哈伊靜靜的看著她的瞳孔裡流露著各種情緒。紛飛的灰色風雪讓她蒼白的臉變得暗淡，路燈是陰暗的天空下唯一的光，米哈伊卻感受到她的雙眼像是星星般閃亮，這真的是神奇的體驗。

「怎麼樣？要去嗎？」

米哈伊說完伸出手來，秀妍依然蜷縮在地上，愣愣地盯著向自己伸出來的手。她看了米哈伊一眼，又再次回到那隻手上。她慢慢伸出手來，米哈伊則抓住了她的手，那雙小手在掌中微微顫抖著。

* * *

……秀妍。

米哈伊叨念著這個名字醒過來，同時感到非常口渴，他不自覺發出的呻吟聲在嘴巴內打轉。

我也真的老了，只不過喝了幾杯就失去意識，醒來竟然躺在床上，米哈伊覺得有點不是滋味。

利元雖然不在身邊，但不用想也知道，一定是利元扶著他回來的，一想到這裡就覺得很沒面子，但同時也覺得有點開心，心情有點奇妙。

利元竟然願意和自己一起旅行，可能太開心才會喝多了，再加上好久沒夢到秀妍了，依然覺得有點恍惚。當他想著暫時要控制飲酒，從臥房走出來時，意外地看到一個男人站在客廳裡。

「雷普。」

「羅莫諾索夫先生。」

米哈伊當首領時，雷普曾是可靠的左右手，他聽到呼喚自己的聲音轉過身去。米哈伊退休後，雷普還留在組織裡，但依然對米哈伊忠心耿耿。他偶爾會過來報告最新發生的事情，也會陪他下西洋棋。不過，會突然在休假時過來找他，一定是發生了什麼事。

「你怎麼會在這個時間過來？」

而且，如果不是特別緊急的事情，應該不會突然出現在房間裡。雷普鄭重地道歉了。

「很抱歉，羅莫諾索夫先生，因為事關緊急，才會沒有得到允許就冒昧進來搜索了房間。」

一眼看過去客廳沒有弄亂的痕跡，但他似乎已經搜過套房的所有角落。米哈伊重新繫起一定是利元幫忙換上的浴袍帶，赤腳走向了沙發。

「先坐吧！看你的反應，應該沒找到什麼東西。」

雷普等米哈伊在對面坐下後說。

「很抱歉在休假中打擾，我看到少爺不在，方才確認過了，他應該在露天溫泉休息。」

「是嗎？」

這種情況下依然沒有醒來，看樣子自己真的變遲鈍了，過去即使隔著門也能立刻察覺到動靜。

「您看起來喝多了。」

雷普可能察覺到米哈伊的想法，先替他找台階下。米哈伊沒有多說什麼，只是轉移了話題。

「所以發生了什麼事？突然就這麼過來，沒先報告就翻了房間，一定是非常危急的事情。」

「真的很抱歉。」

雷普再次道歉後說。

「其實賽格耶夫那邊出現可疑的舉動，因為不知道是不是衝著您過來的，基於擔心我才過來這裡。」

「什麼可疑的舉動？」

曾是黑手黨，終身都是黑手黨，即使退休了性命也會受到威脅，也有很多人被殺害。即使米哈伊已經離開了組織也無法完全斬斷連結，米哈伊不情願地繃緊了神經。

如果想要完全脫離組織，或許必須像薩沙一樣乾脆離開這個國家。不過他那個人對於任何事情都沒有留戀，不像自己對孩子有特別的感情。米哈伊認為，他就是因為如此才能到現在都只為了自己而活。

這麼說來，他也挺可憐的。

沒有任何需要去珍惜和守護的男人，作為代價獲得了自由，但是他幸福嗎？

……說不定他也在同情我。

米哈伊想到這裡，立刻回到了現實，再次聽取報告，雷普繼續說。

「我們得知賽格耶夫那邊預約了這間飯店的所有房間。您住的這個總統套房因事前已經預約了所以例外，但從下一個樓層開始，全都被賽格耶夫預約了。」

聽到這個出乎預料的話，米哈伊眨了眼睛，他想起從酒吧聽到的話，立刻了解了情況。聽說所有客房都被預約了，那全都是賽格耶夫預約的嗎？為什麼？

「……他的目標是我嗎？」

「目前來看只能這麼想了。」

雷普露出緊張的表情。

「可能沙皇還沒有放棄您吧？」

米哈伊的臉僵住了，竟然要殺死回到一般人身分的黑手黨，就像是從背後狙擊退出戰線的士兵一樣。沒想到沙皇的度量僅此而已，米哈伊不自覺地嘖嘖兩聲，卻理解他的做法。

也是，如果有好處，他連父親薩沙也會毫不遲疑地開槍。

對此他還可以理解，但依然有無法解開的疑問。

沙皇殺了我有什麼好處呢？

米哈伊認真想著，不過再怎麼想都想不到。自己已經在組織裡沒有任何權力了，他為什麼要這麼做呢？只是為了象徵性的意義嗎？即使退休了，他依然是羅莫諾索夫的前首領。

「你快去帶利元過來。」

首先要確保安全，他決定以後再思考動機，於是像從前那樣對著雷普下令。雷普回答道。

「年輕首領親自去接少爺了。」

米哈伊聽到嚇了一跳。

「弗拉迪米得親自去？他也來到這裡了嗎？」

雷普點點頭。

「如果您有危險，他可能會追到地球的盡頭。」

米哈伊嘆了口氣，如果連弗拉迪米得都出面了，事情一定會鬧大。沒有人可以阻攔他，唯一可以駕馭他的只有米哈伊，但他已經退出了第一線，弗拉迪米得一定不會聽從他的。

他就像是脫韁的野馬，或是逃離柵欄的老虎。

希望只是偶然。

賽格耶夫偏偏在這種時候來攪局，米哈伊覺得很困惑，但根本無法猜到理由，沙皇應該沒有再暗殺我的理由了，為什麼？

帶著不祥的預感，米哈伊斯這麼想著。

不會是盤算著想把弗拉迪米得扯進來吧？

「……請問是誰？」

利元吞了一下口水開口詢問，卻沒有得到回應，男人只是用冰冷的眼神瞪著利元。利元看著這個男人的異瞳，腦海裡浮現各種想法。

他究竟是誰？凱撒派來跟蹤的人嗎？以跟蹤來說也太明目張膽了一點，被發現也沒有逃跑……會不會是爸爸那邊發生了什麼事？不可能是飯店員工吧？看他那樣直接地瞪著我。不會是狄米特里的人吧？那個男人派來的人，應該不會就那麼待在那裡，早就撲過來才對。

究竟這個男人是什麼人？

利元在短短幾秒內浮現了數十種想法後，冷靜地開口了。

「雖然不知道有什麼事情，但我是房客，如果有什麼不滿意的地方，請找飯店的員工……」

「你就是……」

男人第一次開口了，低沉沙啞的聲音令人起雞皮疙瘩。

「羅莫諾索夫先生的兒子嗎？」

利元一聽到熟悉的名字就愣住了，從無數的推測中立刻捕捉了一個後點點頭。

「我是，請問你是哪位？」

「你就是那個為所欲為的律師。」

他不僅沒有回答，還自言自語地貶低自己，讓利元覺得很不是滋味。根本不想面對這個男人，於是起身。當利元赤裸裸的身體浮出水面，男人立刻愣住了，看到他一臉僵硬的模樣，利元突然覺得暢快多了。

「……遮住下面是禮貌。」

男人不滿地抱怨了，利元走出水池，故意正面朝向他，露出溼透的裸體。

「我們之前見過面嗎？」

利元用跟男人一樣不客氣的語氣問了。

「沒有。」

男人意外地迴避視線答道。利元張開雙腿站著，理直氣壯地瞪著他。

「那麼你才應該保持禮貌，不知道你跟我父親是什麼關係，但對第一次見到的人用那種態度，我不認為是很好的行為。再加上你好像知道我是誰，那麼至少要自我介紹吧？一碰面就對第一次見到的人說三道四，竟然還叫我保持禮貌？只要遮住下半身就有禮貌嗎？還真是做賊的喊抓賊。」

利元說完，把掛在後方椅子上的浴袍拿起來穿上，那時男人才回過頭來。利元發現他明明就是同樣的男人，卻對別人的裸體特別敏感。其實利元也不會特別去打量別人身上的重要部位，對方那應該是正常的反應。利元並不是那種人，這次只不過是因為他太過討人厭才會故意那麼做。

「所以，你是誰？」

利元雖然認為自己沒有錯，但還是決定再給他一次機會。當利元說完，那時男人才轉過頭來看他。

「我是弗拉迪米得．米哈伊里奇……羅莫諾索夫先生組織的接班人。」

聽到男人的自我介紹，利元嚇了一跳，原來這個男人就是接班人。

利元只是偶爾從米哈伊口中聽到這個名字，實際上像這樣面對面還是第一次，原本以為不會有機會見到他。

首先，他的身高很高，身材也相當魁梧，給人一種強大的壓迫感。他好像只比利元高三、四公分，可是健壯的肌肉讓他看起來比實際高很多。利元像平時一樣，抬頭挺胸地端詳他，他的外表看起來就像是一個組織的首領，唯獨那雙異色的眼瞳不像。任誰看到那對眼睛都會不自覺地發愣。擁有如此稀罕眼睛的男人竟然是黑手黨的首領，如果被通緝的話，會很為難吧。利元無意中冒出這個念頭，但他立刻想起來。

還有彩色的隱形眼鏡！

立刻想到對策的利元，繫起腰上的浴袍帶問。

「有什麼事嗎？會讓這樣突然出現。」

「……因為羅莫諾索夫先生的事情。」

「爸爸有什麼事嗎？」

利元不自覺地回問道，他皺了眉頭。利元瞬間浮現了不祥的想像，但他的反應意外的平淡。

「先一起回去吧。」

看到他先轉過身去的背影，利元慌忙且不情願地跟著離開。

＊　＊　＊

回到房間立刻看到米哈伊和雷普面對面坐著。

「爸。」

利元搞不清楚怎麼回事地叫了一聲，米哈伊立刻站起來迎接他。

「利元，你回來啦！幸好你沒事。」

「我去泡了溫泉。」

利元解釋道。

「我看你睡得很熟，所以沒有叫醒你，抱歉讓你擔心了。」

米哈伊連忙搖搖頭。

「不會，我們是為了泡溫泉才來的啊！只是發生了一點小意外……」

「到底發生了什麼事？怎麼這麼突然……」

利元輪流看著雷普和弗拉迪米得，米哈伊訝異的反問了。

「你沒聽說嗎？」

「聽說什麼？」

米哈伊像是在問「你怎麼沒說？」似的看向弗拉迪米得，他卻轉頭假裝不知道。米哈伊皺了眉頭，無奈地對利元說。

「那個……我叫祕書預約這裡的時候，還沒發生那種事……」

吞吞吐吐的樣子真的很奇怪，利元不慌不忙的問道。

「發生毒品的問題嗎？」

前任和現任黑手黨首領，再加上左右手全都聚在這裡，讓他第一個想到這個問題。不然的話是逃漏稅？殺人？米哈伊立刻否認了他各種關於犯罪的聯想。

「不是那種事……就算真的發生問題，現在也和我無關，因為我是一般老百姓。」

他一臉正經地劃清界線，再次強調說明，讓利元反而有點介意，但還是接受了。

「不然是什麼事情呢？像這樣突然出現緊急把人召集起來。」

利元隱約的故意挖苦沒禮貌的弗拉迪米得，卻是由雷普回答。

「抱歉，因為他真的話很少……不過你還是應該說的。」

竟然像父親般責備首領，利元感到有點不可思議。這麼一說，聽說這個成為接班的男人，小時候因為失去父母在街上流浪，由羅莫諾索夫組織收留養大。可能也是雷普從小看到大的對象，如果那樣的話，這種反應確實可以理解。

果然弗拉迪米得沒有任何不愉快的情緒，似乎只是左耳進右耳出的樣子，就像是叛逆期孩子聽到父母嘮叨的反應。

……還挺新鮮的。

弗拉迪米得和至今為止遇到的黑手黨都不同，利元直盯著他看，突然問。

「……你幾歲？」

「嗯？」

「什麼？」

米哈伊和雷普同時回頭看向利元，利元則是凝視著弗拉迪米得說。

「你多大了？我很好奇。」

「關你什麼……」

「二十六歲。」

弗拉迪米得怒氣沖沖地開口，但雷普打斷他立刻回答了。利元「嗯」了一聲繼續打量著他，他惡狠狠地瞪了利元一眼，像在說「你有意見就放馬過來」。

「比我小呢。」

弗拉迪米得愣住了。聽到利元的自言自語，米哈伊點點頭。

「沒錯，他真的很年輕，我在他那個年紀還在接受訓練，但他為了我接下組織……」

瞬間，弗拉迪米得的態度發生了一百八十度的轉變。

「不會，羅莫諾索夫先生，我還有很多不足，您卻相信我，將組織託付給我，這是我的榮幸。」

看到他收起原本對自己傲慢的態度，轉變為溫順的羊表達感謝時，利元無奈地對他嗤之以鼻。這是個疏失，利元的嘴角只是短暫地失守了一下，卻被眼尖的弗拉迪米得發現了，他立刻擺出凶狠的臉瞪著利元。

看到那張臉，利元想起在溫泉發生的事情，接著意識到自己還不知道被叫來這裡的理由。

「所以到底發生了什麼事？」

繞了許久終於回到了主題，全部的人才發出「喔」的一聲拉回了注意力。利元想著這次不能再岔開話題了，等待回答。

「聽說賽格耶夫預約了這間飯店。」

「什麼？」

利元原本下定決心不論聽到什麼都不要有所反應，沒想到立刻失敗了。對於利元不自覺表現出的訝異反應，米哈伊早有預料似的說。

「我也不知道這是怎麼回事。祕書說當時飯店還有很多空的房間，所以我才會把這一層樓包下來，沒想到隔天賽格耶夫就預約了所有其他的樓層。」

利元呆呆地眨了眨眼睛，米哈伊繼續說。

「為什麼偏偏是這間飯店呢？而且還包下了整個飯店，真的搞不清楚他有什麼企圖，所以雷普和弗拉迪米得才會急忙跑過來告訴我。」

「為了羅莫諾索夫先生的安全，我們當然要過來。」

弗拉迪米得露出認真的表情，雷普也點點頭。父親露出了苦笑，但利元卻不知該如何解釋這個情況。他有提到要去溫泉，但沒有說地點，不過對方能像這樣準確地出現在這裡，絕對不可能是偶然。

一開始浮現腦海的是跟蹤自己的人，一定是那個男人在咖啡店偷聽到了對話。問題是知道我在哪裡，何必又要跟來這裡呢？他到底想要怎麼樣？

「所以我想了對策。」

弗拉迪米得加強了語氣。

「我想要整個買下飯店，正和老闆協議中，但他如果持續拒絕，我也只能動用武力了。」

這又是什麼意思？

驚訝的利元這時聽到雷普的附和。

「我叫他們取消預約，但他們害怕賽格耶夫而說不行，當然要讓他們知道羅莫諾索夫也不好惹。這可是擺明的挑釁，一定是賽格耶夫那邊想對羅莫諾索夫先生不利。以沙皇的個性來說不可能輕易放棄，我們必須買下這間飯店制止這件事發生，很快的整個飯店都會是賽格耶夫的人，以目前來說，完全沒有保護羅莫諾索夫先生的方法。」

弗拉迪米得氣憤地發出咬牙聲後補充說。

「首先我們把對面的飯店全部包下來了，要是有個萬一，十分鐘內就能跑過來，不過還是斬草除根比較好。」

事情到了一發不可收拾的地步。利元看著三個男人認真嚴肅地討論著，知道真正原因的利元卻不知道該放任他們，還是要阻止他們。

「不好意思……」

看不下去的利元插嘴了。男人們的視線一致看向他，利元謹慎地說。

「有必要做到那種程度嗎？他們會不會也只是單純來享受溫泉的？」

「附近有那麼多飯店，偏偏選這裡嗎？」

弗拉迪米得尖銳地反駁，雷普也附和了。

「而且還包下整棟樓，這個擺明就是挑釁，怎麼可能只是來享受呢？」

「不過爸爸已經退休了……」

「曾為黑手黨，終身都是黑手黨。」

米哈伊嚴肅說道。利元原本相信父親比較理性，但這麼一來就讓他變得更加焦慮了。對知道過去一些經歷的利元來說，確實他們有如此推測的理由，不過不能因為這樣就袖手旁觀，就算現在也要阻止他們才行……

當他們提到要帶武器過來的話題時，利元終於忍不住再次介入了。

「比起那樣，我們先觀察一下好不好？」

男人們的視線又再次朝向了利元，他們的臉上都顯露出不太贊同的表情。利元盡可能冷靜地說服他們。

「曾為黑手黨，終身都是黑手黨，會變成這樣也是因為採取了黑手黨的對應方式。以常識來說，一般老百姓不會這麼做吧？」

聽到他的話，三個人什麼都沒有說，但也沒有因此被說服的感覺。利元繼續說。

「在掌握對方的動機之前，過度反應反而有害。你已經說十分鐘就可以從對面的飯店跑過來，光是那樣已經足以造成威脅。」

「不過……」

利元打斷雷普的話繼續說。

「如果有個萬一，包圍整個飯店就好了。這樣對方反而變成甕中之鱉。如果擔心有可能把父親當作人質，那就只要派幾個人守在這個樓層就好了。如果賽格耶夫有腦袋的話，不會為了退休的首領，這麼大張旗鼓地鬧事。」

弗拉迪米得聽到後動了一下眉毛，雷普用猶豫的眼神看著米哈伊，米哈伊摸著下巴陷入沉思裡。

「你說得對。」

接著父親開口了。

「我還是沒能成為普通人啊，竟然立刻想用組織的方式應對，所以才會說本性難移啊。」

「不是的。」

利元回應了灰心地喃喃自語的米哈伊。

「這件事確實會引起戒心，再加上組織的首領和幹部過來報告，是我也會變得比較敏感。而且這件事確實也有點嚴重，我只是提議希望再觀察一下。」

當利元退了一步，雷普就像是詢問該怎麼辦地看向弗拉迪米得。弗拉迪米得看著利元說。

「因為是外人才能無憂無慮地說出那種話，我很想知道等全身都被打成蜂窩之後，還能不能說出那種話來。」

聽到他諷刺的話，米哈伊皺了眉頭。看到他的反應，弗拉迪米得的態度立刻軟化下來。

「不過如果這是羅莫諾索夫先生的意思，那就沒辦法了，我們就去對面的飯店待命，發生事情請立刻跟我們聯絡。」

米哈伊對著想要離開的他，突然提出了提議。

「也沒那個必要，待在這裡不就好了？」

「什麼？」

聽到意外的話，打完招呼正要離開的弗拉迪米得停了下來。利元也用「不會吧」的表情看著米哈伊。

「賽格耶夫包下了整個飯店，但這層樓例外。我已經使用了這間房間，你們就隨便找剩下的房間使用吧，房間多的是。」

弗拉迪米得沒想到會有這種結果，看起來有點驚訝，眨眼的樣子彷彿讓人看到大型犬。如果要比喻的話，就像是比特犬吧。雖然長相沒有那麼凶惡，但不管是散發的氛圍還是沒禮貌的口氣都很相似。那個男人打架時應該也跟比特犬一樣，一定會死咬著對方不放，一不小心就會爭到你死我活的地步。

我得好好自保了。

想起他看著自己的凶狠目光，或許為時已晚。利元假裝不知情地把頭轉開。弗拉迪米得瞄了一眼利元的反應，立刻回應了米哈伊。

「如果您允許……那樣我也會比較放心。」

「當然沒問題。雷普，你也要住在這裡嗎？」

聽到米哈伊的提議，雷普搖搖頭。

「也要有人在對面的飯店觀察情況，不過很謝謝您的提議……」

「好，知道了。」

米哈伊立刻點頭和雷普道別，利元也和雷普打過招呼，最後雷普和弗拉迪米得握手後，他在雷普耳裡低聲說了些什麼才離開。

「那麼我要再去睡一覺了。」

米哈伊伸了懶腰回過頭看。

「那邊是利元的房間，除了那裡之外，隨便找一間你喜歡的地方休息吧。」

「謝謝您，羅莫諾索夫先生。」

在鄭重的道謝後，米哈伊回了房間。聽到關門的聲音，單獨剩下利元和弗拉迪米得。

突然安靜下來，異常的尷尬。利元這時才意識到自己只披了件浴袍，裡面連內衣都沒穿。這麼一想就覺得很難為情，乾咳幾聲後，向他道別。

「那麼失陪了。」

弗拉迪米得沒有回應，就像是第一次在溫泉看到他一樣，用可怕的眼神瞪著利元。

到底為什麼那麼討厭我呢？我們又沒見過面。

利元覺得很不舒服，卻不想在深夜耗費力氣跟他計較那件事。他不管弗拉迪米得有沒有回應，轉身走向自己的房間。

目前最重要的不是這件事。

利元背對著關上門後，立刻改變了表情，不耐煩地抬起頭來。

那傢伙到底在想什麼！

＊　＊　＊

如同酒吧員工說的，到了隔天，飯店從一大早就異常熱鬧。雖然是已經知道的事實，但真的到處都是賽格耶夫的組織成員。當然，原因是因為組織首領在那麼多的飯店和溫泉中，偏偏選了這裡來度假。

用客房服務吃早餐的期間，弗拉迪米得一句話也沒說。利元也沒有整理翹起的頭髮，在麵包塗上奶油和果醬送進嘴裡。

「服務生似乎從一大早就很忙碌呢？」

聽到米哈伊的話，在一旁的服務生硬擠出笑容回答了。

「對，今天的客人有點多。」

又一陣沉默，沒有人開口，但服務生知道他們的身分，至少會知道弗拉迪米得是誰。那麼坐在同一個桌子用餐的利元和米哈伊應該也會被認作是同一群人。利元忍住想要嘆氣的心情，假裝不知情地繼續用餐。米哈伊拿小費給服務生打發他離開了。

只剩下三個人之後，那時父親才對利元說。

「昨天沒能好好享受，今天有什麼打算？我其實已經預約好按摩了……按摩最能放鬆身體了。」

「今天請在房間休息，羅莫諾索夫先生。」

弗拉迪米得比利元更快回答了。

「在不知道賽格耶夫有什麼詭計的狀態下，我認為擅自行動有點危險。組織成員正在盡全力打聽，雖然有點令人鬱悶，但請再忍耐一下。」

「我當然沒問題……」

米哈伊用為難的神情看著利元，好不容易來到這裡，計畫卻被打亂了，他一定很難過。利元用餐巾紙擦著嘴，慢條斯理地回答。

「我無所謂，我昨天已經泡過溫泉了，今天一整天安靜休息也不錯。」

「那真是幸好。」

父親露出安心的微笑。突然覺得他今天額頭的皺紋格外的深，利元湧上想要撫摸他臉頰的衝動，幸好弗拉迪米得凶狠的視線讓他回神。

「你要喝杯咖啡嗎？」

利元剛好看到米哈伊的茶杯空了，他安靜地點點頭。利元默默看著深褐色液體劃出美麗的拋物線，從咖啡壺中流淌而出。

確實跟我家裡的咖啡壺不一樣。

利元用來煮水的水壺是結實耐用的款式，但他也不是對這種高尚美麗的瓷製咖啡壺沒興趣。雖然水的味道不會改變，在小到不能再小的家裡放這種咖啡壺可能也不適合。

利元一邊想著一邊在自己的杯子裡也倒了咖啡，當他放下咖啡壺後，才發現弗拉迪米得的茶杯也空了。雖然變得有點尷尬，但是重新拿起咖啡壺幫他倒咖啡也很奇怪，因此利元選擇繼續用餐。

他把鮭魚沙拉放進嘴裡時，弗拉迪米得開口了。

「如果您也同意，我會詢問飯店是否可以在房間裡安排按摩。」

應該是用威脅的吧！

利元雖然心裡這麼想，但什麼都沒說，米哈伊應該也心知肚明，但他只是單純地說了一句話。

「不要太勉強。」

弗拉迪米得木訥地回答了。

「我不會勉強。」

再次一陣沉默，利元大口喝下咖啡，深深覺得這麼尷尬的早餐一定會讓他消化不良。

「我先離開了。」

米哈伊用完餐後站了起來，也跟著站起的弗拉迪米得問。

「您需要什麼請隨時吩咐，我立刻拿過來。」

「是嗎？那幫我買一本暢銷小說，我最近都沒能看書。利元，你呢？」

聽到父親的詢問，利元也說了自己喜歡的作家的新書。弗拉迪米得露出不甘願的表情，但還是回答「好」。

米哈伊消失在自己的房間後，留下利元再次和弗拉迪米得兩人獨處。前一天的尷尬還沒消失，現在竟然又變成同樣的狀況……利元加快速度，把剩下的食物吃光後站起來。

「那麼先告辭了。」

利元急忙說完就轉過身去，弗拉迪米得卻突然開口了。

「你認為只有自己覺得很尷尬嗎？」

聽到充滿不悅的聲音，利元回過頭去。弗拉迪米得依然坐在位置上。

「像你這種自以為是的傢伙，只因為是羅莫諾索夫先生的兒子，大家就把你捧在手裡，真的很可笑。你對組織的事了解多少，竟敢亂發表意見？」

從一開始他就討厭利元，只要變成單獨兩個人，他就毫無保留的顯露敵意。其實利元除了「他又來了」之外沒有其他想法，應該沒有人面對不了解自己卻還是顯露出敵意的人時，會感到開心。但也不需要特地花時間應付他，反正以後也不太會碰到面……應該吧。

只要和父親保持聯絡，這種事很可能隨時再發生，這次雖然跟凱撒有關，但除了他之外，還是有很多敵人。

但是利元不想再去想了，正轉身準備離開，不過對方的個性可能是受不了被忽視，很快就聽到椅子往後拖動的聲音，接著他粗暴地抓住了利元的肩膀。

「如果因為你，羅莫諾索夫先生陷入危險，你打算怎麼辦？」

「什麼危險？」

利元不得已只好回頭，弗拉迪米得一臉凶惡地抱怨。

「這個飯店裡到處都是賽格耶夫的人，萬一發生事情，那時就已經來不及了！從對面過來只要十分鐘？只是一分鐘就有可能讓人死掉！」

「你這是反應過度。」

「你懂什麼？」

弗拉迪米得尖聲怒吼。

「羅莫諾索夫先生一輩子都想除掉沙皇那傢伙，那傢伙也一樣！他們對彼此丟炸彈、開槍、派遣狙擊手，無時無刻都想殺了對方。你以為羅莫諾索夫先生退休後就會不一樣嗎？他本人也很清楚，所以才會認真思考要不要把組織成員帶來。但這一切都因為你而放棄了！羅莫諾索夫先生因為你拋下了組織，你知道那代表什麼意義嗎？你懂嗎！」

這時，利元才隱約了解弗拉迪米得為什麼會對自己懷有敵意，簡單來說，他以為父親是為了利元才拋下了他們，所以才衝著利元發洩怨恨。

問題在於那是他的認知錯誤，不過還來不及更正，弗拉迪米得又咄咄逼人繼續說道。

「羅莫諾索夫先生雖然對外說已經退休了，但他依然是這個組織的首領，我們全都等著他回來！沙皇那傢伙一定也知道，所以才會追來這裡想要除掉他！」

利元否認了。

「不是那樣的。」

利元雖然還想解釋，但弗拉迪米得根本不想聽，立刻接著說。

「你懂什麼？誰叫你突然出現把組織搞得雞飛狗跳的，你的目的是什麼？為什麼會出現？把一切搞得亂七八糟！」

「你冷靜一點，聽我說。」

「你真的是個大麻煩！羅莫諾索夫先生這下連命都不保了，因為你！」

「我就說不是！你聽我說！賽格耶夫不是來殺父親的，他們來這裡不是為了那個目的！」

利元感到不耐煩，忍不住對他大吼，雖然察覺到自己的失態而停下，但弗拉迪米得已經用可怕的表情瞪著利元。

「你憑什麼那樣說？」

就算順利阻止弗拉迪米得繼續威嚇，他的態度也沒有多少改變。利元仍感覺耳朵嗡嗡作響。

「……我的感覺就是那樣。」

利元只能這樣回答。弗拉迪米得聽到利元沒有自信漸漸變小的聲音，眼裡冒出火光。

「你還真了不起，律師先生。」

他似乎是改變了策略，咬著牙繼續諷刺。

「你那麼相信你的感覺嗎？這個人是不是無辜的，要不要替他辯護，你也用感覺接案嗎？我看你別當律師，乾脆去算命好了！」

「律師一定要相信委託人是無辜的，如果不這麼相信，就無法替他辯護。」

利元更正了他的話，但弗拉迪米得卻充耳不聞。

「你就用那了不起的感覺，再猜猜看賽格耶夫來這裡做什麼好了，他為什麼要包下整個飯店？如果羅莫諾索夫的目的不是衝著他來，那又是為了什麼？」

因為我，他因為我才來的，因為我才包下了整間飯店！

利元把無法說出口的吶喊吞了下去，閉上眼睛開始數數。當他數到三千一百二十四時，睜開眼睛想告訴弗拉迪米得「不要再繼續沒有意義的對話了」，前提是，如果單方面的辱罵能夠算是對話。不過弗拉迪米得顯然完全聽不進去。

「那個太難了嗎？那麼猜猜別的好了。好，這個怎麼樣？我穿了什麼顏色的內衣？這個很簡單吧？」

我為什麼要猜你這傢伙穿什麼顏色的內褲？

如果我是女人，我一定會告你性騷擾。

這擺明就是要挖苦嘲弄利元的問題，利元雖然很想快點結束這種無謂的拉扯，但他似乎一點都沒有放過利元的意思。他繼續嘲諷著說。

「你的感覺那麼準，為什麼猜不中眼前的事情呢？你就隨便說說看好了，誰知道？運氣好的話有可能猜中啊！啊，不是運氣，那是實力吧？要是感覺也能算是一種實力的話。」

聽到他一直不斷胡說八道，利元的不耐煩已經沸騰到頂點，隨時會爆發開來。

「黃色條紋！」

瞬間弗拉迪米得愣住了，到剛剛為止還洋洋得意逼迫利元的姿態消失得無影無蹤。他只是眨著眼睛，呆滯地看著利元。

……答對了嗎？

利元傻傻看著對方，然後推開他的手轉身離開。

「……你只是亂猜的吧？」

弗拉迪米得在背後遲疑地問道，利元回頭瞄了一眼。

「我就說是感覺。」

在被他抓到語病之前，利元急忙回到了房間。他從門關上前的縫隙之間偷看了後方，他依然用不可置信的表情看著利元。

怎麼從一大早就遭遇這種性騷擾？

利元從弗拉迪米得失魂落魄的表情中稍微得到安慰後關上了門。剛才只是因為覺得很煩，受不了而隨便亂猜的。

利元轉身突然皺了眉頭。

不過他真的穿黃色條紋嗎？

利元想起自己素淨的白色內褲，忍不住想像黃色條紋的內褲，卻想不出那是什麼模樣。再加上想起弗拉迪米得與年紀不符的嚴肅表情，他更覺得無法想像了。最終他搖搖頭「嘖嘖」了兩聲。

雖然說內衣也是一種時尚，但又不是老虎，竟然有男人穿那麼花俏的內褲。

* * *

三個人各自安靜地休息或看書度過一天後，雷普很晚才來到房間裡。

「今天沒發生什麼事嗎？」

他先向米哈伊問安之後，用認真的表情進行報告。

「我一整天都在打探，但賽格耶夫那邊沒有任何動靜。雖然組織成員之間有小鬥嘴，但似乎上方下令不要惹事生非，因此幹部立刻出面制止，沒有發生任何衝突。」

「……是嗎？」

米哈伊用複雜的表情呢喃，以他來說，應該完全無法理解現在是什麼情況。根據過去的經驗，這算是擺明的威脅，但實際上看到的樣子卻完全不是那麼回事，因此猜想不到真正的意圖是什麼，而唯一知道答案的利元卻無法說出口。

利元很想詢問雷普有關凱撒的去處和行動，如果知道了，他就會立刻找機會去狠狠臭罵他一頓，但不知道是否有那種機會。因為他現在和父親待在同一個房間，加上弗拉迪米得也在。

這麼一想……

自從早上幼稚的鬥嘴後，就沒有再看到弗拉迪米得的身影了。希望他不會把事情鬧大，以不知道真正原因的他們來說，目前的情況確實很敏感，但對利元來說只是感到鬱悶。

可是他又不能老實說出來。

這一切都是因為凱撒，他幹嘛要尾隨我過來呢？連出門旅行都不能好好放鬆，當初會想來溫泉旅行也是因為他，但他絕對不會那麼想吧？

這時正好聽到開門的聲音，弗拉迪米得走進來。包含利元在內的三人，同時將視線轉過去，但他故意忽視利元。

「剛好我正在報告，你也過來坐吧。」

雷普沒有多想就指了利元旁邊的位置，但弗拉迪米得故意繞過去，坐在離利元最遠的地方。對於如此明顯的舉動，米哈伊皺了眉頭，雷普感到慌張，利元露出「就知道會這樣」的表情，但沒有人開口責怪他。

「如果您已經聽說了，那我就沒有好報告的了。」

弗拉迪米得冷淡地說了一句話後就不再開口了。搞不清楚他是因為早上太過激動，為自己感到沒面子，還是期待發生事情卻什麼都沒發生而感到失望。雷普以他太過敏感來緩頰後繼續說。

「首先我們不會放鬆警戒，為了展示我們的勢力，我想晚上順便開派對，您覺得呢？」

米哈伊聽到意外的建議後眨了眨眼睛。

「開派對？在這裡嗎？」

雷普回答「是」，然後點點頭。

「我們也通報了沙皇那邊，晚上我們想包下大廳和餐廳，他立刻答應了，可是……」

「立刻答應了？可是？」

米哈伊重複了可疑的兩個單字，雷普用為難的表情回答。

「沙皇說，希望也能邀請他。」

弗拉迪米得突然看向利元，因為這是他進來房間後第一次看自己，利元感到有點驚訝。雖然他的臉上透露著想要打聽事情的神情，但根本看不出他到底想知道什麼。利元不理會他，專注於眼前的話題。

無論如何，凱撒要來參加晚餐派對真是太好了，利元想要避開大家的耳目，去問問他到底要搞什麼鬼。一想到這裡，眉頭便不自覺地皺起。

那傢伙到底在想什麼？

* * *

寬大的飯店大廳，為了必要時可以做為舉辦派對的場地，所有的牆壁都做成了活動式隔牆。到了晚上，包含餐廳，所有地方變成了一個大空間，大到可以在裡面踢足球。裡面擺著許多桌子，也陸續開始上菜，組織成員很早就來到了這裡。

利元穿上米哈伊訂製的西裝前往樓下，當大家看到父親之後，各處傳來充滿尊敬的讚嘆聲。米哈伊連最基層新人的名字都會叫過來一一握手。

「失去你和你媽媽之後，我真的很寂寞。」

人群像暴風一樣掃過之後，米哈伊像是自言自語般低聲說。想起有一次雷普說過，聽說組織有贊助育幼院，也會把在路上徘徊的小孩帶回來養大，其中就有弗拉迪米得，以結論來說他們都成為了黑手黨。利元突然這麼想。

這算培育人才的一種方式呢。

雖然心裡一直在挖苦，但也覺得當人沒有可以謀生的方法時，這也是不得已的選擇，當然其中也有些人走回正途吧。

雖然絕對不是那個男人。

利元看著從那一頭直直走向自己和父親的弗拉迪米得，默默喝著香檳。

「羅莫諾索夫先生。」

他先打過招呼後，根本不理會利元，繼續說。

「目前周遭沒看到任何賽格耶夫的組織成員，您可以放心。」

「辛苦了。」

米哈伊輕輕拍了他的肩膀呵呵地笑了。

「為了照顧退休的老人家，你真的辛苦了。」

「您別這麼說，您仍然是組織的首領。」

利元無言地看著他認真說話的側臉，果然有很多人比我更適合這個行業，不論是哪一個領域，無條件讓自己的家人接手，是走向滅亡的捷徑。

……黑手黨是不是滅亡比較好呢？

利元覺得自己陷入進退兩難的局面。他安靜地喝著酒，不小心和弗拉迪米得對上眼，那時父親已經不在身邊了。利元和他一樣選擇忽視對方，把香檳乾掉了。

出乎意料地，弗拉迪米得一直待在那裡沒有離開，總覺得他有話要說，但可能是不知道要如何開口。利元不想釋出善意主動詢問，把空酒杯放在路過的服務生托盤上，拿起了新的酒杯。這時弗拉迪米得似乎下定決心說道。

「……聽說你認識沙皇，對嗎？」

平靜的聲音跟平時大吼大叫的他截然不同。利元回頭看他，他依然避開視線說。

「我遇到了沙皇，他問我羅莫諾索夫先生是否安康，所以我才保持警戒……但是就那樣而已。」

那傢伙說認識我？

利元把差點衝口而出的話硬生生吞下去，搞不好他是透過父親或其他人聽說的，不過看他的態度，好像覺得沒有什麼大不了的。他看到利元沒有回應，繼續說道。

「我說今天要開派對，他們的組織成員就立刻撤離了，我怕有個萬一，仔細搜查了這附近，但真的全都撤離了，只留下最少的人員。我們現在反而有可能會取下他的性命，但他似乎沒有那麼想。」

「對於釋出善意的對象不能那麼做。」

利元稍微轉移話題制止了他，弗拉迪米得沒有回答。利元瞥了他一眼，他的臉依然冷漠，卻不是凶狠的表情。弗拉迪米得繼續說。

「總之你的感覺對了，恭喜你。希望就這樣什麼事都沒發生地平安結束。」

「不會有任何事情的。」

利元面無表情地回答，感覺到弗拉迪米得看著自己的視線，利元把墨鏡稍微拉下來說。

「我的直覺真的很準。」

弗拉迪米得依然面帶不太尋常的表情，一言不發。

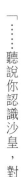

隨著時間流逝，派對也漸漸進入高潮。到處出現耍酒瘋的人，還有因激動而大吼大叫唱歌的人。

「這幫傢伙們。」

弗拉迪米得皺著眉頭罵道，但米哈伊沒有這麼想。

「別管了，這種機會又不多。」

正好有人跟著音樂亂跳一通，惹得大家笑出來，哈哈大笑的米哈伊對弗拉迪米得說。

「你也來點什麼好了。對了，你之前有變魔術吧？」

「你是指這種事情嗎？」

弗拉迪米得突然伸出手，並撫摸了利元的耳朵，利元嚇得摀住耳朵，但看到他夾在手指裡的銅板才了解怎麼回事，看到利元「喔！」的回應，米哈伊說話了。

「這麼看來，秀妍完全不喝酒，你卻很會喝呢！」

看到他乾掉不知道第幾杯的香檳，米哈伊感到神奇地說。

「算會喝一點點。」

聽到利元的回答，雷普插嘴了。

「我聽說韓國人也很會喝酒，你也很會喝嗎？」

他看起來喝了不少，滿臉通紅地拿著伏特加酒杯，講話也有點口齒不清。聽到他的話，利元曖昧的笑了，弗拉迪米得卻突然說。

「就算那樣也無法跟俄羅斯人比，最根本的酒不一樣啊！」

這有什麼好爭的？

「俄羅斯的酒精度數確實是比較高。」

利元笑了一下。

「不過韓國創造了新的文化。」

「什麼文化？」

「喝酒也要有趣才喝吧？」

利元低頭看了一下酒杯微笑。

「我來教大家好了。」

所有人都覺得神奇，利元叫來服務生。不久後，長桌上放了一長排杯子，裡面倒滿了酒。弗拉迪米得皺著眉看他。

他到底要做什麼？

大家好奇地看著利元，他在酒杯上又放了小酒杯。

「這叫做波浪舞。」

他在小杯子裡接連倒入酒精濃度較高的酒，大家互相看著，都不知道是怎麼回事。利元準備就緒後笑著回頭。

「來，現在每個人喝一杯就好了。」

他一說完就用手指頭碰了一下最尾端的杯子，所有杯子接連掉入大杯子裡，像是骨牌般掉了下去，所有人都驚嘆不已，弗拉迪米得也瞪大眼睛看著他。利元拿起其中一杯，用餐巾蓋住上方搖晃一圈就立刻拿到嘴邊。

男人們看到利元豪邁地大口喝下去，全都驚訝地瞪大眼睛。接著他把空杯子「啪」的放在桌上後微微一笑。大家都讚嘆地鼓掌，走近桌子拿起酒杯。看到大家拿起酒杯喝酒的樣子，利元又打算拿起另一杯時，弗拉迪米得開口了。

「韓國都那樣喝酒嗎？」

「不是全部。」

利元再次對著他微笑，弗拉迪米得愣愣地低頭看著利元。

「怎麼了？」

利元剛好拿起服務生盤子裡的鮮蝦雞尾酒，問道。在一聲不吭的弗拉迪米得面前，利元連著蝦頭把蝦子放進嘴裡，像是口香糖一樣嚼起來。弗拉迪米得沉默地凝視著他，利元卻毫不在意，繼續喝下一杯威士忌。弗拉迪米得皺著眉頭低喃。

「太不像了。」

不知利元是否聽到了那句話，突然回過頭來，細長的眼神往旁看向弗拉迪米得。他突然眨了眼睛，利元露出「你有話要說就說出來」的眼神，他卻怎麼都不開口。經過幾秒的沉默之後，弗拉迪米得突然低聲辱罵了兩聲就轉身離開了。利元無奈地皺眉，把剩下的酒一口乾掉，接著又喝了幾杯。當他覺得好像喝得有點多時，他已經喝了半瓶多威士忌。

* * *

我明天一定會後悔。

利元神智不清地想著，沒想到會喝這麼多，所以才會有人說喝酒也要看氣氛。

而且根本沒看到那傢伙的身影。

一開始的目的是找到凱撒質問他，但現在卻變成沒完成想做的事，只是瘋狂喝酒。料事如神的他，應該已經知道會是這種結果了。

利元覺得有點冤枉，但很快就放棄了，他決定要發簡訊盡情罵他。要是明天早上有可以解酒的辣湯就好了。

「你還好嗎？」

聽到米哈伊的聲音，利元回過頭。他正用擔心的表情看著利元，利元回答沒事後往後撥弄了變亂的頭髮。

「明天早上我不敢說，但現在沒事。」

「在韓國，喝酒的隔天會喝熱湯吧？」

聽到米哈伊笑著詢問，利元回答是之後接著說。

「我剛好在想那件事情。」

「你一定很懷念。」

利元什麼都沒說，他才是用一輩子懷念媽媽的人，沒有必要多說什麼，反而說出口的瞬間，一切情感甚至會變成一文不值的牢騷，利元只想默默地站著，分享他的感情。

當利元想再說點什麼時，察覺到一股奇妙的騷動。利元不由自主地轉過頭去，包含米哈伊在內的人全都愣住了。大家都看向一個地方，那就是大廳入口。

「沙皇。」

米哈伊的低語擦過利元的耳邊，雖然他一直在等著他過來，但真的看到他本人時卻感到慌張，有種酒意全消的感覺。

所有的人都看著同一個地方，並且停下動作。他很想認為那是因為自己酒醉而看到幻覺，可卻是鐵錚錚的事實，但即便如此，也不可能有人長得像凱撒。

這世上不可能還有另一個如此美麗的銀色男人。

他真的來了。

這一刻大家一定都有同樣的想法。不知不覺，大肆玩樂的氣氛消失了，在所有人的注視下，凱撒移動了腳步。

喀噠、喀噠。

大家聽著規律的腳步聲，沒有任何動作。

「這個你也預料到了嗎？」

突然從後方靠過來的弗拉迪米得低聲說。利元往後瞄了一眼，卻沒說什麼。弗拉迪米得也把視線從利元身上移開，用凶狠的表情瞪著凱撒。在窒息的沉默中，凱撒依然沒有任何猶豫，就像平常那樣看著前方，從容地走過來。

凱撒在米哈伊面前的幾步距離停下腳步，同時大家都屏住氣息，繃緊了全身。就當利元也吞下口水的時候，凱撒開口了。

「羅莫諾索夫先生。」

他用像絲一般冷漠又滑順的聲音說，大家都在死寂中等待他的下一句話。

「好久不見，您看起來很健康。」

「……託你的福。」

米哈伊用帶著不滿的語氣冷漠說道。懷疑的眼神瞄向了凱撒，就像是在說「究竟為什麼要過來這裡」。凱撒根本不在意他的視線，看了一下周圍。當他和利元對到視線時，弗拉迪米得突然問了。

「你為什麼過來這裡？」

利元被搶走了問題，只好閉上嘴。凱撒將視線瞄向弗拉迪米得，瞬間緊張感推向了高潮，凱撒張開嘴巴，延遲了一拍才說。

「因為我受到邀請。」

「是你自己說要來的。」

聽到他咬牙切齒的回答，凱撒歪了一下嘴巴。

「你沒有拒絕啊。」

然後他意味深長地看著米哈伊，米哈伊額頭堆滿皺紋瞪著他。任誰來看，他都是不速之客。再加上，如果真的狠下心來，他會立刻在這裡被打成蜂窩，到底為什麼會過來這裡呢？而且還是獨自過來，想到這裡米哈伊深鎖了眉頭。

利元想知道邀請他參加派對的理由是什麼，他只是來亂的嗎？

利元感到頭痛。

根本搞不懂那個男人在想什麼，難道是因為他是黑手黨，才會跟一般人的想法都不一樣嗎？

總之，利元確信這件事跟自己有關。他看了一下周圍，剛好看到了不錯的東西。

「來。」

當利元突然拿起杯子，大家都一致地看向他，利元把裝滿酒的杯子遞給凱撒。

「既然來參加派對，就要喝一杯。」

利元故意露出笑容。

「你今天不是來打架的吧？」

低頭默默往下看的凱撒，嘴角微微傾斜，他露出令人難以置信的溫柔表情，接下了利元的酒杯。

「沒錯。」

凱撒的細長手指愛撫般擦過利元握著杯子的手腕。溫柔又隱密地掃過手背、手指，拿走了酒杯。在手背上留下的溫度和觸感，讓利元忍不住地握住手背，凱撒凝視著利元，把酒杯拿到嘴邊。

他一口氣就把酒杯裡的酒喝光了，利元直盯著他的喉結激烈地上下移動，把混合伏特加和威士忌的酒一滴都不剩地乾掉後，將空杯放在桌子上。

噠。

安靜的聲音異常誇張的迴盪在空間裡，凱撒笑了一下。

「謝謝你。」

聽到隱約的呢喃，利元立刻轉過身去。

「還有人想再喝吧？」

利元故意搖晃著伏特加瓶。

「如果是羅莫諾索夫派的人，我想可以喝得比他快一倍。」

聽到這句話，男人們的眼中燃燒起了鬥志。

「那當然了，拿酒來！」

「混酒，全都混在一起！」

「何必用杯子？給我一整瓶！」

「我要殺了賽格耶夫！我要殺光所有人！」

隨著凶狠的謾罵和高喊，派對剎那間找回了原本的喧鬧。利元看到僵局化解之後，放心地鬆了一口氣。當他回頭看時，已經看不到凱撒了，看到他左右探望的樣子，弗拉迪米得開口了。

「那傢伙走了。」

「這麼快？」

利元不自覺地問了。

「他到底為什麼要過來？」

「誰知道？該死。」

弗拉迪米得肆無忌憚地罵完就轉身離開。當利元無奈咂嘴時，忽然感覺到一股震動，他拿起手機，愣住了。

我在戶外溫泉等你。

雖然只有一行字，但他不用確認寄送者就知道是誰。這傢伙突然出現又消失，現在又只發短短的一行簡訊？

「利元，有什麼事嗎？有什麼好消息嗎？」

「什麼？」

他這時才抬起頭來，看到父親訝異地看著自己。那時利元才發現自己在微笑，不知道為什麼比起憤怒和不耐煩，最先感受到的是開心。

我可能真的醉了，只因為這一行字，竟然還會笑出來。

「那個……」

不同於平時，利元結結巴巴的解釋了。

「因為有點事情……我出去一下，很抱歉。」

利元正想快速轉身時，米哈伊問了。

「如果想講電話，你在這裡講好了，我可以先走開。」

「不用，沒關係。」

利元似乎真的很急，還沒聽到米哈伊回答就已經跑走了。米哈伊疑惑地看著利元的背影，才漸漸浮現笑容。年輕人像那樣開心跑走只有一個理由，當時的他也是那樣，可能全世界的人都是。

那就是墜入了愛河。

有好幾個戶外溫泉，但利元只朝著一處走去。那裡位置偏遠，會過去的人本來就很少，而且如果需要的話，可以拜託飯店特別包下幾個小時，他肯定會在那裡。

「嗨。」

利元氣喘吁吁地抵達時，全身浸泡在溫泉裡的男人從容地打了招呼。

我是不是喝太醉了？

利元突然感到有點迷糊，為什麼看到他會這麼開心呢？他又沒做什麼好事。

……我不管了。

利元看到凱撒的臉，瞬間忘掉了一切，直接穿著衣服就跳入溫泉裡。

「噢！」

水花四濺，凱撒立刻用雙手抱住利元。

「哈哈哈哈。」

利元忍不住哈哈大笑，他嘆了口氣。

「你這個酒鬼，到底喝了多少？」

凱撒無奈地露出苦笑，利元全身溼透地看著他勸告。

「你要感謝酒，多虧喝了酒，原本對你生的氣都消了。」

「你對我生氣？」

「對。」

看到對方似乎忘了自己最後生氣的樣子，利元委屈地堵住了他的嘴，凱撒也沒有多問，用力抱住他的身體，將舌頭伸進去交纏。利元發出了喘息聲。

他暈眩得快要昏倒了。

這是因為欲望，還是單純喝醉了？

不管是什麼都無所謂，利元停止了思考，他想立刻得到這個男人，如果現在沒有那麼做，恐怕會死掉。

他似乎直接透漏了心裡的聲音，凱撒低聲呻吟後立刻扯了利元溼掉的衣服，鈕扣四濺露出了裸露的身體。

「為什麼沒穿內衣？」

凱撒拉下褲子的聲音突然變得尖銳，呆呆眨眼地利元回想了一下。

「說穿上褲子之後，痕跡會很明顯，叫我不要穿比較好。」

「誰說的？」

「爸爸。」

聽到乾脆的回答，凱撒辱罵了一聲。

「不要跟米哈伊混在一起。」

利元想要問這又是什麼意思之前，凱撒再次吻了過來，利元用雙手緊緊抱住了他的背。

* * *

那時我不知道為什麼會相信你。

輕快的笑聲和她的話語，宛若昨日般鮮明地浮現在眼前。米哈伊布滿皺紋的眼角帶著悔恨回想著過去。瞞著所有人和她相愛，懷了孩子，當時以為那樣的幸福會持續更久，認為可以在一起更久一點。

如果父親沒有突然地放掉組織，不對，如果和賽格耶夫關係沒有那麼快速地惡化……

那麼我就能陪伴著心愛的妳更久，看著我們的孩子成長。

「羅莫諾索夫先生？」

男人突然的聲音讓米哈伊回到了現實。從接下組織前就對他忠心耿耿的雷普訝異地看著他。米哈伊看著他忠誠的表情，想起比自己的性命更珍惜的存在。

好不容易才找到了妳和我的小孩。

……那時卻已經太遲了。

看到他不經意地嘆一口氣，雷普慌張問道。

「羅莫諾索夫先生，發生什麼事了嗎？是不是有不好的事？」

「沒有，沒事。這是好事，不用擔心。」

米哈伊搖搖頭，然後一陣沉默。對於依然等待答案的雷普，米哈伊終於下定決心開口了。

「我想我的兒子似乎有女人了。」

聽到米哈伊的話，雷普愣住了，曾是一個組織的首領，現在變成一個平凡的父親，露出仁慈的微笑。他朦朧的眼神看向遠處的表情，一定是想起過去的回憶。米哈伊短暫地嘆口氣後，將威士忌酒杯拿到嘴邊。

「我根本連那那孩子長大的過程都沒見過，他卻已經找到自己的另一半了，我不知道該高興還是該惋惜。」

「一定會是個好女人。」

聽到雷普的話，米哈伊隔著杯子微笑了。

「那當然了，他可是我兒子，絕對不會隨便亂挑。」

他滿足的笑著傾斜酒杯。

「希望他能快點把對方介紹給我。」

* * *

呼、呼、呼。

利元為了忍住呻吟咬緊牙根，他已經是神志不清的狀態。不只是因為喝醉酒，還跳進了溫泉裡，沒有昏倒就已經很不錯了。他好不容易離開了溫泉，但並沒有結束。就算移動了位置，凱撒依然沒有停下來，男人緊貼著他溼透的身體，利元靠在冰冷的石頭上，發出深長的呻吟。

這怎麼可能呢？

利元不敢置信地想著，又不是第一次，怎麼能如此興奮呢？頭腦裡就像電流通過般不斷冒出火花，讓他暈頭轉向，彷彿立刻就要昏倒了，好不容易才撐起膝蓋站著。

不會有人來吧？

雖然事後才開始擔心，但只有利元這麼想。在後面把下身插入自己身體的男人，全身投入做愛裡。他抽插的速度和陽具的大小已經達到極限，根本不可能停下來，加上利元或許是因為酒的緣故，無法控制自己的興奮。

凱撒不疾不徐地拖延時間，也延遲了射精，利元乾脆把手伸到後面，抓住凱撒的屁股。他積極地擺動腰部，緊縮下面，凱撒在耳旁發出劇烈的呻吟，將身體往上頂。

「……！」

肩膀用力地撞在石頭上，利元勉強忍住，他用雙手撐著石頭，專注於抽插的動作。他配合插進來的時機，緊縮下方吸吮，隨著抽出去的動作放鬆腰部。

幾乎要離開的陽具立刻又撞了進來，利元體內的軟肉在這一瞬準確地吸附住陽具，凱撒在後方急促喘氣，同時利元的前面站了起來。連續抽插的動作變得急促，粗魯的動作看似有時讓陽具差點溜出來，但很神奇地配合得剛剛好。

一旦嘗到這個滋味後就再也停不下來了。在這種地方，我真的瘋了。利元雖然這麼想卻依然激烈地擺動身體。

雖然知道不可能，但利元深怕凱撒停下來而變得焦急。凱撒或許是察覺到他的焦急，動作變得更加快速，甚至不知道是誰在催促誰，讓利元更無法自拔。如果凱撒想要慢下來，自己就會著急地晃動著腰部，當利元的身體想要離開，凱撒就會把他推到牆壁，讓他不能逃跑。

相互交融之處溼透了，愛液甚至不斷流下來，但他們都沒有察覺，還想要更多，希望不要停止地持續做下去。凱撒想要接吻，利元卻搖搖頭拒絕了，彷彿只要做了一點別的動作，這完美的默契就會被打破。

快一點、快一點、多一點、多一點，陽具膨脹起來變得堅挺，龜頭也變得溼潤了，根本沒有擦拭的閒工夫，利元瘋狂地搖晃著屁股，緊緊吸住凱撒的陰莖。

「喔喔喔……」

發出厚重的呻吟聲，利元停下了動作，眼前出現白光一閃的錯覺，接著在根本沒有碰觸的情況下，前端噴出了白色的精液。凱撒在後面緊緊抱著利元，在體內射精了。當他顫抖著放空時，利元的私處流下了濃稠的體液。利元就像是靈魂出竅般變得恍惚，從胯間流下來的體液是如此真實，但怎麼會這麼朦朧不清呢？

他從來沒有經歷這麼瘋狂的性愛。和過去交往過的對象，甚至跟凱撒之間也沒有過這種感覺。在射精後的空虛襲來之前，利元恍惚地想著。

我應該無法和這個男人分開了。

他不應該嘗到這種禁果的，有了這種性愛經驗後，不可能再跟任何人發生關係。

以後當我想起這個男人時，都會很興奮吧？都會這麼激烈地做愛吧？而且持續好幾天。

利元在這瞬間想著。

我該餵他吃精力減退藥。

* * *

完全想不起來怎麼回到房間的，當利元睜開眼睛看到天花板，當然，是第一次看到的天花板。

「你醒了。」

聽到凱撒的聲音，他吃力的轉頭，凱撒撫摸著利元的身體嘆氣。

「你真的……」

「對，柔弱。」

利元自暴自棄地替他把話說完。現在什麼都不管了，跟蹤也好，護衛也好，都隨便你，那樣反而讓心情上輕鬆許多。

……不過我可要知道這件事。

他雖然連一根手指頭都不想動，但還是開口了。

「你為什麼會來這裡？」

「什麼？」

他明明聽到了還是反問，利元感覺每說一句話就減少十年壽命，他艱難地說。

「你到底為什麼過來？有什麼打算？你不知道大家說賽格耶夫為了除掉退休的爸爸追了過來嗎？」

「好像是。」

凱撒似乎對這件事沒什麼興趣。

「我還沒有走投無路到要除掉退休的老人。」

「但充分讓人起疑。」

利元受不了他無所謂的反應而指謫了。

「而且還包下了整間飯店，你到底在想什麼？這麼大動作，當然會讓人懷疑啊！你不會是沒有任何計畫就行動的吧？」

凱撒明顯露出不耐煩的神色，撫摸了利元的下面。他的愛撫不知道是打算玩弄，還是真的想要讓他勃起，反正利元沒有任何反應。因為利元現在連靈魂都乾涸了，真的無法再擠出任何東西。

凱撒看到他沒有反應，只能「嘖」一聲，朝著利元的雙腿之中推進了自己的下身。利元沒有制止慢慢移動的他，這時凱撒開口了。

「因為你來泡溫泉。」

「……這算是回答嗎？」

利元用「你在胡說八道什麼」的口氣問了，凱撒立刻警告說。

「我說過不能使用公共浴室。」

凱撒從相連之處感受到利元愣住了，因此溫柔地咬了耳廓。

「不要忘記。」

「……因為那樣才會包下整個飯店嗎？」

利元希望他說不是，但已經知道那就是答案了。

「多虧這樣沒有任何人看到吧？」

凱撒的手意有所指地撫摸著利元的裸體。

「看到這個。」

多虧他這麼努力，卻還是被一個人看到了，而且前後都一絲不掛地被看到了。

即使當事人拒絕，利元還自願讓對方看得一清二楚。

不過利元並沒有打算告訴他這個事實，一旦說出口，那一刻可能就會發生戰爭，利元吞了口水後說。

「沒有。」

雖然只是短短的一句，但說謊真的很困難。利元的職業是又被稱為「另一種騙子」的律師，有時必須不得已地欺騙別人，但這個時候卻不能泰然自若地說出謊言。

可能人類在本能之前只能變得坦白嗎？

現在並不是進行哲學思考的好時機，利元心想著希望能蒙混過去而轉移了話題。

「就因為那個理由嗎？那你不需要親自過來啊！甚至闖進派對裡。」

聽到他的指責，凱撒若無其事的回答。

「還有一個理由。」

「那是什麼？」

凱撒突然把下面抽出來，抓住他的肩膀壓了下來。被迫只能面對面的利元，這次無法敷衍或說謊帶過。凱撒正眼看著利元說。

「米哈伊。」

「……父親？」

「對。」

凱撒瞇起眼睛。

「應該沒發生什麼事吧？」

需要幾秒的空白才了解話中之意。當他意會到時，心裡同時湧現了一把火。

「你瘋了嗎？你到底在說什麼？」

只會用下半身思考的渾蛋！

利元很想給他一拳，但因為凱撒立刻壓制了他的手腕而失敗了。

「我不是開玩笑的，那個男人太喜歡你了。」

「因為是父親！我是他兒子！」

凱撒依然沒有消除懷疑，他低聲追問。

「真的什麼都沒做吧？」

利元本來張開了嘴，卻因為太過無奈，氣得嘲諷他。

「你會和你父親做愛嗎？」

本來還想著聽他會怎麼回答，但一聽到接下來的話，利元頓時啞口無言。

「薩沙太老了。」

分辨不出來我現在究竟是跟人對話，還是跟禽獸對話，還不如對著牆壁說話還比較好，至少牆壁不會隨便一通胡扯。

「我的父親也老了……總之這不是重點。」

利元感到頭有點痛，累到放棄爭執。

「我不會和父親做愛，知道嗎？雖然跟你的理由不同，總之我不會。」

凱撒像是要看穿利元似的，盯著他看了好一陣子，然後笑了一下。

「那就好了。」

他在嘴唇上接吻後低聲說。

「如果你和其他男人做愛，我會殺死你和那個男人。」

他的手意味深長地握住了利元的脖子。

「而且會非常痛苦。」

……果然一輩子都不能將弗拉迪米得看到我裸體的事情說出來。

利元再次告訴自己，然後用扭曲的臉和深深的呻吟，再次接受進到裡面的凱撒。

* * *

利元好不容易在隔天晚上才脫離了凱撒，本來想到可能又會是一個禮拜而發抖，幸好這次他一天之後就放了利元。

「不要和其他傢伙做愛。」

凱撒在電梯前再次警告後，消失在關閉的門那頭。他再也沒有和任何人做愛的力氣了，他用腰、背、頭、腿、身體，全身耗費殆盡的心情，好不容易回到房間。

「利元！」

看到利元出現，米哈伊立刻開心地迎接他。

「到底怎麼回事？你突然消失了，知道我有多驚訝嗎？沒什麼事吧？」

「……對，很抱歉，因為突然有急事。」

如果這種說法也不過問，那代表真的喜愛和信任一個人到不追問的程度。即使米哈伊一直抱持著懷疑、擔心和牽掛，他依然什麼都沒說，笑著帶過了利元明顯的謊言。利元正感到愧疚時，米哈伊開口了。

「如果雷歐尼得沒有告訴我，我可能真的會找遍所有的房間。賽格耶夫正虎視眈眈地盯著這裡，看到你消失了，大家真的很驚慌……」

接下來他說的話逐漸消散了，利元出神地看著舒服地坐在客廳沙發朝著自己揮手的雷歐尼得。

那個男人為什麼在這裡？

雖然這是第一個浮現的疑問，但他顧不上追究，反正能讓父親放心就好了。他決定把疑惑放在心裡，將疲憊的身體靠在沙發上。這時米哈伊開口了。

「一整晚做了什麼那麼累？」

究竟為什麼泛著那種微妙的笑容呢？但很不幸的，現在的利元覺得一切都很麻煩。

「就是有那種事。」

他隨便敷衍帶過，米哈伊這次也沒有過問。利元全身癱在沙發上，沒看到他臉上盪開的笑容。

「她似乎是很厲害的女人，竟然一個晚上就讓你累成這樣。」

利元一開始沒聽懂那句話，只是眨著眼睛，米哈伊開心地說。

「我沒想到我兒子的精力這麼弱呢？是不是該給你補一補才好，你認為呢？雷歐尼得？」

聽到那句話，雷歐尼得笑了一下。

「對方可能是馬或大象，不對，可能是鯨魚吧？」

另有所指的形容讓利元笑不出來。那個男人從剛剛開始就在做什麼啊？雷歐尼得看著一臉蒼白的利元說。

「真可憐，利元似乎被吸光了精力才被放回來。」

「究竟是多厲害的女人？」

看到米哈伊感嘆似的搖搖頭，雷歐尼得露出了微妙的微笑。

「確實很厲害，如果測量的話，一定能登上金氏紀錄，可憐的利元。」

只有利元聽得懂他最後補充的意思，他為什麼一直強調那種事情呢？不會是知道什麼才說的吧？利元皺著眉看著從頭到尾在散發奇怪氛圍的男人，這時米哈伊說。

「那還真讓人為難呢！總之我得看看是什麼樣的女人了，你什麼時候要介紹給我認識？」

「……什麼？」

這時才了解話題走向的利元眨了眨眼睛，米哈伊像是了解一切似的微笑。

「沒關係，我已經聽雷歐尼得說了。利元，我好難過，聽說你們交往已經好幾個月了吧？昨天還跑過去，到了今天這時候才回來，看樣子你對她深深著迷。為什麼不介紹給我呢？聽雷歐尼得說，對方似乎還求了婚呢！」

「什麼？沒有！」

利元慌張到不自覺地大喊，那個男人怎麼知道那些事？

米哈伊看著利元快速眨眼的模樣，從一臉驚訝恢復到了然的表情。

「你不需要那麼慌張，利元。只要你喜歡，我也不會特別反對……不過，不論是你或是媳婦，我得要好好替你們補一補了，竟然像這樣全身無力地回來。」

對於啞口無言的利元，米哈伊持續不斷地嘮叨。

「再怎麼樣也不能讓女人求婚啊！看樣子我的兒子也有問題，那種事情要男人來開口。」

「那也不算是求婚，只是隨口說說而已……」

利元不知道該怎麼處理這個情況，只能結結巴巴地回答，米哈伊卻開心地說。

「那樣就太好了，你親自買戒指戴上去好了。這種事情是要男人來做的，就算現在女權再怎麼抬頭還是不行，有些傳統就是不會改變。」

米哈伊說到那裡，用充滿期待的眼神繼續說。

「不過聽說韓國有跟公婆一起住的傳統吧？我不是硬要跟你們住在一起，只是雷歐尼得告訴了我那些事。我也不是說一定要一起住，只是希望跟媳婦可以常常見面維繫感情，當然她的意見最重要，如果她覺得不方便，我也沒關係，我聽到你有認真交往的對象就已經很開心了……」

利元沒有認真聽米哈伊接下來說的話，只是死命地瞪著坐在對面笑咪咪的男人。

* * *

「你這是做什麼？」

利元把雷歐尼得拖進房間裡，二話不說地質問起來。他突然出現，胡言亂語一番，最後還讓自己陷入窘境，利元氣到想立刻揮拳揍他。不同於利元，雷歐尼得依然露出善良的微笑說。

「我是為了你才這麼做，我好委屈啊！」

「如果是為了我，你就不應該做任何事，現在事情鬧大了！」

聽到那句話，雷歐尼得竟然做出不符那高大身材的動作，歪著頭問。

「昨天米哈伊焦急地在找你，所以我說他跟情人在一起，不要妨礙你們……我應該直接說你們在露天溫泉嗎？」

利元瞬間愣住了，雷歐尼得笑著繼續說。

「我怕他親眼看到心愛的兒子和宿敵在溫泉激烈做愛會引發心臟病，所以特別替他著想才這樣說的，如果讓你不舒服了很抱歉，那我現在去找他說明真相解釋誤會，請讓開。」

「等等，等一下！」

利元急忙抓住想往外走的雷歐尼得。

「那件事謝謝你……」

「不客氣。」

看到他燦爛的笑臉，心裡頓時有說不出的難受，但總之成功堵住了他的嘴。利元好不容易壓下怒火質問他。

「不提這個，那為什麼要說別的事情？求婚也好，交往好幾個月也好，還有大象，你究竟說了些什麼？」

「因為米哈伊太好奇了，我也是不得已的。」

雷歐尼得這次露出不好意思的表情。

「他是才剛退休的老人家，全心只關注著兒子的感覺真的很可憐。不過你也太過分了，怎麼不早點介紹給他？我昨天告訴他時，他真的很開心。」

利元恨得牙癢癢地瞪著他。

「你……到底有什麼詭計？」

「什麼？」

看著他不知所以然的表情，利元咬著牙問道。

「你究竟在盤算什麼？你到處散播我和凱撒的消息，到底想要什麼？錢嗎？」

「怎麼會呢？」

雷歐尼得揮揮手說。

「我比誰都清楚你跟乞丐沒兩樣，因為我調過你的帳戶明細。」

「誰允許你的？」

「因為這是我的職業，我必須事先做好調查。」

雷歐尼得的話顯得特別刺耳。

「……為什麼需要調查我？」

聽到利元的詢問，雷歐尼得立刻回答了。

「我可以在這個領域中坐穩寶座，就是因為徹底的事前調查和準備，從來沒有失敗過。」

到目前為止一直微笑的男人，第一次露出正經的表情，但嘴巴依然泛著微笑。

「我來正式介紹，我下一個目標就是你，鄭利元先生。」

他用手指比出槍的樣子，對準利元的額頭。

「砰！」

他發出低沉的槍聲之後，呼的吹了手指後笑了一下。對於依然搞不清楚狀況的利元，雷歐尼得補充說明。

「恭喜你，我是這個領域的頂尖高手，所以委託費很高，而你又是其中最貴的，利元。」

他若無其事地說。

「尤其對方特別囑咐我要把你的全身上下都撕成碎片。」

他從頭到腳打量了面色蒼白的利元後，露出苦笑。

「竟然要把這麼美麗的身體……還真可惜呢！」

利元只是看著發出低沉嘆息的他。

＊　＊　＊

利元獨自坐在房間的床上抱住了頭。

這到底是什麼狀況？

他本來的精神已經很恍惚了，竟然還聽到各種稀奇古怪的事情。利元抱著脹痛的頭呻吟著。

「你應該需要處理後事的時間。」

雷歐尼得用不可理喻的話安慰他。

「因為我喜歡你，所以給你最後的機會，也警告了米哈伊。如果是其他人，我早就直接出手了。對了，死前你可以說一個願望，但不要想著我一定會實現。」

利元很想一拳揍向那張微笑的臉，但完全提不起勁。雷歐尼得對著癱坐在床上默不作聲的利元，說著「一個月後會再來打招呼」就消失了，還親切地提醒他這段期間記得處理自己的後事。現在的利元就像是腦袋發生核戰般，不知該如何是好。

為什麼一天之內發生了這麼多事情呢？

被凱撒威脅，被父親催促，現在還收到殺人預告。

……我的人生有必要這麼複雜嗎？

利元真的搞不清楚怎麼回事了，仔細一想，這一切都是因為來到了俄羅斯，如果沒有來這裡，就不會捲入這團混亂中。

我是不是該繼續待在韓國……

現在後悔已經發生的事情是沒用的，更重要的是要解決眼前的困難。利元深呼吸之後再次思考，卻又不自覺地望著空氣發愣。

數小時後，利元走出房間，這時太陽已經下山了。坐在沙發上看報紙的米哈伊，看到利元便開心地微笑示意。如果是別的時候，禮貌上利元也會回應笑容，但此刻沒有那種心情。

米哈伊溫暖地看著冷臉走過來，並在自己對面沙發坐下的兒子。他的態度似乎是要說什麼重要的事情，因此米哈伊決定給他充裕的時間。

利元深呼吸一口氣後開口了。

「爸。」

「你說。」

聽到米哈伊溫柔的回應，沉默的利元再次說。

「……雷歐尼得真的是個殺手嗎？」

「……什麼？」

米哈伊原本期待聽到漂亮媳婦的事情，卻因為這意外的問題而驚訝的眨眼。利元用嚴肅的表情再次問道。

「雷歐尼得，就是剛剛來過的男人。他確定是殺手嗎？他親口說自己是頂尖好手。」

米哈伊有些無措地看著兒子，跟那方面完全沒有關聯的利元，為什麼會問這種事情呢？

「沒錯……他會確實的履行委託的事項，實力好、風評也不錯，雖然委託費很高，但相對的會執行得很完美。只要願意付錢，不論委託人要求什麼都會實現，很值得信賴。」

那麼就是真的了。

利元聽著父親的說明，有了一點實感。剛剛不應該只是發著呆聽他說，應該問他是誰指使的。

到底是誰呢？竟然願意委託那麼貴的殺手來殺我。想到這裡，腦中突然浮現了一個男人的臉——凱撒的跟蹤狂，為了凱撒願意獻上性命的男人，他不會是真心地想要殺了我吧？

雖然利元一直那麼想，現在也半信半疑，但認真想要取利元性命的只有那個男人。

……到底為什麼這麼突然？

「請問有聯絡雷歐尼得的方式嗎？」

聽到利元詢問，父親依然不知所以然地點點頭。

「我會交代祕書。不過有什麼事嗎？雷歐尼得說你和他很熟。」

所以才會親切地來預告？

聽到米哈伊的疑問，利元差點不屑地哼聲。

「謝謝，那麼拜託盡快提供給我。」

「……好，不過為什麼？」

「我還有話要跟你說。」

利元打斷了米哈伊的話。

「就像你聽說的，我有正在交往的人。」

因為話題跳來跳去，思緒有點混亂，米哈伊的表情瞬間變得複雜。利元給他一點時間整頓思緒，同時在心裡反覆推敲自己要說的話。

「我們很認真，以後可能也會繼續在一起。」

「哦！是嗎？」

父親的表情漸漸開朗起來，他決定放下對雷歐尼得的疑問，專注在好消息上。

「很抱歉，到目前為止沒有跟你提起，因為我還沒有準備好……而且我也需要時間確認這段關係。」

「沒關係，我沒事，你願意跟我說我就很謝謝了。」

看到米哈伊慈愛的微笑，利元的喉嚨深處彷彿卡著倒刺般，感到疼痛。米哈伊充滿期待地問道。

「所以你打算什麼時候介紹給我認識？」

「那個……」

利元再次停頓了一下才說。

「在那之前，我有話要說，是關於那個人的事。」

「好，你說。」

看到利元遲遲沒有開口，米哈伊瞬間浮現了各種臆測。她是身體有障礙的小姐嗎？個性不好嗎？父母親有問題嗎？還是有前科？

他想了各種最壞的打算，利元終於坦白了。

「他是男人。」

米哈伊的腦袋頓時一片空白，就像颱風掃過般，眾多想法全都變成了白紙飛散。米哈伊只是呆滯的看著利元，利元艱難地說。

「很抱歉。」

「怎……怎麼會……原來……」

米哈伊結結巴巴的，找不到適當的話來回答。他想像過各種情況，但這簡直太出乎意料，哪一個父母會想到子女帶來的另一半會是同性呢？

米哈伊急忙鬆開了領帶深呼吸，然後找了一杯水來喝。在他大口喝下冰冷的水之後，終於讓自己冷靜下來。

我不能這樣，我要接受孩子的性向才對，沒錯，因為利元的幸福最重要。

米哈伊的腦海中浮現秀妍的臉，好不容易忍住暈眩的感覺，再次回到位置上。他無奈地嘆了口氣後，一臉認真地抬起頭來。

「……你原本就是嗎？在韓國就是？」

「不是。」

利元果斷的否認。

「男人是第一次，之前我都跟女人交往，甚至還有一兩個女人考慮到結婚。」

「那為什麼……？」

像是嘆息般跑出來的質疑，讓利元低下頭。

「很抱歉，我也沒想到自己會愛上男人，變成這種關係。」

對於依然說不出話的米哈伊，利元補充道。

「爸爸也沒想到有一天會愛上突然遇到的東方女人吧？」

「那個和這個不一樣……！」

米哈伊不自覺地大喊後，慌忙閉上嘴巴。他知道這種反應不是很好，卻根本無法控制自己。我的兒子，我的兒子是同性戀？不對，現在是叫男同志嗎？管他叫什麼，反正都是指那件事，無論怎麼描述，都都代表兒子在跟男人交往吧？

「那……那麼……小孩呢？」

對著遲來的詢問，利元不了解是什麼意思的眨眨眼睛。米哈伊用快哭出來的表情說。

「我指你的小孩，秀妍和我的孫子……我的夢想是你和漂亮的新娘結婚，生下可愛的孩子……」

利元變得無話可說，他只是低下頭來。米哈伊看著兒子的樣子，眼前又感到一片黑暗。

＊　＊　＊

我的兒子竟然是男同志。

米哈伊坐在酒吧一邊喝酒一邊思考，他真的是值得驕傲的兒子，我最愛的兒子，獨一無二的寶貴兒子。

根本沒有想過會發生這種事情。

「有什麼事嗎？羅莫諾索夫先生，竟然喝得這麼醉。」

看到雷普擔心的神情，米哈伊顫動了溼潤的眼睛。

「你……」

雷普立刻回答了。

「是，羅莫諾索夫先生。」

米哈伊再次開口了，但似乎很難繼續說下去。

「我說你啊……」

「是，我在聽。」

「你……」

聽到米哈伊遲遲說不出話來，雷普不知道該如何反應，只能乾眨著眼。過了一陣子，好不容易平穩情緒的米哈伊開口了。

「我們利元好像被壞人騙了。」

「什麼？那是什麼意思？」

雷普驚訝地想起利元的臉，任誰來看都是完美的兒子的他，竟然會被人騙？前一天的他也跟平時一樣聰明又堅強、做事條理分明，還具備優秀的判斷能力，是個很冷靜的男人。

「到底誰敢那麼做呢？請告訴我，我立刻去教訓他！」

「我也還不知道。」

米哈伊緊握威士忌酒杯，眼裡的凶光閃爍，看著空中咬牙切齒。

「我一定會打聽出來，然後往他的額頭上開槍。」

聽到開門的聲音，利元轉過頭去。米哈伊默不作聲地走了出去，兩個小時後才回來。他可能喝了酒，身上散發著濃濃酒味。利元難為情的看著他，他卻開口了。

「利元。」

「是。」

「和那個男人在一起很幸福嗎？」

利元頓時愣了一下。幸福？回顧過去，比起幸福，「驚人」這個單字似乎更適合。自從遇到了凱撒，他經歷了許多一輩子從沒體驗過的事情。

現在甚至還從殺手那裡收到殺人預告。

瞬間，像是走馬燈一般想起過去的事情，接著利元才用不是很甘願的口氣回答了。

「是，我很幸福。」

「是嗎？」

米哈伊暫時停頓了一下才回答。

「那就好了。」

看到米哈伊轉身的背影，利元暫時猶豫了一下，這樣就結束了嗎？總覺得有點空虛呢？當他這麼想時，米哈伊就像看透了他的想法般轉過身來。

「我什麼時候可以見見那個男人？」

看到利元愣住了，米哈伊又說。

「你不是打算介紹給我認識嗎？我有心理準備了，所以安排見面吧，我不會做出失禮的行為。」

看到他微笑的臉，利元這次真的是進退兩難。無奈之下，只好說回到家之後再安排見面。

「叫我見米哈伊？」

結束溫泉旅行之後，利元一回到老舊的家裡就打給凱撒。凱撒的反應跟預期的差不多，聽到凱撒的回答，他就冷靜地說出預先想好的話。

「因為發生一些事情就告訴父親了，你和我……是那種關係。」

「什麼是那種關係？」

凱撒大概是不喜歡那個單字，特別提出來反問。利元嘆口氣說。

「現在那件事不重要。」

「不然呢？」

凱撒依然不理解的問。

「為什麼我要見米哈伊？」

什麼都要教真的很累。所以父母親不能只教孩子吃飯、穿衣服，也該教點社會上的規矩。這傢伙的父母到底做了些什麼，為什麼現在要我來教他？

利元頭痛地回答。

「答應要一起度過一生的關係，就是要介紹給父母親認識。除非你認為你和我不是那種關係，你就不用去。」

「……什麼時候？」

幸好這句話他能聽懂。他可能不了解一般的常識，但跟他有直接關係就能馬上理解，真是萬幸。利元告訴他和米哈伊約好的時間和地點，暫時沒有說話的凱撒回答說：「知道了」。

「接下來什麼時候見面？」

「什麼？」

聽到突然的提問，利元不自覺地反問道。

「你見了米哈伊，接下來輪到我了。」

利元不自覺的一邊嘆氣一邊揉著額頭。

「這不是抽號碼牌等待順序好嗎？那件事等我安排行程後告訴你。你記得不要遲到準時出席，知道嗎？」

當利元交代完想要掛電話時，凱撒接著補充了。

「我跟你說過要打手機，這個會被竊聽。」

聽到他若無其事地說出來，利元還以為是自己聽錯了。電話掛斷之後，自己聽到的話猶然在耳。

狄米特里。

利元皺了眉頭，想起了那位想忘也忘不了的男人，在收到殺人威脅的荒謬狀況下，令人頭痛的事情真的太多了。

* * *

在約定好的當日，從一大早開始，天空就被烏雲籠罩著。總是下雪的北半球國家經常是陰天，但利元卻有不好的預感。

……應該沒事吧？

凱撒說米哈伊只是退休的老人，雖然他的說法令人不太高興，但如果他那麼想，似乎不會做出產生威脅的事情。

問題是米哈伊，他似乎好不容易接受兒子是男同志的事實，但還不知道對象是誰。如果知道是凱撒，他會有什麼反應呢？

應該不會引發心臟病吧？

利元想著，早知道應該要讓父親做健康檢查的，回想最近他的健康似乎沒有亮紅燈。

可是為了以防萬一，要不要把地點移到醫院附近……

利元為了前往父親指定的飯店，在等電車時，腦海裡也不停地想著數萬種接下來可能發生的狀況。當他想到米哈伊跟連續劇裡一樣對著凱撒潑水，凱撒則為了回應他而開槍時，電車也從遠處駛了過來。

位於鬧區的飯店是全球知名連鎖飯店，盛名之下在俄羅斯內也具有相當的水準，從入口開始就讓人望而卻步。飯店裡，身穿著制服的服務生，感覺一眼就能分出人等高低，那天似乎來了許多特別的客人。

「歡迎光臨，羅莫諾索夫先生。」

跟私人祕書一起來到飯店的米哈伊，對著雷普和幾名幹部露出了苦笑。

「你們不需要硬是跟我來。」

「不，羅莫諾索夫先生，我們一定要親眼看看害了少爺的傢伙，一定要好好修理他，才不會再發生這種事情。」

雷普像是在表達「請交給我」似的握緊了拳頭，米哈伊只是露出尷尬的微笑帶過。

被帶往預約餐廳的米哈伊，煩悶地嘆了好幾口氣。一開始因為太氣憤了，發誓絕對不會原諒帶壞利元的那個傢伙，但在過了一段時間之後便冷靜下來，認為其實並沒有那種必要。

最重要的是利元要覺得幸福，他自己不是說了嗎？和男人交往是第一次，那看來他原本並不是男同志，即便如此他也想要一輩子和那個男人在一起，似乎是場驚天動地的愛情。

秀妍，就像妳和我一樣。

米哈伊回想自己的過去，雖然很痛苦，但還是決定支持兒子的愛情。抱不到孫子的事也令人心痛，但那是本人的選擇，還能怎麼辦呢？那是利元自己的人生。

我很晚才出現在他的生命中，根本沒有當父母的資格。

米哈伊穩定情緒之後，走進了另外安排的包廂。還是組織首領時，他絕對不會進入這種地方，因為在這種地方被暗殺是常有的事，因此會面都會安排在開放的地點，察覺到這個情況的雷普小聲地呼喚他。

「羅莫諾索夫先生。」

雖然是輕輕的一句話，但意圖很明確，米哈伊笑了一下，似乎在說沒有關係。現在竟然還能坐在這種包廂裡，米哈伊坐在服務生拉出的椅子上點點頭，祕書跟雷普和其他組織成員退到隔壁的包廂。考慮到這是私人約會，於是先行離開了，但為了以防萬一，隨時都會跑過來。

米哈伊獨自坐在位置上，等待著和兒子一起過來的未知男人。等待的時間總是很焦慮，今天又特別緊張。他確認了手腕上的錶，理了理領帶，喝了好幾口水，終於聽到外面的聲音，感覺到有人慢慢靠近。

米哈伊立刻挺直腰桿，正面凝視著入口。祝福利元幸福是一回事，他依然覺得要樹立長輩的威嚴，只要那個人稍微做錯事讓利元傷心難過，一定會親手殺了他。米哈伊使刀的實力依舊，他想著現在也能立刻在對方的額頭插上刀，看著慢慢打開的門。米哈伊愣住了。

那傢伙為什麼過來這裡？

因為這個意外的狀況，米哈伊不知道該怎麼辦。他在等的是利元的情人，利元說一輩子想要在一起的男人。他有可能跟當律師的利元一樣，是個普通的上班族，不管是什麼，利元選擇的對象，一定是正直、正義、善良的男人，絕對不可能是現在看到的這個男人。

但是，正走進來的男人是米哈伊認識的人，而且絕對不會是米哈伊所等待的男人。

「你為什麼……？」

帶路的服務生在門後消失，剩下凱撒獨自坐在大圓桌的對面看著米哈伊。米哈伊對著這令人摸不著頭緒的狀況，什麼都沒說，只能眼睜睜地看著服務生幫忙拉椅子，事後才感到有點憤怒。凱撒對著微微皺眉的米哈伊說。

「是利元邀請我過來的。」

對著沒有說話，只是看著自己的米哈伊，他面無表情地說。

「聽說你想見我。」

* * *

該死，為什麼每次都是這種時候？

利元急促喘著氣在大街上奔跑。電車停在馬路中央，他不得已又開始奔跑了。心急到沒辦法等待下一班車到來，約好的時間已經過去了，凱撒和米哈伊都非常準時，他們應該已經到了。

我應該在那裡的。

利元再次自責著盡全力跑過去。

希望在我抵達之前不會發生任何事情。

現在這是在做什麼惡夢？

米哈伊睜著眼呆滯的看著凱撒，艱難地浮現了這個念頭。他不知道自己剛剛聽到了什麼。

我想要見這個男人？什麼時候？

「我想你可能搞錯了。」

米哈伊隔了好一陣子才冷靜的開口。

「我有其他的約會才過來這裡，我沒有打算要見你。」

「其他的約會？是什麼約會呢？」

聽到他跟平時一樣沒有感情的語調，米哈伊也平穩地回答了。

「跟你無關，這是我的私事。」

凱撒什麼話都沒有說，他只是直盯著米哈伊瞧。米哈伊看著他的臉想著，那張臉不論什麼時候看都會讓人起雞皮疙瘩，這麼漂亮的臉為什麼會如此讓人毛骨悚然呢？或許是因為那個男人不是人類吧。

「利元說……」

聽到兒子的名字，米哈伊豎起耳朵。凱撒依然不帶感情地說。

「決定一輩子在一起的人要介紹給父母認識，所以羅莫諾索夫先生想要見我。」

對於著變得僵硬，說不出話來的米哈伊，凱撒瞇著眼問。

「是我搞錯了嗎？」

「你搞錯了。」

米哈伊堅決地否認。

「利元說要介紹情人給我，所以我才會過來，我不是來看你的。」

「如果是來見利元的情人，那是我沒錯。」

即使米哈伊頑強地否認，凱撒依然冷靜地說出事實。

「除非利元除了我之外，還跟其他人也有這種關係。你現在不是要告訴我他腳踏兩條船吧？」

米哈伊就那麼僵硬地看著面無表情的凱撒。

……我剛剛聽到了什麼？

怎麼可能？怎麼會有這種事情？米哈伊無法找回理智，當他聽到利元說喜歡男人時，他也沒有像現在這樣失魂落魄。不，雖然有受到打擊，但都想辦法撐下去了，他好不容易下定決心接受事實才來到了這裡。就算是男人，至少是個正常的好人吧？就算沒有了不起的地位或財產，應該是平凡的一般人。

但竟然是黑手黨，而且是那個男人！

米哈伊的腦袋糾結成一團，瞬間一片空白，他如此深信著利元，卻有種被背叛的感覺。

這世上有那麼多的男同志，也有那麼多的男人，為什麼偏偏選擇那個男人？我完美的兒子兼具知性和外表，擁有了一切，為什麼卻偏偏沒有眼光？

米哈伊一臉蒼白的看著凱撒。

對象竟然是男人，而且是黑手黨，還是那個沒有具備身為人類該有的常識的沙皇。

「你沒有想說的了嗎？」

「……」

「那麼我先離開了。」

而且還是個沒有禮貌的傢伙。米哈伊的胃液在翻騰，這傢伙到底那裡好了？雖然是自己的兒子，但真的很想好好敲醒他。雖然他的外表帥氣，但老了就會消失，而且他沒有辦法相信，利元會只被外表吸引就選擇了那種男人。

首先利元不是天生的同性戀，如果是後天改變的話，他應該有吸引人的獨特之處。

不，一定要有，不然我絕對無法接受。

那個無恥之徒，竟然勾引我的兒子！

「到底為什麼？」

「我來晚了！」

就當米哈伊忍不住大喊時，利元在絕佳的時機跑了進來。

「利元。」

「利元！」

兩個男人同時朝向他，利元看到他們比任何時候更要燦爛的表情。

* * *

用餐的時候他們都沒有說話。利元坐在凱撒和米哈伊的中間，主導著對話，努力想要緩和尷尬的氣氛，卻沒有用。

雖然這已經在預期中了。

總之，這是一定會經歷的過程，既然讓雙方認識了，兩邊都滿足了吧？應該可以暫時阻止凱撒的逼婚，但問題在於米哈伊。以現在的氣氛來看，他可能一輩子都再也不會想見我的情人了。

這算是幸好嗎？

就算親眼見到，依然不知道情況會變得怎麼樣。利元把該說的都說了之後，決定把一切交給時間來處理。

結束沉重的用餐時間，終於要吃甜點了。很怕父親會突然把咖啡灑向凱撒，但幸好他沒說什麼，只是把杯子靠向嘴邊。

「你去哪裡？」

當利元站起來，父親問了他，凱撒也看著他。利元露出尷尬的笑容說。

「我去個廁所。」

「要我送你去嗎？」

凱撒意味深長地問道。利元很想回他，一起去廁所是女人之間會做的事情，但因為在米哈伊面前，所以忍住了。如果米哈伊稍微看到他們爭吵，他一定會立刻爆發。

利元什麼都沒說就走出包廂，平順了一下煩悶的胸口，嘆了一口氣。他再也不想安排這種場合了，利元揉著太陽穴朝著廁所走去。

等利元出去後，包廂裡圍繞在兩人之間的只有寧靜。米哈伊死命盯著坐在桌子對面的漂亮男人，他看了再看，依然是同樣的一張臉。

那個該死的賽格耶夫。

米哈伊在扶手上慢慢握緊和張開拳頭，安撫激動的情緒。當他發現寶貴的兒子有了特別的對象時，心裡雖然開心，但也有一種失落的感覺。他心想，只要兒子幸福就夠了，可對象卻是男人，這件事令他大受打擊，但如果這是利元的選擇，那也接受了。

不過為什麼？

這世上有那麼多男人，為什麼偏偏選擇那個傢伙？

「……我沒想到會這樣和你碰面。」

聽到米哈伊隔了好久才開口，凱撒不疾不徐地說。

「是嗎？我已經預期會有這件事了。」

米哈伊冷靜地說。

「聽說你跟不少女人交往過，沒想到你還喜歡男人。」

這次凱撒也毫不遲疑地回答了。

「因為利元是特別的男人。」

「沒錯。」

米哈伊立刻收起差點放鬆的表情，乾咳了一聲。

「你也知道，利元以前不是同性戀，我不知道他為什麼會變成這樣……可能受到你的負面影響。」

聽到隱約的責怪，凱撒不為所動地答道。

「是嗎？明明是他誘惑我。」

「你說什麼？」

聽到敏感的反應，凱撒嘲諷似的說。

「看到利元不會興奮的男人應該不是活著的男人。以他的臉蛋和個性，只要是男人都想撲倒。」

竟敢在父母面前說這種話，真是無恥。米哈伊氣得一時說不出話來。

利元確實長得特別帥，當他自己第一次看到兒子時也曾感到驚嘆。不過，他竟然對任誰來看都是男子漢的兒子感到興奮，那個禽獸還真有種，什麼都說得出口！

米哈伊瞪著凱撒說。

「不論你說什麼，利元原本是正常人，也曾經有女朋友，如果照那樣老老實實地生活下去，應該會結婚生子，過平凡的生活。」

凱撒沒有其他反應，只是微微挑動了一邊的眉毛。米哈伊沒有錯過那細微的反應，也因此冷靜下來。

「我永遠都以利元為傲。雖然小時候和他不得不分開，但最終還是再見面了……你知道嗎？他是為了見我才來到這裡，如果不是我，你和利元一輩子都不會見面。你和利元就只是素昧平生的陌生人，但父母和孩子之間是很特別的。」

米哈伊悠悠地從西裝外套的暗袋裡拿出皮夾，裡面有利元出生後滿百日的老舊照片。看到從未見過的照片，凱撒瞇起眼睛，米哈伊見狀，立刻浮現了自信，他從容地把皮夾收回去。

「這時的利元真的很可愛，比其他小孩學說話學得更快，也很快就學會走路了。我在一旁叫他時，他能聽懂自己的名字，然後努力爬過來。」

回憶過去，米哈伊露出了笑容。凱撒只是默默地看著他。米哈伊繼續說。

「上次我被刀砍傷時，他整天守在我的身旁。最近聽到我病倒的消息，他也立刻跑過來，那時明明是工作最忙的時候。我過生日時還在我的臉頰上親吻，雖然這把年紀了有點害羞，但父子之間又沒關係。我想一起和他釣魚、一起去三溫暖、一起洗澡、一起在同一張床上睡覺。」

面對依然沒有說話的凱撒，米哈伊露出充滿自信的微笑。

「骨肉之間真的是特別的關係，什麼事都能一起做。」

「我和利元做愛。」

聽到這不帶任何起伏的一句話，什麼話都談不下去了。

在此之前，還在微笑的米哈伊頓時僵住了。凱撒從容不迫地喝了一口面前的咖啡。對著就像是被人打了一拳的米哈伊，凱撒微微一笑。

「喔，那是骨肉之間不能做的事情啊，真遺憾。」

聽到這句話，米哈伊回神過來，我的兒子和他？

做愛？

茫然的腦海中浮現出各種殘酷的想像，難以言喻的可怕畫面充斥在腦海裡，形成地獄的景象，但眼前的凱撒完全不為所動。看到他那厚顏無恥的態度，米哈伊的自制力瞬間瓦解了。他站起來大喊。

「賽格耶夫，我要發動戰爭！沒有人在嗎？立刻砍掉沙皇的腦袋！」

「哇啊啊啊！」

額頭上爆出青筋大喊著，巨大的槍響伴隨著喊叫聲。一邊的牆壁迅速倒塌，正在待命的雷普和手下們從倒塌的牆壁後衝出來。但事情還沒有結束。

轟隆——

隨著一聲巨響，另一邊的牆壁也倒塌了，又有一群男人也衝了出來。

「快點攔住！全部殺光！」

「保護沙皇！」

「這是戰爭！給我殺了沙皇！」

「竟敢在這裡撒野？把羅莫諾索夫派的人都殺了！」

原先待命的人們在這一刻一起高喊著跑進包廂，包廂裡瞬間變得一團混亂。

不久後，等到利元急忙回來，賽格耶夫派和羅莫諾索夫派的成員已經廝殺起來，釀成了大災難。

＊　＊　＊

就知道會變成這樣。

利元帶著千瘡百孔的心走出飯店。米哈伊氣得一直高喊「戰爭，這是戰爭！」，賽格耶夫派也毫不相讓地大喊。在這場混戰中，只有凱撒像一灘積水似的，波瀾不驚地待在原地。

我果然不該介紹的。

現在後悔已經來不及了。先送走米哈伊的車，羅莫諾索夫組織成員也跟在後頭，接下來才是凱撒。本以為他會搭上待命的轎車離開，但他站在那裡一動也不動。一直在默默觀察的凱撒第一次開口了。

「你呢？」

他在詢問利元為什麼不上車。

老實說，利元現在不想見凱撒，也不想見父親。他只想放空腦袋好好休息，不想兩人單獨關在密閉的車子裡。

「現在還有電車，我搭電車回去就好了。」

利元簡單打過招呼後就轉過身去，意思是叫凱撒自己搭車離開，但凱撒根本不理會。利元感受到後面有人跟著自己，回過頭一看，他果然跟在身後。

「我想自己回去。」

利元更明確地說道，凱撒沒有回答。

隨便你好了。利元走著，感覺頭有點痛，凱撒突然開口。

「米哈伊說的是什麼意思？」

「他說什麼？」

利元不知道他們趁自己不在的時候聊了些什麼。不是工作的事情嗎？還是和父親的關係？他大概猜測可能的範疇時，凱撒面無表情地說。

「聽說你曾有交往的女人，甚至想要結婚。」

「喔……」

利元想著竟然是這種小事，心不在焉地答道。

「那都過去了，是遇到你之前交往的人。」

凱撒依然面無表情地接著問道。

「你和那些女人發生過關係嗎？」

雖然氛圍有點微妙，但這不是需要隱瞞的事情，於是點點頭說。

「那當然了，因為我們在交往。」

下一秒，是預料之外的反應，凱撒就像是被打了一拳般失魂落魄。

他到底怎麼回事？

對於訝異的利元，凱撒張口想說些什麼，卻又閉上嘴巴。隔了一陣子他才說。

「……那個女人，現在在哪裡？」

「不知道。」

利元沒好氣地回答，凱撒立刻追問。

「老實告訴我，她在哪裡？是韓國人嗎？」

「我真的不知道，分手很久了，我怎麼會知道？」

利元沒有說出他離開韓國後，來到俄羅斯也曾跟人交往的事情。最重要的是，那都是過去的事情了，為什麼還要被他這樣追究。而凱撒又懷疑地再次詢問。

「真的不知道嗎？」

利元沒好氣的回應了。

「不知道，而且你知道這些要做什麼？」

凱撒沒有回答，腦海裡頓時閃過不好的預感，利元瞪著他。

「你別想做奇怪的事情，現在的我們根本不知道彼此的死活，你沒必要非得把人找出來打擾人家。」

應該是被說中了，凱撒皺了眉頭。大概是這句話讓他變得心情不好，敏感的神經彷彿在全身都閃動著火花。利元心裡緊張起來，卻繼續故作鎮定地說。

「我都幾歲了，怎麼會沒有經驗？你看看身邊，到處都是結婚生小孩的人。你也一樣。」

「我不一樣，你甚至想要結婚。」

「你也和別人做愛啊！對象不是有成千上百個人？」

雖然是有點誇張的說法，但據說就是這樣。不知道為什麼這麼晚了還要站在路上爭論這種事情，利元往後撥弄了頭髮，漸漸感到有點不耐煩。

「總之，現在比較重要，不要再提過去的事情了，反正要提到過去是對你不利，我才沒有像你過著那麼放蕩的生活。」

雖然利元憑著事實批評他，但凱撒沒有接受。

「為什麼是對我不利？」

利元感覺額頭一側的血管要爆開了，他尖銳地大吼。

「你那麼風流！」

「你不是嗎？」

這傢伙以為自己是誰啊？竟然拿來比較？利元忍住上升的血壓，瞇著眼瞪了他一眼。

「因為相愛而做愛的我，和根本不愛卻做愛的你，誰比較壞？」

「你。」

你這個渾蛋！

聽到他毫不遲疑地回答，利元的怒火完全爆發了。

「好啊！那我再也不跟你做愛了。」

聽到爆炸性的宣言，凱撒愣住了。

「為什麼？」

他原本面無表情的臉終於出現變化，利元感到有點滿足。

「你不是沒有感情也能做愛嗎？那就去隨便找人滾床單，照以前那樣生活吧。我要按照我的方式，找到心愛的人做愛。我們就各自過各自的生活，一輩子不要再見面了。好啊！我們就這樣永遠分開，不要再見了。幹！人活著還真是什麼事都能遇到，你這個混帳。」

利元越說越火大，甚至在最後罵了髒話，但凱撒什麼都沒說。利元詛咒著被搞砸的晚餐轉身離去，他想回家，卻很快被粗暴地抓住手臂，轉了回去。

「你再說一次。」

緊握的手用力的甚至快要讓白色的骨頭突出，但凱撒嘴裡說出的聲音卻很溫和，跟平時一樣面無表情地看著利元。利元的臉不自覺褪去血色，凱撒再度用更低的聲音說。

「你剛剛說什麼？」

利元在這一瞬感到了恐懼，他似乎不曾從這個男人身上感受過這麼大的威脅。偶爾凱撒身上會散發令人驚悚的感覺，但像現在寒毛直豎的情況還是第一次。

不過，因為害怕就畏縮並不是利元的個性。

這傢伙竟敢威脅我？他反而因為不服輸而更大聲地喊叫。

「我不跟你做愛了！分手吧！死混帳！我一輩子都不想再看到你了！」

出乎意料地沒有得到任何回應，凱撒只是沒有表情地低頭看著利元。利元後知後覺地發現自己說了不該說的話，他不自覺地瞄了一眼凱撒的手，漂亮修長的手指上沒有任何物品。

他愛用的克拉克手槍藏在西裝的暗袋裡嗎？我可以比他開槍的速度更快躲過子彈嗎？我該立刻為我說錯話道歉嗎？

該死，應該用電話提分手的！

當利元臉色鐵青地屏住呼吸時，凱撒開口。

他是不是想要說什麼？

利元猜錯了，凱撒只是很安靜的、微微地動了一下嘴角。

「知道了。」

聽到低沉的聲音後，還來不及有任何反應，凱撒已從西裝的暗袋拿出某樣東西。在那一刻，利元以為是克拉克手槍，但不是，那是一把刀。

事情真的是在剎那之間發生，凱撒朝利元露出冰冷的笑容，下一秒立刻拿刀割破自己的脖子。

「怎麼會……！」

利元嚇得大喊，抓住他。凱撒用一隻手按住血流不止的脖子說。

「再說一次你剛剛說的話。」

「你在做什麼？你瘋了嗎？有人在嗎？請幫忙叫救護車！」

凱撒抓住著急大喊的利元手臂，用更低的聲音要求了。

「你再說一次，你剛剛說要怎麼做？」

「現在重要的是……」

「現在說！」

聽到他粗暴的吼叫，利元瞬間僵住了臉。炯炯有神的銀色眼眸正瞪著自己，利元慌張地改口。

「知道了，我知道了！我不會分手，我絕對不會離開你，所以拜託冷靜一點！」

聽到他好不容易答應了，凱撒的嘴邊才露出微微的笑意，然後無力地倒下來，在他身後看到手下跑過來的樣子。即使在失去意識的過程中，凱撒依然緊緊抓住利元的手臂沒有放開。在急忙將他載到車上送去醫院的路途中，利元的手一直被凱撒緊抓著。

＊　＊　＊

這個瘋子。

利元嚇得臉色發白，低頭看著凱撒，他臉色蒼白地躺在病床上，脖子上包裹著一層厚厚的繃帶。

他到底在做什麼？真是神經病。

利元焦慮地把頭髮粗暴的撥到後方，幸好組織成員就在不遠處，因此可以立刻把他帶到附近的醫院。

當然組織也變得一陣慌亂，狄米特里似乎也即時收到了聯絡，很可惜的是他現在人在中國，聽到消息，就算立刻搭飛機過來，至少也需要好幾個小時。

……乾脆對我怎麼樣還比較好。

利元用雙手緊抓住頭髮嘆了一口氣，那樣的話心情還不會這麼沉重。

他到底在期望什麼？自己風流成那樣，卻希望我是純潔之身嗎？

一點也不好笑，真的太誇張了，又不是十幾歲的少年，都這把年紀了，理所當然都有談戀愛的經驗吧？怎麼會是在大馬路上吵架亮刀的程度？

什麼？是我的錯嗎？渾蛋！自己玩弄了那麼多女人，竟敢那樣說我？

真的是越想越生氣跟煩躁，不知道自己為什麼要被他那樣指責。

那他怎麼不早點談戀愛，只到處做沒用的性愛呢？我只是充實地度過青春歲月而已，竟然指責我，太荒唐了，到目前為止根本沒談過戀愛的笨蛋，我真的跟這個傢伙走不下去了。

當利元下定決心抬起頭來時，和凱撒對到了眼。

彷彿聽到臉上的血液在一瞬間全部流光的聲音，兩人都沒有開口。利元是說不出話來，凱撒則是不太能說話的狀態。他安靜地看著利元後，轉動眼睛看向周圍，利元才說。

「這裡是醫院，已經做好了緊急處置，目前辦理了住院，你的手下在門外守著。」

利元簡單地說完就站了起來，他想要去告訴外面的人凱撒醒了，但是在他轉身之前，凱撒已經抓住了他的手臂，利元只好停下。

「我要去告訴你的手下。」

凱撒張開了嘴，卻立刻皺眉。雖然沒有傷到聲帶，但似乎不太容易發出聲音。直盯著他瞧的利元突然湧起一把怒火。

「你到底在想什麼？這樣我怎麼跟你交往？你動不動就開槍或拿出刀來！」

利元雖然大發脾氣，但也僅此而已。他察覺到本來想要分手的自己，看到這個情況就變得心軟，似乎真的很喜歡這個瘋子。帶著苦澀的自覺，利元嚴厲的警告說。

「你再做這種事情，我真的不會放過你，這太不像樣了！」

利元雖然搖搖頭，但凱撒卻沒有像平時那樣微笑，這種時候他總是會露出苦笑，這讓利元有種奇怪的感覺。

凱撒突然用力拉了一把抓著利元的手臂，毫無防備的利元被拉倒在凱撒的上方。

「怎麼了？」

利元嚇了一跳，不自覺地大叫，凱撒什麼話都沒有說，他只是用細長的眼睛凝視著利元，完全猜不透他到底在想什麼。利元忐忑不安地看著他。只見凱撒突然微微一笑，比起他平時沒有表情的臉驚悚好幾倍。

利元不自覺屏住了呼吸，等到凱撒終於鬆開利元的手臂，利元便急忙站起身來。凱撒則說道。

「叫他們進來。」

比平時還低沉的聲音，混合了更多氣音。利元立刻轉身打開了病房的門。待命的組織成員立刻用僵硬的表情看向他，利元朝著尤里西說。

「他醒來了，請進。」

尤里西急忙走進病房裡，還有應該是心腹的幾個手下也立刻跟了進去。利元突然浮現渴望，問了站在走道的組織成員。

「請問有菸嗎？」

對方沒有回答，只是皺著眉看他。利元聳聳肩，離開了醫院，現在這一刻他真的很想抽一根菸。

* * *

聽到報告後的弗拉迪米得立刻來拜訪了米哈伊。看到米哈伊和雷普在客廳對坐著喝悶酒的樣子，弗拉迪米得驚訝地愣住了。

這到底是……？

他慌張的視線在雷普和米哈伊身上徘徊，雷普卻將食指比在嘴邊示意他安靜。還沒聽到詳細情況的弗拉迪米得坐在沙發的空位上，雷普親自去拿酒杯過來放在弗拉迪米得的面前，酒杯變成了三個。米哈伊將剩下一半的伏特加一口乾掉後，嘆了一口氣。

「天啊！我根本沒想到會是那個傢伙。怎麼可以這樣？利元怎麼可以這樣對我……就算再怎麼討厭我也一樣，怎麼可以在那麼多男人之中偏偏選了那個傢伙？你說說看，那個孩子到底為什麼要那樣對我？因為我對不起秀妍，所以他要這樣懲罰我嗎？這是報仇吧？那個孩子不會真心地跟那個傢伙……不會吧？你說說看啊……」

老人眼角的皺紋上甚至還蓄有淚水，這一幕惋嘆的身影，讓弗拉迪米得大受打擊。這不是自己認識的米哈伊，他是引領羅莫諾索夫的獅子，像太陽般閃閃發光的他怎麼可以變得如此軟弱，到底發生了什麼事情？

雖然焦急難耐，但弗拉迪米得咬緊嘴脣撐了過去。他現在肩負的位置當然需要這點控制能力，即使那個對象是自己打從出生以來到目前為止，最尊敬和敬佩的人。

「羅莫諾索夫先生，差不多該回去休息了。」

雷普開始勸他回去休息。米哈伊可能真的喝醉了，不停地胡言亂語，雷普惋惜地看著這樣的他，並在弗拉迪米得的幫忙下讓他躺在床上。雷普背對著一直呢喃聽不懂的話，漸漸睡著的米哈伊，安靜地關上房門後才對弗拉迪米得說。

「辛苦了。」

「不會，不過這到底是怎麼回事？」

搞不清楚狀況的弗拉迪米得問了雷普。

「你應該聽到報告了，他們怎麼說？」

弗拉迪米得猶豫著回答了。

「不是很清楚……我只聽到在餐廳裡和賽格耶夫發生打鬥，然後羅莫諾索夫先生宣告戰爭。」

「大致上是那樣沒錯。」

聽到雷普落寞的回答，弗拉迪米得再次驚訝了。

「那是真的嗎？羅莫諾索夫先生真的對賽格耶夫宣戰？」

弗拉迪米得一時之間恍惚起來。雖然有過無數次的反目和暗殺，但是第一次像這樣正式的宣告戰爭，究竟發生了什麼事呢？

「……沙皇做了什麼嗎？」

弗拉迪米得找回冷靜之後問了。

「羅莫諾索夫先生應該不會無緣無故說那麼嚴重的話，一定是那個殘暴的傢伙先挑釁的。他說了什麼讓羅莫諾索夫先生那麼激動？一定是非常侮辱人的發言……」

首先要冷靜地做出判斷，但弗拉迪米得的內心已經有百分之九十的準備要發動戰爭。竟敢侮辱羅莫諾索夫先生，真是不可原諒，我一定要親自把子彈嵌入沙皇的心臟。雷普看到咬牙切齒、目露凶光的弗拉迪米得，猶豫了一下才開口。

「應該說侮辱嗎……也是有那個可能……但也有可能不是……」

「那是什麼意思？請明確地告訴我，到底發生了什麼事情？」

聽到對方急切地詢問，雷普依然遲遲沒有開口，猶豫了好一陣子才說。

「今天會去那裡……是因為羅莫諾索夫先生的兒子要介紹一個人。」

弗拉迪米得的腦海裡浮現了利元的臉，他不自覺皺起了眉頭，雷普繼續說。

「其實在溫泉旅行時，少爺對羅莫諾索夫先生說有交往的對象。我想你應該也知道，之前羅莫諾索夫先生有多想看到兒子結婚和抱孫子，因此羅莫諾索夫先生真的很開心……」

「所以到底怎麼樣了？」

聽到雷普一直不肯說重點，弗拉迪米得有點不耐煩。到現在為止，已經忍耐了這麼久，他很想快點聽到結論，這時，雷普嘆了一口氣。

「不過那個對象竟然是個男人。」

弗拉迪米得愣住了，他一直在逼問雷普，卻沒想過會是這個答案。不過這只是開始而已，雷普對著沒有說話的弗拉迪米得繼續說道。

「一開始羅莫諾索夫先生也受到很大的打擊，聽說兒子在韓國的時候都和女人交往也曾認真考慮結婚，但不知道為什麼來到這裡變成和男人交往……總之，聽兒子說是因為彼此相愛，但不能結婚因此感到很愧疚。所以羅莫諾索夫先生煩惱很久之後，決定祝福兒子，希望他能介紹情人給自己。然後那個兒子帶來的情人竟然是……」

雷普似乎對接下來要說的事難以啟齒，花了一段時間才終於把話擠出來。

「沙皇。」

「什麼？」

弗拉迪米得不自覺地發出驚嘆，這也難怪，雷普親眼看到都覺得無法相信。

「那個兒子是男同志就已經很震驚了，羅莫諾索夫先生好不容易接受了，卻發現他的情人竟然是沙皇。羅莫諾索夫先生當然會大受打擊，不是嗎？就算這個世界容忍度變高了，但再怎麼樣，那麼多男人之中，他為什麼偏偏選了那個人……」

雷普不斷地發著牢騷，但弗拉迪米得已經一個字都聽不下去了。他只是用呆滯的臉不斷重複叨念著幾個單字——同志、情人、沙皇、同志、情人、沙皇、同志、情人、沙皇、同志、情人、沙皇……

弗拉迪米得重複了這些單字好幾次之後，終於連成了一串句子。

羅莫諾索夫先生的兒子是同志，然後有情人。

而且那個情人是賽格耶夫的沙皇……

「該死，怎麼可以這樣！」

弗拉迪米得過了好一陣子才爆發怒火，雷普聽到嘆了一口氣點點頭。

「沒想到竟然會發生這種事情……」

語畢，弗拉迪米得再也找不到適當的語句，只是接連反覆唸著同樣的單字，呆滯地杵在原地。

＊＊＊

唉……

利元看著文件不知不覺地嘆了一口氣，總覺得一直無法專注其中。

都已經過去好幾天了。

很神奇的是，凱撒完全沒有跟他聯絡，父親也一樣。

我要先聯絡嗎？差不多該打通電話了。

但也不知道該說什麼，我還能說什麼呢？事情已經發展到這個地步了。

如果是小孩子，還能勉強他聽我解釋，但他們都是大人了，又不能那麼做。利元不禁再次嘆了一口氣，他們都擁有發動戰爭的能力，所以問題更大。

幸好爸爸已經退休了……

這個想法短暫地浮現在腦海中，利元立刻搖搖頭，他目前依然擁有影響力。看一眼弗拉迪米得，就知道他是米哈伊忠誠的追隨者，只要米哈伊說一句話，他就會立刻帶領大規模的傭兵和武器，直接把賽格耶夫夷為平地。凱撒那邊就更不用提了。

……凱撒。

再次想到他時，利元不禁罵出了髒話。

這兩方人馬一定要有一方頭破血流嗎？為什麼這麼極端？不能好好用講的，或是用拳頭嗎？動不動就拿出刀槍，黑手黨就是這樣，利元煩躁地撥亂了頭髮。

……不知道他身體恢復得怎麼樣了？

就在這時，突然聽到有人敲門的聲音。

委託人嗎？

利元呆愣地眨了一下眼睛，慢慢移動身體。因為目前手上的案子，他無法再接案了。不過即使要拒絕也需要誠懇的說明，因此利元深吸了一口氣，朝著門口走去。

「請問有什麼事……」

利元一邊回應一邊開門卻愣住了，意料之外的男人站在門外。利元不知所以然地眨著眼睛，男人則用獨特的木訥口氣說。

「我可以進去嗎？」

利元依然只是看著他，接著才皺眉。

「弗拉迪米得・米哈伊里奇？」

男人依然面無表情地看著他，眉宇之間有細微的皺紋。

「你要說什麼？」

請他進來的利元，在他一坐下來便立刻開口詢問。他的腦裡已經夠混亂了，不想要再惹出事端，他只想把事情一件件迅速解決。

面對抱著手臂等待的利元，弗拉迪米得用可怕的眼神瞪著他。

「羅莫諾索夫先生倒下來了。」

「父親嗎？什麼時候？」

聽到利元不自覺地提高音量，弗拉迪米得皺了眉。

「不是因為你的緣故嗎？」

「……什麼？」

因為我倒下嗎？利元眨了眨眼睛，然後深深嘆了一口氣。

「分開的時候還好好的……他反而看起來精神很充沛，不過什麼時候變成那樣……」

「和你見面之後的那天晚上。」

那已經是好幾天前的事情了，這時利元才知道為什麼米哈伊沒有打給他。明明自己是始作俑者，應該要主動聯絡的，利元遲遲湧起一股歉意。

「所以，現在好多了嗎？」

利元的表情軟化下來問道，弗拉迪米得沒好氣地回答了。

「醫生說有點年紀，所以要特別小心。你知道他的心臟不太好吧？」

「……知道。」

「那為什麼……！」

一直在忍耐的弗拉迪米得不禁大吼，利元愣住了，只是看著他。他會如此憤怒確實有道理，利元的罪惡感越來越深。他沒有打算把事情鬧大到這種程度，當初其實可以推拖見面，父親雖然有可能會失落，但總比病倒要好。再加上對方可是宿敵，可能對他的衝擊會更大，竟然讓米哈伊受到這麼嚴重的打擊，自己卻完全沒去關心。

「那現在在醫院嗎？可以告訴我醫院和病房號碼嗎？」

「已經出院了。」

弗拉迪米得咬緊牙根。

「接受緊急處置後，得到可以出院的診斷就立刻回家了。我有指示主治醫師暫時在家中待命。」

「好……」

原本身為兒子該做的事，由他全部代辦了。利元雖然覺得要跟他說謝謝，但也有點搞不清楚狀況，他為什麼特地過來說這些呢？況且現在已經都解決了，當利元正想開口道謝時，弗拉迪米得打斷了他的話。

「我想該去醫院的不是羅莫諾索夫先生，而是你。」

「……我嗎？」

突然說什麼呢？利元不知所措地眨眨眼睛，弗拉迪米得用可怕的眼神瞪著他。

「你不是喜歡男人嗎？去醫院接受治療就會好起來。」

總覺得被某種東西敲到般，腦袋一片空白，這個男人究竟在說什麼？

「你的意思是……」

利元深呼吸了一下才開口了。

「我因為瘋了才會把凱撒說成是情人介紹給父親嗎？」

「不然呢？」

弗拉迪米得突然提高了音量。

「羅莫諾索夫先生受到打擊甚至倒了下來，正常下情況下會發生這種事嗎？你一定有問題，快去醫院接受治療！你絕對是哪裡不正常！」

「男同志是精神有問題？怎麼會有這麼落伍的……」

「男人還不夠，為什麼偏偏是那個傢伙！」

聽到咆哮般的嘶吼，利元愣住了，甚至還有聲音在空氣中留下殘響的錯覺。兩個人一時什麼都沒說，只是看著彼此。正確來說，是弗拉迪米得在瞪著他，利元只是呆滯地眨眼睛。隔了一陣子，利元嘆了一口氣。

「我也覺得很為難，但沒有辦法，就變成那樣了……」

「閉嘴，那是一種病。」

「我的精神沒有問題。」

「你瘋了，真的完全瘋了！」

弗拉迪米得狠狠打斷了利元的話。

「你的意思是，你讓羅莫諾索夫先生病倒，卻一點錯都沒有嗎？你打算撒手不管嗎？」

「不是那樣的，你的話實在太過極端……」

「從一開始都是因為你！」

弗拉迪米得不分青紅皂白地大吼。

「你突然出現，讓組織陷入混亂，把羅莫諾索夫先生搶走還不夠，現在竟然還說自己是男同志，沙皇是你的情人！下一個是什麼？打算從口袋拿出核武器嗎？你真的可怕到令人無法想像！怎麼可以這樣？你處處惹事生非，把一切搞得亂七八糟！」

利元只是看著弗拉迪米得雙手高舉又放下，在房間裡走來走去，一邊扯亂頭髮的模樣。

他不想聽我說，說了也聽不進去，沒有其他辦法。

利元沉默地抱著手臂，冷漠地看著弗拉迪米得，直到他似乎說累了，漸漸安靜下來。

「所以……」

利元那時才開口。

「你想說的都說完了嗎？」

弗拉迪米得激動得漲紅了臉，他看著利元皺眉，利元以無比冷淡的口氣說道。

「謝謝你幫忙照顧父親，不過這是我的私生活，也是父親和我兩個人的問題。我認為一開始你就沒有介入這件事的權力……因為這是我們家人之間的事情。」

聽到最後一句話，弗拉迪米得立刻瞪大了眼睛。

「羅莫諾索夫先生就代表組織。」

「他退休了。」

利元斬釘截鐵地打斷他的話。

「如果他說要重回組織，我沒有阻止他的意思。他要退休也不是我提出的意見，是他自己的選擇。我不知道為什麼為了父親自己的選擇，我要被如此追究責任。」

利元沉默了一會兒後再次說道。雖然很殘酷，但他不想要一直被當作組織的仇人，一直承受這個男人的臭脾氣。

「如果你或組織認為被父親拋棄了，那真的很遺憾，但也無可奈何。現在你接下了組織，你就是組織的主人，你要像這樣看著父親等他回來到什麼時候？」

粗暴撥弄頭髮的弗拉迪米得頓時愣住了，他連眼睛都不眨一下地看著利元。利元冷靜地繼續說。

「戀父情結到那種程度就有點難看了。」

「你說什麼？」

正想著會有拳頭飛過來，還是開槍時，外面傳來了聲音。

「不好意思。」

利元故意很有禮貌地打過招呼後，直接走到了門口。尼可萊站在門外。

「我好像聽到了什麼聲音……你還好嗎？」

尼可萊不斷地試圖偷窺利元的後方，利元泰然自若地回答了。

「沒什麼事，很抱歉造成騷動。」

尼可萊看到他像平時那樣微笑，沒有再追問下去。

「那麼……」

「對了，等等。」

當利元正想關門回去時，尼可萊叫住了利元，把手上的物品拿給他。

「這是寄給你的，原本由奶奶保管，她叫我拿給你。」

「謝謝。」

物品的大小剛好能用一手握住，外表看起來是很平凡的郵件。利元翻來翻去沒找到寄件人的資訊，雖然有點奇怪，但偶爾會有人隱瞞自己的身分委託案件，因此沒有覺得特別可疑。

利元關上門走進來，隨意把物品放在桌上後，再次把注意力放回弗拉迪米得身上。

「所以……」

利元想要繼續剛剛的話題，但弗拉迪米得打斷了他的話。

「這是什麼？」

利元朝著他的視線看去，答道。

「你也看到了，寄給我的包裹。」

「沒有寄件人。」

「偶爾會有這種包裹，因為有很多委託人會遭受威脅。」

雖然跟剛剛的主題無關，但多虧這件事，氣氛變得緩和多了。利元繼續說。

「總之，我和父親的關係，我們會自己處理，你就回去吧，我會盡快去探望父親，跟他好好聊聊，不會讓他再受到打擊。」

雖然光想就覺得很沉重，但這也是遲早必須面對的事情。弗拉迪米得依然一臉不相信的樣子，但似乎也沒有什麼可說的，沒有再接話。

本來以為他會再多說幾句話或發脾氣，不過他意外地只是用不太尋常的眼神靜靜回頭看了利元，利元已經決定，如果他還想說什麼就全面接受，但他卻沉默地走掉了。

嘖。

隨著安靜的關門聲，弗拉迪米得離開了。利元輕輕嘖了兩聲，揉捏著痠痛的頸部走向餐桌。

沒想到父親會發生那種事情，該用什麼話安慰他呢？首先這件事的起因是自己，因此也沒有可以解決的好方法，不過還是要先去聊聊看……

當他拆著包裹，想著要把凱撒的事情放在一旁，先和米哈伊約時間時……

嗯？

突然，從裡面聽到東西破裂的聲音，利元反射性地把包裹丟出去，接下來才有了不好的預感。

小小的包裹一被拋出去，不到幾秒就迸出火花，隨著巨響爆炸了。

＊　＊　＊

「少爺，你還好嗎？」

不知道怎麼得知消息的，第一個跑來的雷普臉色發白地大喊。救護人員正在治療利元燙傷的手，看到雷普急忙跑來的樣子，利元雖然訝異，還是尷尬地跟他打招呼。

「我沒事，雖然被燙傷了，但不嚴重。」

雷普屏息看著救護人員幫忙纏上繃帶，利元假裝沒事地說。

「幸好爆炸之前就注意到了，所以傷勢並不嚴重。不過你怎麼知道要過來的？我還沒聯絡父親。」

「那個啊……」

慌張的雷普眨了一下眼睛，利元的腦海突然閃過某件事情。

跟蹤我的不會不止一個人吧？對於自己太過現實的想像，利元想要先保留，日後再仔細思考。現在重要的並不是那個。

「確認過是誰寄爆裂物給你嗎？」

對於急忙轉移話題的雷普，利元搖搖頭。

「沒有寄件人，而且炸開時已經全被破壞掉了。」

「現場有被好好保存吧？」

利元點點頭，雷普一臉僵硬地說。

「首先離開這裡好了，羅莫諾索夫先生很擔心你。」

利元稍微看了一下周圍，目前似乎沒有自己能做的。利元住的地方變得亂七八糟，但幸好其他住家沒有被波及，住戶也都沒事。利元安慰了嚇得臉色發白的奶奶後，搭上了已經準備好的轎車。

過了一會兒，拿著各種儀器裝備的調查人員抵達了，穿著制服的警察和刑警到處在附近盤查和搜尋。

「你還好嗎？聽說收到爆裂物，怎麼會發生這種事情……」

躺在床上的米哈伊一看到利元，就用擔心的表情問東問西。看到他雙手上的繃帶和臉上各處的傷口，臉色變得更加難看了。利元盡可能輕描淡寫地說。

「只是看起來嚴重而已，其實沒什麼，不需要擔心，我一點都不痛……」

米哈伊用心疼的表情看著利元的雙手，卻無法伸出手來觸摸。利元看著他，似乎比起上次見面老了十歲的樣子，心裡感到一陣酸楚。

「我聽說你倒下了……很抱歉。」

聽到利元道歉，米哈伊急忙搖頭。

「那不是你的錯，都怪我無法管理好自己的身體……年紀大了，每個人都會這樣，白白讓周遭的人擔心了。」

看到他笑呵呵的臉，任誰來看都是好父親的樣子。已經沒有話題可說的利元感到有點尷尬，他應該要討論關於凱撒的事情，但現在這個情況似乎不太適合。況且，不知道是不是錯覺，但利元感受到父親並不想再談那件事。這麼一來就更加難以啟齒了。最終他什麼都沒能說，決定改變話題。

「聽說弗拉迪米得・米哈伊里奇幫了爸爸很多忙，那些都是我該做的，很抱歉。」

「你見了弗拉迪米得？」

米哈伊似乎沒聽說這件事，利元眨了一下眼睛回答了。

「對，他來家裡找我，告訴我爸爸發生的事情……」

「我說過不可以說，那個傢伙……」

米哈伊咂嘴，看起來和發牢騷的一般人沒有兩樣，有人會相信這個男人曾經是羅莫諾索夫的首領，曾經在俄羅斯呼風喚雨嗎？

權力真的很無常……

到目前為止，他在羅莫諾索夫組織的地位依然不可忽視，那都是因為實際掌權的弗拉迪米得和雷普都支持著他，萬一他們採取和現在不同的態度，有可能就……

當利元想到這裡就立刻否定了，不說其他人，至少弗拉迪米得絕對不會那麼做。他是那麼愛戴父親到不惜質問自己並表達厭惡的男人啊！

……這麼一想。

利元回憶著，覺得有些不對勁，那時他怎麼會有那個反應？弗拉迪米得離開前，最後回過頭來看，臉上是難以言喻的表情。

重新一想弗，拉迪米得從一開始就懷疑那個包裹，最後回過頭是想對利元說些什麼嗎？

不過他最後選擇了沉默。

就算弗拉迪米得要提醒利元，利元也未必會聽他的，但幾乎可以確定他知道包裹裡裝著什麼。

再怎麼想都很可疑的情況下，利元猶豫地說。

「爸，那個……」

「羅莫諾索夫先生，今天的身體怎麼樣……」

剛好在這個時候，低沉溫柔的聲音打斷了他。利元無可奈何地轉過頭去，和拿著巧克力紙盒笑著走進來的弗拉迪米得四眼相望。

這世上還有那麼不搭配的組合嗎？

弗拉迪米得微笑已經令人震驚了，他手上還拿著甜蜜的巧克力，利元只是無言地看著他。弗拉迪米得和利元對視後愣了一下才注意到利元的視線，表情立刻變得僵硬。

「喔，這個是羅莫諾索夫先生上次拜託的……」

生硬的聲音跟剛剛溫柔的口氣簡直是天壤之別，任誰聽到都覺得尷尬。包含米哈伊和利元在內的所有人都一致看向他，弗拉迪米得的臉漸漸漲紅。

居然還能看見他這副模樣……

利元這麼想著，不以為然地轉移話題。

「那麼我要暫時借住在這裡了，不好意思。」

弗拉迪米得聽到那句話，驚訝地看著利元，米哈伊根本沒有察覺到他的反應，堆起滿面的笑容說。

「不會，你就盡情待著吧！雖然你的意外令人難過，但老實說我很開心，你竟然可以跟我住在一起……」

「……你們要一起住？」

弗拉迪米得依然用不自然的語氣問，利元回過頭，米哈伊代替利元回答了。

「有人寄了炸彈給利元，目前正在調查中沒有辦法回去，所以這段期間決定住在我家裡。」

米哈伊再次看著利元溫柔說道。

「你不要客氣，想住多久就住多久。」

利元聽到那句話露出了微笑，弗拉迪米得蒼白的臉變得更加僵硬。

＊　＊　＊

跟米哈伊打過招呼走出去，一如預期的，他正在門外等著利元。

「你到底在想什麼？」

對於劈頭的責備，利元不帶感情地回問。

「什麼事？」

弗拉迪米得不爽地抱怨。

「我明明說過羅莫諾索夫先生的身體狀況不太好，你到底……」

「關於炸彈。」

利元立刻轉移了話題，突然被刺中要害的弗拉迪米得話說到一半就停住了。利元面無表情地說。

「你知道那個是炸彈吧？」

「我知道？我怎麼知道？」

他一邊說一邊避開了視線，利元卻注意到了，再加上他回答的速度也出奇地快。這個男人不太會說謊嗎？再次發現令人意外的一面，利元感到神奇。

「你跟我說那是可疑的包裹，而且離開之前不是想要警告我嗎？雖然你直接出去了。」

「……你錯了，我完全不知情。」

他依然死不認帳地避開視線。利元短暫地嘆了一口氣，他本人都這樣否認了，其實也不需要硬是強迫他說出來，反正也沒有證據。利元聳聳肩膀退讓了一步。

「那麼就沒辦法了，不過你已經知道了，我因為這個原因，接下來會待在這裡，未來會經常見面的。」

利元從不發一語的弗拉迪米得身邊經過時，才想到似的「啊」了一聲。

「我應該直接把包裹丟掉的，對吧？」

利元笑著說了意味深長的話，弗拉迪米得卻從頭到尾什麼都沒說。

當利元轉頭走開後，臉上的笑容頓時消失了。

我差點就死掉了，如果還無動於衷的話，那可能不是人。

有人想要殺了我。

浮現在腦海的只有一個人，那個說要把我撕成碎片的男人。

雷歐尼得。

利元慢慢咬緊嘴脣，邊走邊陷入沉思。

＊＊＊

「你是說雷歐尼得嗎？」

隔天，在米哈伊的房間一起用餐時，米哈伊聽到利元的話，眨著眼反問。

「這麼一說，你曾經拜託過我，我已經交代過了，我想祕書應該有聯絡方式，我叫他立刻拿過來。」

「謝謝。」

利元簡單道謝後問道。

「請問爆裂物調查得怎麼樣了？」

「那個似乎沒那麼容易。」

米哈伊嘖嘖兩聲。

「爆炸後燒光了，所以沒有留下任何指紋，也沒有寄件人，甚至沒有郵戳，有可能是某人特地放在信箱裡的……」

結論來說，這是以利元為目標的犯案，真的是雷歐尼得做的嗎？利元為了不讓米哈伊察覺，謹慎地說。

「對於這種手法，雷歐尼得應該很清楚，他會不會幫得上忙呢？他可是專業的殺手。」

聽到那句話父親搖搖頭。

「是嗎？就算是狙擊手，各自愛用的手段都不一樣……據我所知，雷歐尼得不會使用炸彈，他主要用的好像是刀……」

雖然還未證實，但暫時把雷歐尼得排在嫌犯名單後頭，再加上他對自己如此自負，應該會使用更確實的方法。

只用那點火藥燙傷目標，確實太過小心翼翼了。

想起他從容不迫地說要將自己撕成碎片，這個手法一點都不像他的作風，果然另有其人。

雷歐尼得知道嗎？

剛好聽到敲門聲，雷普走進了房間，原以為弗拉迪米得也會在，沒想到只有他一個人。

「那傢伙以後不會過來了嗎？」

父親像是知道了利元的心思的問道，雷普笑著搖頭。

「怎麼可能？他因為上午有事，下午會自己過來，我剛好相反，是下午有事。」

「我說過不需要每天都過來。」

父親輕輕咂嘴，拍了拍利元的手。

「就算你們不陪我說話，我兒子也會一整天陪著我。」

「是，我們知道。」

雷普露出微笑。

「兩位難得度過甜蜜的父子時光，我卻打擾了，以後會多加克制的。」

兩人的話題從自嘲的玩笑，自然朝著其他話題上發展。天氣好不好、飼養的狗怎麼樣了、隔壁女人的花每年盛開，卻不知道祕訣等，聽著兩人無止盡的對話，感受到兩人並肩走過來的溫情歲月。利元默默地聽著細瑣的對話，想著到底是誰攻擊自己。

「等等，請問你有空嗎？」

利元追著跟米哈伊道別後離開的雷普，在走廊攔住他。雷普戴著他喜愛的紳士帽眨著眼睛，利元說。

「關於這次的事件我想問一些事，一下子就好了。」

「那個我對羅莫諾索夫先生也提過了……」

「是，我聽說了，但不是那件事……」

雷普訝異的看著利元。

「請問你能告訴我，還有誰知道我的行程或其他個人資訊嗎？」

「行程？」

「就是……」

利元更直接地說明了。

「我幾點見誰，在哪裡做什麼等，一定有人跟你報告吧？」

「……不，沒有。」

利元聽到意外的回答，眨了一下眼睛。

「……沒有嗎？」

雷普接著說了。

「對，少爺是一般人，我們不需要做那種事情吧？」

可是還是會有厚臉皮的人那麼做。

利元想起凱撒和狄米特里，再次問道。

「那麼你怎麼知道發生炸彈攻擊？在我聯絡你之前，你就過來了。」

「喔……」

那時雷普才理解似的點頭。

「弗拉迪米得叫我去的。」

「什麼？」

這次換利元驚訝地反問了，雷普露出了苦笑。

「他說去拜訪了少爺的時候看到了可疑的包裹，他雖然離開了，但還是有點介意才叫我去看看的。他說，比起他親口說，少爺應該比較能聽得進我說的話。」

聽到意外的話，利元感到不知所措。

這又是什麼意思？這個回答跟他想像的天差地遠，雷普看到利元站著發愣，隔了一陣子才說。

「反正……既然已經說到這裡了，那我就直說了。其實我曾經讓人跟蹤少爺。」

對吧！明明就會那樣！利元心想，等待雷普的下文。

「那是羅莫諾索夫先生親自下令的，你也知道像是這次的事情，只要跟組織有牽連，誰都會遇到一兩次生命威脅，他為了保護你才想派人跟蹤……但是弗拉迪米得反對才沒有那麼做。」

「……為什麼？」

利元依然搞不清楚狀況，雷普繼續說。

「他說為了保護而侵犯少爺的隱私是不對的行為，不過發生了這種事情，弗拉迪米得應該更沒有臉見羅莫諾索夫先生了，那時乾脆讓人跟蹤的話……」

利元默然地看著雷普苦笑的臉。

＊　＊　＊

人的偏見真是很可怕。

利元一個人坐在床上陷入沉思中。從來沒有想過弗拉迪米得是心思如此細膩的男人，第一次見面時的印象不好，在那之後他的態度也完全沒有釋出善意。

那種男人竟然私底下替自己著想。

沒想到他不是故意不說炸彈的事情，而是因為不相信他所以才沒有說。弗拉迪米得知道利元不相信他，當然他也不相信利元，所以這沒什麼好失落的。

不過，利元還是有點在意自己一直認為他不是個好人。不管怎麼說，受到了他的幫忙，能少被一個人跟蹤都是多虧有他。

要去跟他道謝嗎？

利元煩惱之後下定了決心。總之，對彼此有不開心的偏見是事實，如果趁這個機會把話說開了應該也不錯。我也想要減少未來一見面就劈頭大吼的不速之客。

……雷歐尼得加上炸彈。

利元不自覺地嘆了一口氣。

我的人生怎麼會落得這番處境呢？

同時，想起造成這一切事情的元凶——淺金髮的怪物。

「呃呃……」

利元一邊痛苦的呻吟，一邊用拳頭不斷的打著床墊卻無法改變什麼。

♪♩♬♩♬♪♪……

突然傳來手機鈴聲，利元停止揮拳，拿出手機確認號碼。

弗拉迪米得直到傍晚時才抵達，穿著俐落西裝大步走來的樣子，不知情的人看他就像是一家合法企業的老闆。

人不能只看外表。利元突然想，最適合這句話的人就是凱撒。

這麼一說……

利元想起了在慌亂中被遺忘的事實。

凱撒沒有聯絡，他明明知道自己遇到炸彈意外。

……怎麼會這樣？

當他不自覺地確認了沉默的手機時，米哈伊說。

「你很忙吧，不需要特地過來。」

「我不忙。」

冰冷的回答就像是不聽父母的話，堅持己見的孩子。只有外表身材高大，其實是小孩的第一印象似乎不太容易改變，即使已經知道他的內心意外的是個深思熟慮的大人。

利元默默聽著他們的對話，似乎輪不到自己介入。一如預期，父親勸他留下來吃晚飯，弗拉迪米得瞄了利元一眼，不知那個眼神是代表他覺得我會不方便，還是他自己覺得不方便。

「吃完再走吧，我無所謂。」

「對啊。」

父親在一旁附和著，暫時沒有說話的弗拉迪米得低下頭。

「那就……謝謝。」

利元突然覺得他可能在害羞，難道他不習慣接受好意嗎？他說不定不擅長和人互動才會招來誤會。

利元決定更加的敞開心房接受他，反正維持尷尬的關係對彼此也沒有益處。一直到用餐結束，弗拉迪米得連一句話都沒有對利元說。

米哈伊回房間休息後，自然就剩下利元和弗拉迪米得兩人獨處。

這種機會不多，要不要好好聊聊呢？

當利元這麼想時，沒想到弗拉迪米得主動開口了。

「聽說你需要這個。」

他從西裝的暗袋，拿出整齊地折成一半的紙條，打開一看，是手機號碼和郵件地址。利元訝異地看向他，弗拉迪米得說。

「聽說你詢問雷歐尼得的聯絡方式？他的聯絡方式只有上面的郵件地址，只要寄到那裡，他會在二十四小時之內回覆。雖然寄到手機會更快，但他不喜歡，郵件比較好。」

看到利元默默地收下紙條，弗拉迪米得問了。

「不過有發生什麼事嗎？你這種一般人竟然找殺手，你打算殺了某個人嗎？」

「不是，正好相反。」

利元衝動地說出來後，立刻閉上嘴巴。他該說明這件事情嗎？接受某人的幫助比較好嗎？雖然炸彈不是雷歐尼得送的，這個男人看樣子也很真誠……

「一旦成為雷歐尼得的目標，絕對無法活下來。」

平靜的聲音讓利元抬起頭，弗拉迪米得嚴肅地說。

「他是這個業界的第一狙擊手，到底發生了什麼事？如果扯上麻煩事的話，最好快點解決，放任不管只會越來越糟。」

利元苦澀地回答。

「我知道，這只是我個人的問題……謝謝你的勸告。」

看到利元乖乖道謝，弗拉迪米得驚訝地眨了眼睛。

「喔……是嗎？」

利元不自覺地說。

「你明明可以派人過來的，卻還是親自來了，你是為了這件事特地過來的吧？」

利元沒多想，說完便抬起頭來，看到弗拉迪米得慌張地看著自己。

他為什麼是那種表情？當利元對此感到訝異時，只見他急忙解釋道。

「我只是路過而已，而且我也要見羅莫諾索夫先生……總之，如果可以解決那就太好了……」

事情已經辦完就可以走了，但他卻露出遲疑的樣子。利元發現他正在努力思考離開時要說什麼話比較合適，看樣子他到現在都沒有學習到人與人之間該如何相處，感覺像在看狼少年一樣。

黑手黨都是這樣的嗎？

隱約想起凱撒的樣子，讓利元增添了微妙的親切感，利元沉穩地開啟了對話。

「我聽說了，是你反對找人跟蹤我？」

弗拉迪米得驚訝地看著利元，因為意料之外的話題，露出了慌張的神色。利元看到他立刻恢復面無表情的樣子。

「謝謝你，多虧這樣我才能擁有私生活。」

利元笑了一下，弗拉迪米得沒有回應。

「不會……」

過了好一陣子，他終於小小聲地說。

「那沒什麼。」

「私生活很重要。」

利元因突然浮現的記憶露出苦笑。

「竟然有人尊重我的私生活，我真的嚇了一跳。」

弗拉迪米得訝異地問。

「那不是理所當然的嗎？」

利元用微笑代替回答，兩人再次陷入了沉默。利元正想著要不要說炸彈的事情時，弗拉迪米得先開口了。

「關於醫院的事情……是我太過分了。」

對於對方出乎意料的道歉，利元驚訝地眨眨眼睛，這次弗拉迪米得仍然迴避著視線說。

「我沒有打算要說到那種程度……那時是我太激動了。」

「你會那樣也是情有可原的。」

聽到利元體諒自己的立場，弗拉迪米得看著他，臉上充滿了無法置信的神情。

「真的是那個男人嗎？」

「對。」

利元大方地承認了。

「我真的跟沙皇交往，怎麼了嗎？」

因為利元太過坦然的反應，弗拉迪米得反而不知道該說什麼，慌張的他立刻扭曲了臉開始質問。

「你怎麼可以這麼理直氣壯？」

「黑手黨也正大光明地走來走去，談戀愛又不是犯罪，為什麼不能理直氣壯？」

弗拉迪米得頓時啞口無言，停頓了一下才說。

「問題在於對象，怎麼可以……」

他可能光用想的就氣得咬牙切齒。

「他是想殺了羅莫諾索夫先生的男人。」

「父親也想殺了他，他們一樣吧？」

「羅莫諾索夫先生是你的父親，你當然要站在父親這一邊！」

聽到弗拉迪米得的指謫，利元面無表情地看著他。

「抱歉，我沒有那種程度的愛。」

「什麼？」

利元看著慌張的弗拉迪米得，不帶任何感情地說。

「和父親相認還不到一年，在這之前我一直以為他過世了，知道他還活著也是這幾年的事情。如果媽媽過世時沒有叫我轉告遺言，我也不會特地去找他。」

利元繼續說。

「我盡我所能地善待父親，但我想我沒有理由聽你的話，而且最基本的，這是我的私生活，父親和我的關係要由我們來處理，你不覺得嗎？」

面對絲毫沒有猶豫的質問，弗拉迪米得變得無話可說。他本來認為自己說的是很普通的道德常識，但利元的立場完全相反，而且聽他這麼一說好像也有道理。

現在自己指責他的話反而變成了多管閒事，弗拉迪米得很訝異為什麼每次跟利元的對話，最後都會變成這種結果。聽說他是律師？是因為這樣，他才這麼會說話嗎？

弗拉迪米得知道自己不是被誇張的狡辯所欺騙，問題是出於當初自己故意去批判他的行為。為什麼這樣呢？

弗拉迪米得陷入嚴肅的思考中，是因為從一開始我就對這個男人反感嗎？

他差點不自覺地咂嘴。

我原本不是這麼輕率又容易激動的個性。

直至今日，他都認為自己非常果決冷靜，別人也這樣評價他。但在這個男人面前卻很難維持冷靜，利元總會微妙地觸動到他的神經。

他一定有很多敵人，這種類型真令人頭痛。

弗拉迪米得自己下了結論之後就退縮了。

「抱歉，當我沒說。」

利元不想抓他的語病，因此就這麼算了。弗拉迪米得猶豫了一下後轉過身去，又再次停下了腳步。

「雷歐尼得接受委託後不論發生什麼事他都會執行，所以務必要小心。」

留下最後一句話離開了，利元慢慢地反芻那句話。

那句話代表不論發生什麼事情，他一定會殺了我。

利元坐在椅子上確認了郵件地址後思考了一會兒，那麼該怎麼辦才好呢？當他陷入沉思時，突然看了一下手機。

因為辦公室的電話被竊聽了。

可以從容不迫地展現一切的男人，監視利元且能打聽所有事情的男人，那樣的他快過了一個禮拜卻完全沒有聯絡，利元煩惱了一下，放棄打電話給對方。

＊＊＊

某個下午，弗拉迪米得在米哈伊睡午覺時來訪了。自從米哈伊病倒之後，他幾乎每天都會過來，所以這並不是什麼特別的事。利元親自帶他到客廳後說。

「你要不要固定的時間過來？不過你也很忙，沒那麼容易吧？」

利元自問自答地說著。隔著桌子在弗拉迪米得對面坐下。

「沒有特別要說的話就喝完茶離開吧，他才剛睡著，估計會等很久。」

聽到利元的話，弗拉迪米得微妙地皺起眉頭，利元看到這不對勁的反應問道。

「你有話要跟父親說嗎？」

「就那些……」

弗拉迪米得含糊地回答著，看對方只是聳聳肩，利元說。

「如果只是要聽你說話，我也做得到。」

「你嗎？」

看到他懷疑的樣子，利元戲謔地回答。

「你不知道我是律師嗎？光是坐著聽人講話就能賺錢，但是不會幫忙解決問題。」

看到他輕鬆地開著玩笑，弗拉迪米得笑了出來。這是利元第二次看到他的笑臉，比上一次的笑容還要更加鮮明，他的笑臉出乎意料地像少年般天真。

原來他可以那樣笑，利元想著還真神奇，喝了一口紅茶後放下杯子。

「所以呢？」

聽到利元詢問，弗拉迪米得愣住了，利元催促道。

「你要說的是什麼？」

「就是……」

弗拉迪米得似乎是難以啟齒地遲遲不肯開口。利元等待著他親口說出來時，想像了各種可能，女人的問題？錢的問題？組織的問題？在聽到一聲嘆氣後，他終於開口了。

「……你什麼時候知道自己是男同志？」

「什麼？」

利元呆呆地眨眨眼睛，直擊要害的問題大概就是指這種情況，弗拉迪米得故意避開了視線。

「就是……你什麼時候知道自己的性向？聽說你曾有想要結婚的女人……不過為什麼會變成那樣？」

為什麼會變成那樣？

雖然不是很喜歡他的表達方式，但利元決定不追究了。反正大部分的人不會接受這種事情，再加上自己也不知道怎麼會變成這種情況，利元不自覺地抓了抓頭。

「就是……我不是原本怎麼樣變成怎麼樣……雖然他是第一個喜歡我的男人，我也沒有感到很抗拒，有可能是因為他才會那樣……」

「因為是沙皇所以沒關係？」

「可能是。」

利元輕鬆地開了玩笑。

「如果叫我跟你接吻，我可能會覺得很可怕，你也是吧？」

利元笑了出來，但他沒有笑，利元心想真是可惜，他的笑臉真的很可愛。默默坐著的弗拉迪米得開口了。

「……我覺得可能沒有那麼可怕。」

嗯？

總覺得聽到了一種危險訊號，利元愣愣地眨了眨眼睛，急忙解釋道。

「我也不是想和任何人都試試看，只是有那種感覺的對象……」

「就算如此，也是潛在有那種特質才會變那樣吧？」

弗拉迪米得執拗地追問。

他到底想聽到什麼答案呢？利元暫時想了一下，如果諮商的準則是說出對方想聽的，那也沒有很困難。

「確實有那個可能。」

他簡單地認同了，弗拉迪米得的眼底流露出微妙的光彩。

「同性戀代表喜歡男性吧？」

「一般來說是喜歡同性。」

聽到利元的糾正，弗拉迪米得再次露出嚴肅的表情，陷入沉思。利元靜靜看著他低頭的樣子，雖然比咆哮的樣子好多了，但這也讓他有點不太自在。跟不太熟的對象一起度過時間，果然沒那麼容易……

剛好僕人走進來，告訴他們米哈伊醒了。利元像是被解放般的站了起來。

「太好了，差點就讓你白跑了一趟。」

「什麼？」

弗拉迪米得後來才抬起頭，可能是太過專注思考，他好像沒聽到僕人的話。利元苦笑著說。

「父親醒了。」

「喔……」

那時弗拉迪米得才呆滯地慢慢站起來，利元露出苦笑拍拍他寬厚的肩膀。

「你到底想什麼想得那麼專注？」

利元只是輕輕地調侃而已卻換來一陣沉默，而且還是面無表情的沉默。利元不自在地從他身旁退開，弗拉迪米得沒有再說話，跟著僕人走向米哈伊的房間。獨自留下的利元這時才吐了一口氣搖搖頭。

弗拉迪米得離開後，利元獨自在米哈伊的房間吃晚餐，父親自從那天之後都沒有下床。

「年紀大了，恢復得很慢。」

米哈伊不好意思地說，但利元只是說著「是嗎？」短暫回應。利元沒有戳破他因為想讓利元待久一點所以故意裝病的事實，假裝被騙其實也無妨，反正現在又無處可去。

「看起來你和弗拉迪米得的關係變好了。」

聽到父親的話，利元表示這沒什麼。

「又不是小孩子，總不能一直怒目相向，還是得要努力相處……」

「是嗎？那就太好了。」

米哈伊露出了和藹的微笑。

「弗拉迪米得從小受了不少苦。親生父母虐待他，差點就要了他的命，當初發現他時，醫生還說他撐不了幾天。我真的費盡了心思才保住了他的性命。他現在依然有氣喘，雖然他可能認為身為組織首領不能表現出虛弱的一面，所以並沒有表現出來，但大家都知道……」

「原來如此。」

利元溫柔地附和。

「他已經足夠強大了，強大到足以帶領一個組織。」

「對。」

米哈伊滿意地點點頭。

「他太喜歡跟在我後頭了，所以有點擔心，但他現在感覺已經慢慢脫離我的影子了，真是太好了。」

利元用微笑代替回答，他對組織或弗拉迪米得的事都不了解，這種時候笑一笑是最好的回答方式。當他重新開始吃飯時，直盯著利元看的米哈伊說話了。

「你和那傢伙還有見面嗎？」

「什麼？」

利元假裝不知情地反問。

「我是指沙皇。」

米哈伊似乎很堅持，這次直接明確地問了出口，利元只能回答。

「我不是一直在這裡嗎？有一陣子沒見面了。」

「是嗎……」

米哈伊沒有隱藏滿足的神色。

「你聽過那句話嗎？不見面就會自然淡忘……」

利元停下切牛排的手看著他，米哈伊露出心虛的表情，立刻假裝掰開麵包躲避視線。

「我就是突然想起以前的這句話……人不都是差不多嗎？」

「對。」

利元不帶感情地回答道。

「所以父親也好、媽媽也好，都沒有再婚，一輩子一個人生活。」

米哈伊這次什麼都沒說，房間裡異常安靜，好一陣子只聽到餐具相碰的聲音。

「……不是非得要那個男人吧？」

幾乎快要吃完時，米哈伊再度開口了。

「這世上還有那麼多男人啊！」

「爸。」

「弗拉迪米得怎麼樣？如果是那傢伙，我也……」

「爸。」

這次利元用更大的音量制止了他，利元用少見的強烈眼神凝視著米哈伊。

「不要要求我爸也做不到的事。」

說完那句話，米哈伊就再也不能說什麼了。利元看到他默默地喝了水放下杯子後的落寞表情，利元雖然心裡有些苦澀，但不能為了討他歡心而說出違心的話。

「……那麼請好好休息。」

利元打完招呼後徑直走回自己的房間。他確認了放在床頭櫃上的手機，凱撒依然沒有打給他。

* * *

「……是，那件事我可能很難立刻處理……因為我的辦公室爆炸了，所有資料全都放在裡面，但現在沒有辦法出入……是，謝謝你的安慰，總之這是目前的情況，所以正在歇業，我會介紹其他律師給你，麻煩你跟他諮詢……」

從一大早就持續的通話，利元倒背如流地說明完便掛上了電話。比想像中需要休息更久，因此雜事變多了。他打算把委任的案件全部交給別人，有很多已不堪使用的資料，因此有的事情從頭來過還比較快。可能要花上一段時間才能重新開始工作，與其硬是攬在身上，不如全部放掉。

好，先處理到這裡。

利元把大致整理好的清單翻頁，找出另一個清單，這次該輪到交接給願意幫他接案的律師。他打算從最單純的開始，當他做了深呼吸後準備再次拿起電話時，僕人前來敲了房門。

「有客人來訪。」

利元詫異地眨了眼睛，應該沒有人知道自己待在這裡，而且竟然還是訪客。

利元感到驚訝的走出房間，看到站在大廳中央熟悉的背影，愣住了。

聽到腳步聲轉過身來的男人，和利元對視後，隨著熟悉的微笑發出了短暫的嘆息。

「喔。」

凱撒模仿了利元時常發出的聲音，雙眼帶著微笑看著利元。

「好久不見，幸好你看起來還不錯。」

「就那樣嗎？」

太無奈了，不知道要先說什麼。到目前為止一通電話都沒有的人現在卻突然出現，這是在說什麼呢？凱撒對著慌張眨著眼睛的利元張開了雙臂。

「你要過來吻我啊！」

這時利元才意識到這不是幻覺，是現實。那些討厭的行為或傲慢的臉龐都沒有變，利元不耐煩地抱起手臂瞪他。

「要吻也是你自己過來。」

凱撒聽到就像是拿他沒辦法似的搖搖頭，接著大步向前。長腿優雅地朝著自己走來，利元不自覺地屏住呼吸。他每靠近一步，呼吸就變得更慢，當他走到面前時，呼吸甚至止住了。

「我很想你。」

凱撒說出甜言蜜語後擁抱了利元，然後嘴唇靠了過來，利元毫無抵抗地伸出了舌頭，這時候真的切身感受到自尊心並不重要。當兩人互相摟著腰，舌頭交纏著，過去的不耐煩、心煩意亂和憤怒都消失了。

我可能真的很喜歡這個該死的渾蛋。

再次感受到自己的情感，利元覺得很無力。

「……這段期間做了什麼？」

雙唇好不容易分開後，利元只問了這個問題，語氣有些生硬，得到的回應卻是凱撒落在鼻尖上的吻。

「我快忙死了。」

本來想問他的身體怎麼樣，微笑的凱撒接著說了。

「你的家以後會很完美，就算炸彈爆炸了也不會倒塌，委託人的資料也全都修復好了。」

「……什麼？」

聽到意外的話，利元眨了一下眼睛，這個男人剛剛說了什麼？

「等等，那凶手呢？找到了嗎？不會是雷歐尼得吧？」

「什麼雷歐尼得？」

聽到利元著急的詢問，凱撒反而皺了眉頭。利元從他的表情得到了答案，凱撒對著陷入沉思的利元說。

「詳細的情況去我家說好嗎？」

他用充滿誘惑的聲音繼續說。

「我有一九八零年份的酒莊葡萄酒。」

不論是什麼年份的葡萄酒，對利元這個門外漢來說都沒有太大的差異，酒不是喝下去能喝醉就好了嗎？

不過他不想打破這難得還不錯的時刻，於是點點頭。他們想要再次接吻，背後卻突然傳來開門的聲音。利元自然地轉過頭去，卻看到面色鐵青的父親。

「喔。」

凱撒代替因為愣住而什麼話都說不出口的利元說。

「你看起來依然很健康，羅莫諾索夫先生。」

他自然的摟過利元的腰，在額頭上輕吻。米哈伊見狀立刻大吼。

「你……你這個傢伙……！」

「羅莫諾索夫先生！」

「老爺！」

所有人都手忙腳亂地攙扶他。後來，利元才從僕人之中看到一張蒼白的臉，是弗拉迪米得。

好不容易讓米哈伊躺到床上後，利元走到外面，看到凱撒喝著僕人端出來的紅茶，悠閒地坐在會客室。看著他這副模樣，利元突然覺得頭開始痛了。真的是連一天都不得安寧的戀愛，他一出現就像這樣鬧得雞飛狗跳。

「你到底為什麼過來這裡？」

嘆氣了口氣，對凱撒問道。他理所當然地說。

「當然是為了帶你回去。」

「都什麼時候了？」

「就是這個時候。」

利元不想跟他玩文字遊戲，不過他也知道不該在這裡談論太多事情，所以決定下次再跟他理論。

每次都是這種模式。

想一想確實如此，上次想要解決組織的問題時，他也是先假裝死掉，人間蒸發之後又突然出現，總是把人搞得七上八下的，這次也是嗎？

「下次說一聲好嗎？」

利元露出疲憊的表情，凱撒微妙地笑了。

「我們不是吵架了嗎？」

「我發生了意外。」

利元再次教了他一件社會禮儀。

「那時不論是什麼關係，還是要探問或問安。」

「就算是敵人？」

「就算是敵人。」

凱撒雖然沒有完全理解，但也沒有特別提出異議。

「所以你要跟我走，還是要留在這裡？」

他像是釋出善意般詢問意見，其實沒有選擇的餘地，利元短暫瞪了他一下後站起來。

「等我一下，我去拿行李。」

利元的態度就像是跟大型犬說話，但他知道凱撒絕對不是忠心的狗。

總而言之，利元想知道的事情很多，雷歐尼得的事情也要思考一下，如果是凱撒的話，應該會有好對策吧？父親的心臟也不太好，雷歐尼得的事情就先保密好了。

他急忙走去走廊，剛好和看完診的主治醫師碰到面，他露出苦笑說。

「其實他沒有嚴重到要一直躺著……可能他想要看您陪他久一點。」

利元露出苦笑道了謝，走向自己的房間。正在整理不多的行李時，房門隨著敲門聲打開了，意外的看見進來的人是弗拉迪米得。利元站起身看著他，弗拉迪米得將門關上。好一陣子，兩人都沒有說話，只是看著彼此，弗拉迪米得先開口問道。

「你要跟著賽格耶夫走嗎？」

被他看到和凱撒深吻，利元也沒什麼好辯解的。誰都知道利元會跟著凱撒前去同樣的地方，雖然這次還有其他理由，利元露出了苦笑。

「父親拜託你了，雖然我也會時常來看他，但父親很依賴你……」

「是嗎……？」

他露出不太甘願的樣子，利元感覺氣氛有點微妙。弗拉迪米得皺著眉，有些煩惱似的撫摸下巴，接著嘆了一口氣。

「那沒辦法了，我來對你負責好了。」

「什麼？」

利元聽不懂這是什麼意思，忍不住反問，弗拉迪米得皺著眉繼續說。

「既然你那麼喜歡男人，那能怎麼辦？我來當那個對象好了。」

利元一時不知道該怎麼接話，只是看著他發愣，到底要從哪裡糾正他的想法呢？他覺得好久沒有這麼無話可說了。

「……為什麼是你？」

利元好不容易開口問他，弗拉迪米得依然用不耐煩的表情回答。

「你再怎麼喜歡男人，也不需要一定跟賽格耶夫在一起吧？你要替羅莫諾索夫先生著想，所以我來對你負責好了，那樣就好了吧？」

他完全不考慮當事人的感受嗎？

利元不敢相信的張大嘴巴，接著才找回理性來否認他的話。

「你不能這麼說，你是異性戀者，所以只要是女人你都喜歡嗎？而且我當初也不是因為凱撒是男人就喜歡他。」

該怎麼解釋這煩悶的心情呢？利元感覺很想要拍胸而嘆了好幾口氣。

「我知道父親反對凱撒，不過我選擇了他，這是我和父親還有凱撒三個人之間的問題，跟你無關，雖然謝謝你……」

利元對自己說話時的習慣皺了眉頭。

等等，這是該說謝謝的事情嗎？明明就是多管閒事。

「那要努力看看。」

聽到弗拉迪米得的話，利元立刻回過神來。

「努力？努力什麼？」

利元還是搞不清楚，弗拉迪米得點點頭。

「對，我會努力配合你那個奇怪的性向，那樣就好了，所有的事情努力最重要。」

所以為什麼要做這種努力？

我曾經遇過這種完全無法溝通的人嗎？利元的腦中立刻浮現了凱撒的臉。

「所以……」

利元和弗拉迪米得同時轉頭看向聲音傳來的方向，凱撒不知何時靠在打開的門上看著他們，露出淺淺的冷笑。

「你現在是大膽地在我面前，對我的未婚妻告白嗎？」

根本來不及回他「未婚妻是什麼鬼」，弗拉迪米得就凶狠地回答了。

「如果是呢？」

「嗯……」

凱撒的眼睛瞇得更細了，看到銀灰色的眼眸變得像冰塊一樣冰冷，利元瞬間背脊感到一股涼意。

「看來你沒有被好好教育，米哈伊沒有說過不能偷別人的東西嗎？」

「先偷的人是你吧？」

凱撒把視線瞄向了利元，像是在問自己不在的時候，到底發生了什麼事。利元慌張地結結巴巴了起來。

「喔……就是……」

他想要解釋，卻一言難盡。

慌張的人是我好嗎？明明當初一副想殺了我的樣子，怎麼會變成現在這樣呢？

「我懂了，所以只是你自己擅自愛上了利元吧？」

他雖然是對弗拉迪米得說，視線卻看著利元。利元皺著眉看著他，弗拉迪米得不高興地回嘴。

「什麼愛上他？我只是為了羅莫諾索夫先生負責那傢伙而已。」

凱撒依然看著利元問。

「你要負責？怎麼負責？」

弗拉迪米得用厭惡的表情說了。

「他那麼喜歡男人，那我就當他的對象好了。」

凱撒將視線從利元身上移開，看向弗拉迪米得。

「你要當他的對象？那是什麼意思？」

聽到意外冷靜的聲音，弗拉迪米得和利元都愣住了，凱撒甚至帶著微微的冷笑，再次問道。

「你說啊，那到底是什麼意思？」

糟糕了，利元迅速瘋狂地絞盡腦汁，一定要想辦法解決這個情況，放任不管的話，這兩人之中一定會有一個人死掉。

「等等，等一下。」

利元急忙制止想要往前走的弗拉迪米得，在凱撒開口前狠狠的怒吼。

「你們兩個都閉嘴！我的事情我會處理。從現在開始你們都別胡說了，如果不給我閉上嘴，我就……」

話說到一半，利元就停住了，要同時說服立場相反的兩個男人，該說什麼好呢？

凱撒和弗拉迪米得安靜地看著利元，像是在等待下文。急忙動著腦筋的利元沒有辦法只好說了這句話。

「和父親接吻。」

聽到那句話，兩個人同時臉色發白，一瞬間沉默下來，聽到這個警告，兩個人都閉嘴了。雖然非常有效，卻讓利元有嚴重的愧疚感。

爸爸，真的很對不起。利元在心裡不斷地道歉後，急忙抓住凱撒的手臂。

「走吧。」

利元想要立刻帶凱撒離開，但他一動也不動，利元擔心他是不是又要胡扯一堆而感到焦急，但意外的，凱撒馬上轉身跟著利元走掉了。對於他這麼順從的反應，利元反而湧起一股不安。

這傢伙是不是又在想什麼詭計呢？

但凱撒不再說話了，利元默默地拉著他急忙離開宅邸。

＊＊＊

到了凱撒的宅邸之後，利元終於可以聽到之前提到的事情。

「炸彈意外是刻意攻擊？而且還是針對我的？」

「對。」

利元坐在床上，凱撒一邊換衣服一邊回答。

「這是常有的事。在黑手黨的世界裡，就算退休了還是黑手黨，再加上羅莫諾索夫在組織裡還有權力。」

凱撒毫不驚訝地補充。

「絕對有這個可能。」

簡單來說，到目前為止，他為了找出攻擊的凶手、重整利元的家、修復利元的資料而忙個半死。

那怎麼不早點告訴我呢？以為他還在療養身體還一直等待著聯絡，他卻從容不迫地處理了那些事情。

他對我的一切都瞭若指掌，應該根本不會感到好奇吧？

利元覺得有點不甘心。我才需要狄米特里擁有的資訊，那樣才有一定程度的公平。

「所以找到凶手了嗎？」

「另外有專家可以找出凶手，總之你不用擔心，我全都解決了。」

想起凱撒在車內講一通電話就解決一切的樣子，利元不自覺地說出了浮現在腦海的人。

「狄米特里。」

凱撒愣住了，冰冷地看著利元，利元接著說。

「你指的專家是那個男人吧？」

凱撒的表情軟化下來。

「不要隨便叫別的男人的名字。」

我只是問問而已！

利元心想，但什麼都沒說。他應該立刻就會知道凱撒受傷的事情，他又會怎麼詛咒我呢？他想起上次沒有討論完的事情。

該處理的男人還有一個。

利元煩惱了一下說。

「總之，確定不是雷歐尼得吧？」

凱撒沒有立刻回答，陰影突然從頭上落下，利元抬起頭，看到凱撒正低頭凝視著自己。

「你剛剛也提到那個名字，究竟發生了什麼事？」

他雖然面帶微笑，但利元知道那個笑容並不是出自真心。

在他產生奇怪的想像之前，利元立刻說。

「他說接到了暗殺我的委託。」

「……」

凱撒臉上的笑容消失了，利元嚴肅地皺著眉頭。

「在那個飯店見面時，他突然出現對父親說了我們的事情，雖然他沒說對象是你……所以我才會把你介紹給父親。」

「他突然出現說了我們的事情？」

聽到凱撒重複說了利元的話，利元點點頭。

「而且他在溫泉看到了我們……」

「雷歐尼得看到了你？在溫泉？」

凱撒的聲音變得銳利，利元感到不對勁地抬起頭來，看到凱撒用狠戾的眼神瞪著自己，他很快就知道理由了。

「代表他看到了你的裸體？」

「對……」

應該不是只有我，也看到了你的。

利元雖然這麼想，但那件事不是重點，他繼續說。

「總之，他警告我，說受到了委託。我跟父親拿了資料調查過了，但關於雷歐尼得沒什麼有用的資訊，因此我先寫郵件給他希望能見個面……」

利元聳了聳肩膀。

「我聽說雷歐尼得不會用炸彈攻擊，但是為了以防萬一才問的。」

「那種方式是三流的伎倆。」

他是指偶爾在身邊看到的那些光頭佬嗎？當利元這麼想時，凱撒說。

「一定是沒出息的人種歧視主義者，想利用除掉羅莫諾索夫的兒子獲得名聲吧？那邊我全都處理完了，你不用在意。對了，你說雷歐尼得……？」

他自言自語般說話的時候，利元想起了之前和凱撒一起躲避他攻擊的記憶。凱撒似乎也想來了，表情變得冰冷。

「知道了。」

利元並不打算阻止他做危險的行為。

只要對方不撤銷委託，我的性命就有危險。在雷歐尼得沒有聯絡上的情況下，我只能跟凱撒討論，我哪能獨自對付連黑手黨也認可的專業殺手呢？

專業殺手加上光頭佬，還有弗拉迪米得。

唉。利元抱著頭嘆氣，我的人生怎麼會走到今天這個地步？

他心情複雜地抬起頭來。

「到底誰會為了想殺了我去委託那種事情呢？聽說他是超級貴的頂級殺手。」

「無所謂，因為你不會死。」

凱撒一派輕鬆地說出結論，轉移了話題。

「不過……」

利元不自覺地抬起頭來，而凱撒溫柔地問道。

「弗拉迪米得為什麼會對你突然說那些話？」

利元的背瞬間起了雞皮疙瘩，原以為那件事情已經過去了，但他可不是能隨便應付的個性。凱撒低頭看著大腦瘋狂運轉的利元微笑了。

「你現在全部告訴我好嗎？」

利元不自覺地坐著往後退，但他不該那麼做的，凱撒立刻爬到了床上，嘴唇互相交疊，然後某個東西被推進了利元的嘴裡。

利元反射性地把那東西吞下去，後來才意識到那是膠囊。

「……這是什麼？」

面對不知所措的利元，凱撒沒有回答，只是用微妙的表情笑了一下。在強制接吻後，雙腿自然地被打開了。

這傢伙怎麼能這樣偷偷蒙混過去呢？利元這次真的想要發脾氣了，當他想要讓凱撒對自己說過的話道歉時，卻沒能順利如意。

……嗯？

突然眼前一片模糊，利元閉上了眼睛。

＊＊＊

「……呃……」

利元不自覺地發出了呻吟聲，一邊的太陽穴在抽痛，耳邊還響起耳鳴。好不容易睜開眼睛，眼前卻很模糊，利元呆滯地躺著，眼睛一眨一眨。

糟糕，這個情況是……

慌忙起身的利元立刻大叫著抱住頭，暫時的頭痛才好不容易緩和。他睜開眼睛，才看清周邊的景象，再過了幾秒，他才發現這裡是凱撒的房間。

「你醒來了？」

聽到凱撒的聲音，利元抬起頭來，發現他坐在離床不遠的地方。他跟最後看到的樣子一樣，穿著輕便的襯衫和褲子，將倒滿酒的古典酒杯悠閒地拿到嘴邊。

利元這時才看看自己的身體，確認是否能按自我意志來控制四肢，發現衣服也好好地穿在身上，即便如此他也沒有放心，反而有點慌張。

這到底是怎麼回事？

雖然利元很常失去意識，但到目前為止，凱撒都不曾在這期間停止過。每當他睜開眼睛還是會看到他仍一直出入自己的體內，這次卻好像根本沒有碰利元。

再加上時間好像沒有過多久，他很驚訝自己竟然只睡了這麼短的時間。

利元設法喚醒依然朦朧的腦袋，他隱約想起被凱撒餵食了藥。當利元感覺意識逐漸恢復，腦袋變得異常清晰，他發現自己在短暫的時間內睡得非常熟。到底是什麼藥呢？安眠藥嗎？為什麼？

「你剛剛做了什麼？」

利元揉著一邊的額頭懷疑的問。

「這次真的打算殺了我嗎？」

「不會，那樣我就會開槍了。」

明明就讓我吃下來歷不明的藥，還辯解什麼！

利元咬緊牙根。凱撒凝視著利元，把剩下的酒全部乾掉了。

玻璃杯碰到木製桌子發出了一聲細響。凱撒放下杯子後起身，他邁著規律的腳步聲走來，利元只是看著他。

……。

床的一邊無聲地塌陷，凱撒上了床，到那時為止，凱撒都一直注視著利元，利元也沒有避開視線，兩個人沒有任何動作，在床上死命地盯著對方看。

凱撒撫摸了他的臉頰，接著吻了過來，自然地交纏著舌頭，凱撒跨到了利元身上，利元當然不想輕易地任他為所欲為。

趁嘴唇暫時分開時，利元直視著凱撒說。

「走開啦！渾蛋！我不會跟你做愛。」

凱撒停下動作，靜靜地看著利元，視線顯得很空洞。像在警告一般，一陣涼意在利元的背後蔓延，但他沒有退縮。

「你講得一副我犯了死罪似的，但是你比我玩得更誇張啊！我只是談了幾次戀愛而已……」

「幾次？」

凱撒的聲音突然變得尖銳，利元一下子愣住了，但他沒有就此打退堂鼓。

「對，幾次。在韓國和俄羅斯都談過戀愛。要我說更多嗎？其實認真考慮想要結婚的有兩個女人，但就算那樣，跟你做愛過的女人數量根本無法相比吧？」

凱撒什麼都沒說，只是默默地看著利元。

「沒錯……」

過了一會兒，他將額前的碎髮往後捋。

「你說過要跟我分手，一輩子都不想再見到我了。」

他瞇著眼睛，慢慢重複利元說過的話。

「你要跟除了我以外的其他狗男女做愛。」

聽到凱撒說髒話，利元瞪大了眼。每當利元罵髒話時，凱撒都會嘆氣說他講話真粗魯。

這樣的凱撒竟然罵髒話。

第一次聽到他說髒話讓利元有點慌張，但對方平穩的口氣卻絲毫沒有改變。這讓利元甚至懷疑是不是自己聽錯了。

雖然和利元說的原話並不一樣，但歸根究柢是同樣的意思。就算再怎麼生氣，也不應該隨便提分手的，利元的怒氣頓時消失了，坦率地道歉。

「我不該提到分手的，我道歉。」

凱撒突然抓了利元的手臂，意外強烈的力道讓利元痛得表情扭曲。

「我生氣的是——」

凱撒用令人感到毛骨悚然的聲音低喃。

「過去你給了多少人你的心。」凱撒繼續對著驚訝的利元說。

「說愛她，親吻她，抱她。」

凱撒的聲音隨著呼吸漸弱。

「而且你說以後還要那麼做吧？你想找不是我的其他垃圾一起在床上打滾？」

「那時是我也是氣在頭上才那樣說的，當初會談那些事情也是因為你吧？好啊，那我們來說清楚講明白好了，你和我做的到底有什麼不一樣？」

利元氣憤的質問，因此凱撒下了結論。

「我來告訴你，你和我有什麼不同好了。」

他立刻拿起房間的電話，對管家下了命令。過不久，巨大的推車推進臥室裡，上面放著各種酒類。利元看得目瞪口呆，他第一次看到這麼多酒，利元還來不及說這裡又不是酒吧，哪來這麼多的酒，凱撒就又開口了。

「你愛著那些女人吧？就跟我現在一樣。」

他反覆叨念著，越是替自己火上加油。

「會跟我做同樣的事情嗎？接吻和愛撫……」

凱撒一個一個解開襯衫的扣子，利元第一次感受到這種恐懼，只呆愣地看著他。

「說愛她……」

凱撒瞇起了眼睛，隨著喀擦的聲音，他解開了腰帶的扣環。

「明明不愛卻做愛很過分嗎？」

凱撒往床外丟出去的皮帶像蛇一樣彎曲著。

「我只是在排泄，但你是……」

凱撒皺著眉頭發出猶如被撕裂的聲音。

「愛情。」

利元那時才愣住了，他不知道凱撒為什麼會對那種事受傷，那都是過去的事情了，現在那些人對利元來說一點都不重要。

「你想想我的年紀。」

利元盡可能合理地解釋。

「我到這把年紀了還沒有談過戀愛，那才是廢物。」

凱撒什麼都沒說，利元覺得措辭好像有點粗魯，但說的確實是事實。凱撒嘆了一口氣，突然抓住利元的褲子拉下來，利元嚇得還來不及阻止就被脫下褲子，露出了赤裸的肌膚。利元雖然慌張地伸出手來，但凱撒立刻抓住他的腳踝拉了過去，霸占了胯間的位置。利元這時才注意到床邊的大桌上，已經準備了非常多的酒。

那是什麼？

凱撒注意到利元的視線，瞄向一旁後說。

「如果你昏倒了，我就會從那時開始喝酒。」

在我醒來之前，他會一直喝酒的意思嗎？

在利元不了解那是什麼意思，還在胡亂猜測的時候，凱撒抓起利元的襯衫一把扯掉。鈕扣四處散落，驚嚇的利元看著凱撒冷笑的臉。

「你自己好好體會，我過去和別人做愛的樣子跟和你做愛的樣子有多麼不同。」

看到他細長的眼睛，利元瞬間起了雞皮疙瘩，他用更低沉的聲音說了。

「你就會知道我有多照顧你。」

下一刻，在沒有任何前戲的情況下，他直接挺入了利元的身體。

「……！」

一瞬間的劇痛讓利元眼前發黑，他大口喘著粗氣，全身發抖。第一次做的時候也沒有這麼痛，至少那時他有幫忙放鬆。

「停……」

利元好不容易說出話來，但凱撒完全沒有聽到似的繼續抽插。每當粗壯的物什推進來，他感覺都快要吐了。利元急忙轉身想要逃開，反而被從背後壓制了。凱撒的身體緊緊壓著他，陽具緊密地進入，超出了後穴能承受的極限，每當男人怒勃的物什挺進，利元就不自覺地尖叫。

「啊！啊！」

短促的呻吟和尖叫聲交錯著響起，下身被凱撒不斷胡亂地頂弄，利元的精神有些恍惚，他分不清時間是否在流逝，一切彷彿靜止了，既感受不到凱撒有沒有射精，也不知道自己是否失去知覺，他能感受到的只有痛苦而已。他甚至覺得，過去和這個男人做愛，曾經有過高潮的快感並射精都只是幻象。每當凱撒插入體內又抽出時，腸子彷彿也跟著一起被抽離。

「呃……」

背後傳來低沉的呻吟，肚子湧入一股暖流，那時利元才恢復一點意識，感覺很長的一段時間裡只射了這麼一次。

我的天啊！

利元的臉上頓時變得鐵青，每次和這個男人做愛時，都覺得他會殺了自己，但唯獨這一次，利元真的感受到了生命危險。

「夠……夠了。」

利元的雙手揮動，掙扎著想要逃跑，但凱撒把他壓回身下，再次開始動作。可能是因為體液的潤滑，抽動的速度比第一次更快了，但造成的痛楚不但沒有減緩，反而更加劇烈。

肚子裡感覺快要著火了，利元雖然大喊著很痛，但凱撒沒有理會。當凱撒第四次在體內射精時，利元想起了凱撒的話。

——你就會知道我有多照顧你。

他眼前一片黑暗，很不幸的，這只是開始而已。

耳邊傳來嘎吱聲，那是床的彈簧晃動的聲音。利元從朦朧的意識中勉強睜開眼睛，看著天花板。每當他的身體移動時，天花板的紋路就會跟著上下晃動。

身體裡有東西正在抽動，射精了……

利元覺得自己彷彿靈魂抽離了身體，在一旁看著別人的遭遇，不過這持續不了多久。

「……啊！」

肚子又是一陣劇痛，讓他一下子恢復了知覺。好不容易回到現實，凱撒正在他的身體裡進出。

都做到這個程度了，利元應該早就累得昏過去，可是今天卻不同。

不知道被餵了什麼藥，雖然意識會變得模糊，但並不會昏迷。在清醒狀態下，利元能用全身感受到凱撒不斷在自己體內射精。

利元全身無力的看著在自己的雙腳間擺動的男人。

當他再次射精後，體液從胯下冒著泡沫滿溢而出，感覺精液也快要從嘴巴湧出來，味道從體內擴散到鼻尖，利元好不容易忍住了嘔吐感。

停止了片刻的凱撒又開始抽插起來，他坐在張開的雙腿之間，現在的利元彷彿只是為了讓他射精而存在，他不愛撫利元的身體，也不嘗試改變體位。

利元第一次看到這個情景，驚訝地眨著眼發愣。凱撒擺動腰部，同時一手抓住利元的腰固定住，另一手拿起倒滿酒的酒杯喝下。

他竟然一邊喝酒一邊做愛。

不過他沒有就此結束，他一口乾掉了伏特加之後，再倒一杯喝下去，他又繼續倒酒，再次喝光了，不斷地重複著，利元簡直嚇壞了。

照這樣下去感覺他會因為酒精中毒而倒下。喝酒、射精、喝酒、射精，永無止盡地循環。

他說的沒有錯，利元終於明白凱撒到目前為止一直在忍耐，那時才……不對，他以前就知道了，不過沒想到會到這種程度。

——你就會知道我有多照顧你。

利元想起凱撒的話，臉色發白。

「呃……」

肚子再次感到刺痛，利元渾身顫抖，發出呻吟聲。凱撒又在體內射精了，不只是肚子裡，彷彿全身的細胞都被凱撒的精液滲透。每當利元呼吸，就能聞到精液濃郁的味道，彷彿會從喉嚨裡湧出。

再也受不了了，利元無法繼續承受下去，他握住凱撒抓著腰部的手。

「我忘了。」

他耗盡了力氣才說出一句話，把伏特加一口氣喝完的凱撒，隔著空杯子，低頭凝視著利元。這樣下去真的有可能死掉，利元用急切的心情說道。

「那些女人我早忘光了，連長什麼樣子都記不起來。幹，你這個該死的傢伙，我現在愛的人真的只有你！」

這樣下去，不是凱撒酒精中毒死掉，就是自己馬上風死掉，或是兩個人一起死掉。利元再也受不了了，急得夾雜著髒話大喊，但凱撒只是不發一語地看著他。

他又再次開始的話怎麼辦？就在利元這麼想時，凱撒又開始動起來，利元臉色慘白地大喊。

「我收回說要分手的話！以後不會再說分手了，我不會拋下你離開！以後絕對不會說那種話，到死為止一輩子只跟你做愛，所以到此為止好嗎？」

凱撒突然停了下來，從相連的粗大陽具感受到脈搏明顯的跳動，利元的嘴裡忍不住發出呻吟聲。看到凱撒靜靜地看著自己，利元喘著氣，艱難地說。

「……今天就到此為止。」

「……」

靜靜的凝視利元的凱撒抬起頭來，看到突出的喉結上下滾動了兩三次，他手上的酒杯頓時空了。

凱撒放下喝光的酒杯再次擺動，又一次深深地插入抽出一半的陽具。

「呃！」

深處像是火熱地沸騰著，利元發出呻吟聲，凱撒匍匐在利元身上，緊緊抱住利元呢喃。

「你只有我吧？」

在開始只有抽插、射精、抽插、射精的機械性性交後，凱撒第一次開口了。嘆息般的聲音，在利元的耳裡聽起來像是懇求，他頓時感到一股愧疚。

我被折磨得不成人形，為什麼我要感到愧疚呢？

利元雖然有這種想法，但也覺得無所謂了。他嘆了一口氣，靜靜地擁抱凱撒。

「對。」

利元咬住他的耳垂呢喃著。

「對，凱撒。」

利元虛弱地說著凱撒的名字，令對方寬大的肩膀隨之微顫。原以為凱撒緊繃著身體，不料他嘆了一口氣，再次在利元的體內膨脹變大，但他沒有動作，利元猶豫了一下說。

「你就做最後一次。」

一聽到這句話，凱撒立刻開始擺動，粗大的陽具緩慢出入時，利元因刺痛而瑟縮。凱撒在利元的嘴唇、眼皮、臉頰、耳垂輪流親吻。

陽具在身下無情地進出，他的吻卻如此甜蜜？利元雖然這麼想，但嘴唇違背了疼痛哭喊的下半身，一直不斷地索吻，還真是自相矛盾。

「……你從來沒有談過戀愛嗎？」

聽到利元小心翼翼地詢問，凱撒立刻皺起了眉頭，利元立刻把他的頭拉過來親吻，凱撒再次默默擺動了腰部。

男人的初戀真是讓人頭痛。

凱撒在射精後，粗喘的氣平穩下來，好不容易睡著了。利元這才感嘆著自己為什麼總是成為這個男人的第一次。

＊

＊

＊

在和往常一樣的時間打開電腦的雷歐尼得，收到了意外的郵件。

這個郵件地址分明是利元的，雖然沒有跟他用郵件聯絡過，但雷歐尼得已經知道了。他會把目標對象的資訊，甚至是常去的洗衣店、負責飼主寵物的獸醫電話號碼等，全都掌握在手中。郵件地址和手機號碼一樣，只是最基本的資訊。

利元寄了什麼樣的內容呢？以他的個性應該不會是要求他饒命才對。

就算是那樣會不會也隔太久了，離我預告的日期沒剩下幾天，怎麼現在才寄郵件給我呢？

他推測著各種可能性，在打開郵件後愣住了。

——我想委託你事情。XX公園的YY咖啡店，A月A日兩點見面時告知委託事項。

這就是全部。

雷歐尼得看著短得空虛的郵件，確認是否有附加檔案或其他郵件，但一無所獲。

……這是怎麼回事？

雷歐尼得眨著眼睛，重複看了好幾次郵件內容。他猜測著字裡行間是不是藏有暗號，也不知道是不是有什麼暗示，嘗試把字母重組也沒有找到任何線索。

最終，經過了一個小時的嘗試，雷歐尼得決定接受字面上的意思。在接下來的時間一直想著利元究竟會委託他什麼事情。

無論如何，之前受到委託的事實不會改變，利元一定會死。

他是不是想在死前留下遺言呢？雷歐尼得拿出珍藏的刀，撫摸著刀刃思考。

撕成碎片的要求，並沒有提到要在活著的情況下進行吧？

＊　＊　＊

早晨的陽光很刺眼。利元揉著惺忪的睡眼，艱難地轉過頭，雖然想避開陽光，但身體動彈不得。在他轉動唯一能移動的頭部時，傳來凱撒的聲音。

「醒來了嗎？」

大手溫柔地碰觸了額頭，當然是凱撒。

當初是誰狠心地抽插個不停？

那件事在利元那昏沉的腦袋中浮現。

「有沒有想吃的？」

他的聲音依然溫柔，但利元沒有回答，因為實在是累到說不出話來。凱撒靜靜地低頭看著他說。

「我去拿湯過來。」

不久後，聽到門關上的聲音，獨自留下利元一人，依然昏沉的腦袋裡充滿著各種思緒。

他平時竟然是那樣做愛的。

喝酒的話會延遲勃起，那麼他是為了不要勃起才喝酒嗎？

可是到目前為止，跟我做愛時他都沒有喝酒啊！

利元想起凱撒那做了好幾天依然堅挺的陽具，臉色變得鐵青，有時候還會把那物什夾在利元的大腿之間磨蹭，處理未平復的性欲。

聽說做太多會無法勃起，但那個男人究竟要做多少才會無法勃起呢？

利元出神地思考，臉色立刻變得蒼白。在凱撒無法勃起之前，可能自己會先死掉，以後只要他願意忍耐就感激不盡了。

凱撒說得對，他過去一直對自己十分照顧。利元嘆了一口氣，這時傳來敲門的聲音，凱撒親自端著托盤上的湯走過來。

他用比平時更溫柔的表情，親手餵湯給無法自己起身的利元。

這是因為愧疚還是因為滿足呢？利元內心雖然很好奇，但並不想要去試探。

全身無力的利元有一口沒一口地喝著湯，凱撒替他把散落的頭髮往後捋，並親吻了露出的額頭。

不知為何，利元總覺得有點難為情。明明彼此不管是什麼樣子都看過了，卻會對這種事情害羞。利元不自覺地摸了額頭，凱撒站起來，將托盤放到桌子上。

利元躺著，訝異地看著凱撒親自撿起散落一地的衣服，他一一撿起被撕破的襯衫和飛出去的褲子，掛在椅子上。最後撿起一塊又小又白的布塊，回頭看向利元。

「除了這種最普通的，沒有其他樣式嗎？」

他不以為然地用一根手指頭高舉著內褲，利元心不在焉地回答。

「只要能穿就好了。」

「唉……」

凱撒用嘆氣表達了聽見利元又說出那種話的無奈，但他沒有再多說什麼。任誰來看都沒有任何性感可言的樸素內衣，彷彿代表了利元這個人的個性。凱撒沒有說話，而是再次來到利元的背後。

「不要再做了。」

利元想要躲到一旁避開，但已經被凱撒壓在身下了。

凱撒把鼻子埋進利元的頭髮裡低聲呢喃道。

「你說什麼？」

聽到帶有笑意的聲音，利元不認輸地說。

「不要……」

像是在等待他說話似的，凱撒立刻抓住他的下巴，奪走了嘴唇，讓接下來的話硬是吞了回去。利元不自覺的發出恐懼的呻吟，但到此為止，凱撒沒有撫摸利元的下身，也沒有把膝蓋插進來打開雙腿，他只是親吻著腫起來的嘴唇及泛紅的臉頰，咬住了顫抖的耳垂。

「你說說看。」

聽著低喃，利元眨了一下眼睛。當他想著「要說什麼？」的時候，立刻想通了。

「……我愛你。」

只因為這個簡短的一句話，凱撒的臉上蕩漾出燦爛的微笑，竟然只因為這點事就這麼開心。利元一方面覺得很不可思議，一方面又覺得這個冷酷的男人有點可愛。

有這種想法的我也真是無可救藥。

利元噘起嘴脣在他的脣上輕輕點了一下，凱撒溫柔地把黏在利元臉上的髮絲順到後面。

「我出門一下，你可以一個人在家吧？」

這還真是令人高興的消息，利元忍不住差點笑出來，但他急忙閉上了嘴。凱撒瞇起了眼睛，沒有多說什麼，再次親吻了利元。

「等等。」

利元慌張地想要推開他，不過已經太遲了。整晚都被撐開的後穴輕易地打開，接受了凱撒。

「……啊……呃……」

虛弱的利元好不容易忍住呻吟，凱撒緊緊抱著他慢慢擺動。過了很久，終於射精了。當凱撒抽出身體時，白色的體液隨著呼吸從利元的洞中一點點流出。凱撒露出滿意的微笑後，獨自一個人走出房間。

不小心睡著的利元再次睜開眼睛時，他赤裸著身體躺在床上，看著天花板，感覺到精液在雙腿間乾掉了。

「該死的傢伙……」

連發出聲音都很困難，他蠕動著身體，好不容易離開床。

周遭很安靜，看到床頭櫃放著按鈴，但沒有使用。他一點都不想做任何事，只能嘆一口氣，好幾次停下動作。他慢條斯理地找尋著手機，在確認訊息時愣住了。

他看到了雷歐尼得的回信。

＊＊＊

室內非常寂靜，在冰冷的溜冰場的寒氣中，對峙的兩個組織沒有人先開口，只是瞪著彼此。在沉默中，弗拉迪米得先開口道。

「我沒想到你會答應挑戰，看樣子你很有自信。」

凱撒面無表情地回答了。

「只要是俄羅斯人，誰都會打冰上曲棍球。」

「確實是熱門的運動。」

弗拉迪米得稍微轉移了話題，心裡卻很不高興。

雖然聽說他從小接受了各種教育，但居然說只要是俄羅斯人就無一例外，他應該完全沒有想過跟自己立場不同的人吧！

凱撒跟平時一樣面無表情地冷嘲熱諷。

「即便如此，用冰上曲棍球一決勝負，會不會太健全了？」

弗拉迪米得露出不以為然的表情。

「那傢伙是普通人，當然要用普通人的方法，你也不想無謂地引起戰爭吧？」

凱撒自信滿滿地看了溜冰場一圈。

「所以才選擇運動。」

「堂堂正正地分出勝負，乾脆地接受結果，這不就是運動家精神嗎？」

受。

凱撒並沒有回答。弗拉迪米得總覺得有些牽強，但也想不出其他好辦法，他很驚訝凱撒願意接受。

像這樣和凱撒一對一的見面是第一次，到目前為止他們只是擦身而過，說幾句刺激彼此的話之後就離開。

想出和這個男人比冰上曲棍球這個方法的人，其實是雷普。總之，他主張絕對不能開戰，當然弗拉迪米得也同意這一點，只要一開戰就會傷及普通人，這樣米哈伊就會受到波及。

盲目地到處掃射或發動戰爭，對他們來說是很大的負擔。但如果是那個男人，看起來會肆無忌憚地開槍，但他們的情況卻不同。無論如何，當米哈伊隱退成普通人的身分之後，都會盡可能避免讓他陷入危險，因為米哈伊是弗拉迪米得的全部。

他本來在想該怎麼說服那個男人。

虧他煩惱了那麼久，凱撒卻沒有多說什麼，乾脆地接受了提議。而且只帶著少數的組織成員，還有「憑你，我一個人就夠了」那副盛氣凌人的態度。

突然想起利元的臉，他看起來和米哈伊有點相似，卻又不像。弗拉迪米得很清楚，他雖然是米哈伊的小孩，但是完全不同的人。不過很奇妙的是，每當想起利元，就會同時聯想起米哈伊，就算覺得外貌不相似，但從某一刻開始，在利元身上看到米哈伊的影子時，自己也會不自覺地看著他出神。

就因為那樣，他在煩惱了很久之後，才對利元說出那樣的提案，他不時顯現出帶有米哈伊的痕跡，就算是男性，也應該可以接受。

不過在釣餌之後，竟然一起釣到了賽格耶夫。

弗拉迪米得不情願地拿起了曲棍球桿，站在對面的凱撒也把球桿拿在手上，就像掂量重量般，輕輕在手掌中輕拋幾次後抬起頭來，兩人同時對到了視線。凱撒說。

「幹嘛盯著我看？」

弗拉迪米得聳了聳肩。

「我在想你有那麼喜歡那個傢伙嗎？不惜做出這種蠢事。」

凱撒依然面無表情地看著他。

「是誰先挑釁的？」

聽到對方冰冷的聲音，弗拉迪米得不得不承認自己是這場鬧劇的始作俑者。

「是我。」

「沒錯。」

簡短的回應。弗拉迪米得皺著眉頭默默踏出了一步，凱撒也踏出了一步。兩人站在近到能感受到彼此呼吸的距離，互相瞪視著。弗拉迪米得終於說出從剛剛開始一直咀嚼在嘴裡的話。

「因為性嗎？」

凱撒的視線變得銳利，弗拉迪米得發現自己的挑釁有效。

「果然如此，面對男人居然有那種念頭，真的很驚人呢。我根本無法想像，下面明明有一樣的東西，看著那個還能勃起嗎？」

凱撒什麼都沒說，弗拉迪米得想辦法讀懂他的表情。

「那傢伙的挺大的，不太像東方人，因為是混血嗎？」

凱撒的表情在一瞬間有所動搖，只是一閃而過，弗拉迪米得甚至不能確定自己是不是真的看到了。凱撒問道。

「你怎麼知道？」

聲音低得難以聽清，弗拉迪米得停頓了一下才回答。

「當然是看到了，他在我面前一絲不掛……」

凱撒的銀灰色瞳孔散發殺氣的同時，他的球棍立刻砸向了弗拉迪米得的頭。

* * *

「嗯……」

利元呻吟著睜開眼睛，他似乎又睡著了，勉強睜開惺忪的睡眼轉過頭一看，天色已經暗了，代表他睡了一整天。

嘎——

剛好門打開了，利元轉過頭去，和走進來的凱撒四眼對望，凱撒露出了微笑。

「你睡到現在嗎？」

利元開口了，卻發不出聲音，他慢了半拍才用沙啞的聲音問道。

「你今天都做了什麼？」

凱撒沒有回答，只是輕輕拿起帶來的盒子，是鮮紅色的華麗紙盒，一看就感覺很不尋常。

果然。

利元心不在焉的看著凱撒親自打開紙盒，兩隻手指拿起裡面的物品。那是和利元的膚色相近的杏色丁字褲。利元平靜地說。

「我沒辦法穿。」

凱撒皺了眉頭。

「你寧可不穿？」

「就只有那麼一次沒穿而已，而且，與其穿這種內褲還不如不穿。」

利元故意誇張地用一隻手指頭拿起放在床上的一小塊薄布，然後搖搖頭。

「我沒辦法穿這種的。」

利元把細繩掛在手指上搖來晃去，表示「這像話嗎？」。凱撒露出苦笑，低頭親吻了利元。

「我幫你穿。」

「不要，我很痛。」

利元這次強烈地制止了他，其實會一直睡覺不只是因為很累，也是因為很痛，睡覺的時候可以暫時忘記疼痛，但現在又開始像全身被毒打一樣痛苦。

某種意義上來說，確實是被毒打了一頓。

正當利元這麼想時，凱撒皺著眉頭看向利元的下身，旋即伸手拉開了雙腿，害利元反射性地倒抽一口氣。凱撒第一次愣住了，利元正心想是不是腫得很厲害，他卻說了預料之外的話。

「精液乾掉黏在上面了。」

「應該是吧，因為你只顧著射出來就離開了。」

「沒錯。」

凱撒若有所思地呢喃。

「會不會懷孕？」

「去死啦，渾蛋。」

利元忘記疼痛，舉起腳來朝著凱撒的臉踢過去。凱撒笑著說。

「我射了那麼多，應該足以懷孕。」

雖然不可能，但總覺得他有點遺憾，利元嘲諷地說。

「你才是，射了那麼多，應該不會勃起才對啊！」

聽到那句話，凱撒少見地發出聲音笑出來。

「那要不要試試看？是我先無法勃起，還是你先懷孕？」

「等等！我一整天什麼都沒吃……！」

臉色發白的利元急忙大喊，凱撒卻笑著慢慢壓制他後，再自然而然地將下半身貼上來，卻又突然停住了動作。

「下面變緊了。」

利元不自覺地鬆了一口氣，不過凱撒似乎有些遺憾地喃喃自語。

「原本明明很柔軟的……我要先把它鬆開才行。」

「等等。」

凱撒看著急忙制止的利元，露出了微笑，利元看到那個笑臉，頓時嚇呆了。凱撒厚實的手指正在碰觸不只浮腫，還因為精液乾掉而僵硬的洞裡。

「呃！」

利元咬牙吞下了痛苦的呻吟。

「很痛啦！臭小子！」

「知道了。」

凱撒一邊吻著一邊說。

「我會很溫柔。」

不要做啦……！

「呃……」

接著，慢慢進入裡面的凱撒，發出深沉的呻吟聲和嘆息，那是利元所記得的最後一幕。

* * *

「我的身體很柔弱。」

利元板著臉說。凱撒把牛排切成小塊，用叉子叉起後遞給他。

「我知道。」

利元拿起叉子放進嘴裡。

「所以你不可以這麼過分地對待我，我知道你不會累，可是我不是，所以你要配合我。」

利元說完，開始嚼起口中的肉，老實說他連咀嚼都很吃力。凱撒溫柔地撩起利元的頭髮，在太陽穴上吻了一下。

「沒想到你這麼弱。」

利元很想用叉子叉住他的嘴巴，但忍住了，因為他連那麼做的力氣都沒有。他不想繼續為了自尊心死撐了，要先活下來再說。

凱撒認真的看著利元吃肉的樣子，突然把手放在他的肚子上。

「我就說不可能懷孕。」

聽到利元無奈地說，凱撒露出苦笑。

「至少努力看看。」

利元不再說話，叉起另一塊肉放入嘴裡。在這段時間裡，凱撒依然在利元赤裸的肩膀上親吻，撫摸肚子，咬脖子，一直愛撫著利元。

＊＊＊

「弗拉迪米得住院了？」

利元不自覺地用尖銳的聲音反問，雷普在手機那頭回答道。

「對，因為他和賽格耶夫似乎進行了一場不像話的比賽，他整個人變成了一灘爛泥，差點就死掉了……」

利元目瞪口呆地眨了眨眼睛，這是什麼意思？雷普打電話來，說弗拉迪米得住進了加護病房，今天凌晨才好不容易恢復了意識，所以米哈伊不得已只好暫時回到組織。

「感覺羅莫諾索夫先生不好意思開口，所以我才跟少爺聯絡，因為這真的是不得已的情況……」

「是……沒關係，不過他怎麼會受那麼嚴重的傷呢？」

雷普嘆口氣回答了。

「據當時在一起組織成員說，賽格耶夫突然發瘋，用曲棍球桿單方面施暴，但不知道兩人之間聊了些什麼……因為是以休戰為前提發生的事情，所以雙方都不需要負責任。」

喀嚓。

聽到門打開的聲音，利元抬起頭，凱撒正好走進來，利元草草敷衍著，想要快點結束通話。

「好的，那我會再跟你聯絡，再見。」

簡單的道別後，利元掛斷了電話。凱撒就跟平常一樣，穿上了全套西裝站在利元面前，利元假裝不知情地說。

「我們出發吧。」

站起來的瞬間，身體搖晃了一下，幸好凱撒立刻伸出手來扶住了他，不然他一定會正臉撞在地上。利元故意不去看他的表情，挺直了身體。不用看也知道，他一定會露出同情的眼神，然後說些不像樣的廢話。

「什麼冰上曲棍球？」

事後，利元坐在凱撒的轎車裡詢問，凱撒泰然自若地在雪茄上點火，答道。

「因為那是最棒的運動。」

「就算那樣……」

利元不知怎麼回事地眨了眨眼睛，怎麼會莫名其妙地舉行運動比賽呢？而且還是充滿血腥和暴力的冰上曲棍球。

不會吧……

利元用不同尋常的眼神凝視著凱撒，凱撒帶著淺淺的笑容回看他，像在告訴他「你有話就說吧」。

「你不需要把弗拉迪米得打成那樣吧？聽說他住進了加護病房，今天才恢復意識。」

他不該是想要殺了他吧？

凱撒似乎聽到了利元未說出口的話。

「把人打死是最野蠻的行為，用槍會更好。」

他長長地吐出一口雪茄的菸。

「所以不用擔心他，不然我會真的想殺了那傢伙。」

聽到那句話利元嘲諷地說。

「你不是想殺誰就殺誰嗎？你不也對著我開槍。」

「因為你想逃跑。」

凱撒意味深長地看向利元腹部上的傷口。

「我沒有殺你啊。」

利元很想回嘴說道並不是那個意思，但他對另一件事更感到好奇。

「那如果我希望你幫忙殺一個人，你願意嗎？」

「你說說看。」

「你。」

利元毫不猶豫地說，凱撒也毫不猶豫地回答。

「我不行。」

利元就知道會這樣似的皺眉，凱撒卻笑了。

「殺了我，你或許會很開心，但我就開心不起來了。你說說看其他名字，我願意幫你殺任何人。」

利元隨便說了想起來的名字。

「狄米特里呢？」

凱撒立刻拿起手機，他當著利元的面說。

「尤里西，現在立刻去殺了狄米特里。」

「不用了，我隨便說說的！」

利元急忙大喊，凱撒回過頭來看他，像在問他是不是真心的。利元點點頭，凱撒又不慌不忙地說。

「不用了。」

事情到此為止，利元無奈地再次搖搖頭。凱撒掛斷手機後說。

「反正狄米特里很快就會死了。」

利元忍不住回頭看他，凱撒隱約隔著白茫茫的煙霧微笑著。

「等雷歐尼得死了之後。」

利元意會到話中的意思，當然凱撒也知道利元明白，但兩個人誰都沒說話。利元在心中想起和雷歐尼得約定好的日子，平穩的轎車安靜地開向利元的家，當宅邸進入視野中時，利元說。

「我有話要說。」

凱撒瞥了他一眼，利元這時才轉移視線，對上凱撒的眼睛。

「我決定和那個男人見面。」

凱撒微微皺了眉頭，像在問這是什麼意思。利元繼續不帶感情地說。

「雷歐尼得，那個狙擊手。」

凱撒定睛看著利元，利元也直直盯著凱撒說。

「為了以防你找不到那個男人或殺不死他，我想要對他提些意見，但需要你的同意。」

「你儘管說。」

他毫不遲疑地回答，讓利元好奇當他聽到自己所說的，他是否還能笑得出來。

聽到利元的話之後，凱撒果然驚訝地眨著眼睛，不過接下來的反應卻出乎預料。

「啊哈哈哈！」

凱撒突然放聲大笑，利元似乎是第一次看到他大笑的樣子。利元不知所措地看著他，這個時候轎車逐漸放慢了速度。

「好。」

當車子停下來時，凱撒也停止笑聲，答應了。他的臉上依然充滿笑意，凱撒對著正要下車的利元說。

「如果沒有你，我的人生會有多無聊啊。」

利元回頭看他，凱撒用溫柔的表情看著自己，利元說。

「我也是。」

利元說完就立刻下車了，不論是好的方面或壞的方面，自己的人生會變得如此戲劇化，都多虧那個男人，這是無法否認的事實。

過不久，轎車離開了，利元頭也不回地急忙跑回自己的房間。門在背後關上，只剩下自己一個人後，利元才發現自己的臉火辣辣地漲紅。

＊＊＊

賽格耶夫對羅莫諾索夫，用冰上曲棍球試圖化解衝突！

當利元看到這個新聞標題時，無奈到不知道該說什麼，如果知道了內幕，沒有人會這樣說吧？事實上那只是為了愛情一決勝負。

「流氓還真沒事幹。」

聽到奶奶辱罵兩聲，利元在旁邊簡單地附和了一下。竟然隨便把人當作是獎盃，利元在心裡嗤之以鼻，跳過那段報導翻到後頁，還不如看政治人物打架更有趣。

到那時為止，是只屬於他們兩個人的比賽，問題在於比賽結果。

隔天一早，響起了電話聲，利元用沙啞的聲音接起電話。

「喂？請問哪位？」

「是我，利元。」

聽到父親的聲音，利元立刻睡意全消，他不自覺地看了一下時間，才早上六點。到底發生了什麼事情呢？利元撓著頭，不自覺地環顧周圍，父親疾言厲色地不斷斥責他。

「利元，你聽好了，那傢伙絕對不行，只有沙皇，絕對不可以。」

依然呆滯的利元試圖讓父親冷靜，不過米哈伊根本不給他說話的機會。

「那傢伙差點殺了弗拉迪米得！你要親眼看到他變成什麼樣子！還不如直接開槍，竟然把他打成那樣？死禽獸，他真的是惡魔！你怎麼可以喜歡那種不是人的傢伙……！」

利元精神恍惚地聽著父親不間斷的咒罵，不過他現在能做的也只有靜靜地聆聽，別無他法。利元左耳進右耳出地聽著米哈伊的話，看著月曆出神。

他的雙眼突然雪亮起來。

就是今天。

* * *

雷歐尼得抵達時，利元已經在等著了。在店門口不難找到他，因為利元實在太過搶眼。雷歐尼得走向利元時也不禁讚嘆，穿著廉價的西裝依然可以那麼有型的，恐怕只有那個男人。不僅喜歡外表，對個性也滿意，甚至連身材都很棒，頭腦還很聰明。竟然要殺了那種男人，有點可惜。

思索至此，雷歐尼得突然想起來。

這世上又不是只有鄭利元那個男人。

「你好。」

利元打過招呼後就從位置上站起來和他握手，雷歐尼得隔著桌子坐在他對面，重新端詳利元的臉，再次感到可惜。

「你突然寄信給我，讓我嚇一跳。」

利元面無表情地看著男人微笑的臉。

「因為我有急事想要委託，聽說你都用郵件接受委託。」

「沒錯。」

雷歐尼得調皮的笑了一下。

「不過很可惜的，我不接受處理我的委託人，或是說願意用更高的金額取消委託這種事，畢竟我是很講信用的。」

「當然不是那種委託。」

雷歐尼得用那會是什麼的表情，等待著利元說下去，利元停頓了一下開口道。

「你記得之前答應我的事情嗎？不論什麼時候只要我想要，你就願意替我殺任何人。」

「我確實有說過。」

雷歐尼得立刻承認了。

「所以你的最後一個願望，想要殺掉誰呢？」

當利元回答時，雷歐尼得睜大眼睛，旋即放聲大笑。

「我真的可以那樣嗎？」

「那當然了，他本人也答應了。」

「喔！」

雷歐尼得發出短暫的讚嘆，然後瞇了眼睛揶揄。

「那個男人似乎真的很愛你，竟然答應那種事。」

利元不置可否，他轉移話題。

「所有的委託都有條件，我的條件是希望親眼看到執行的結果。」

「你指屍體嗎？」

當利元點頭，他表示沒問題地說。

「那可不難。」

沒有任何違背雷歐尼得原則的事情，沒有詢問委託人的事情，也沒有提出對他有任何危害的要求，不過利元和雷歐尼得都知道，利元因此變得安全了。

尾聲

這個跟狐狸一樣狡猾的傢伙。

狄米特里怒不可遏的邁著暴躁的步伐。

沒想到他會耍這種伎倆，真該死！早就知道那個死狐狸很會動歪腦筋，應該想到他會出這一招的。更大的問題在於那個狙擊手跟浣熊似的，竟敢用這種方式耍我？我一定會讓他付出代價。

「沙皇！」

狄米特里粗暴地打開臥房門，剛好管家正在侍候凱撒換衣服，凱撒看了一眼扣上袖扣的管家後，轉頭說。

「我不是說過很多次了，要先敲門。」

「現在不是那個問題，你不是中槍了？」

狄米特里急忙的跑上前，查看了凱撒身體的各個地方，幸好就如本人說的，只是擦傷，他的臉頰上只留下一點點傷痕。不過，僅僅如此就足以激怒狄米特里。

竟敢在這麼完美的臉上留下傷痕，而且還不是我，是別人造成的。

「是什麼樣的傢伙？」

狄米特里咬牙切齒地問。

「你知道的吧？立刻告訴我，該死的傢伙！我要動員軍隊把他踐踏成粉末，我要讓他屍骨無存！該死的渾蛋！」

「冷靜一點。」

凱撒用一如往常的聲音制止了他。

「這種事稀鬆平常，根本不需要你出面。」

「沙皇！」

一定是那傢伙和那傢伙，但是凱撒不說，他又不能親口說出來。

如果他問為什麼是利元和雷歐尼得，該怎麼回答？因為我雇用了殺手去殺了鄭利元，但是他媽的鄭利元竟然再次雇用殺手叫他殺了你！唉呀……真抱歉！

……

我總不能這樣說吧？

狄米特里心裡異常難受，手足無措地把頭髮扯得一團亂。

該怎麼樣才能從他口中套出名字呢？他一定知道，明明知道一切，但是卻不說，害得我焦慮到快死了！

這全都是因為那個該死的律師。

狄米特里再次咬牙詛咒利元。

「狄米特里。」

他正念著自己知道的所有惡魔的名字，謾罵和詛咒利元時，聽到凱撒呼喚自己的名字而轉頭。

凱撒轉過頭來繼續說。

「你不需要理會那種殺手。」

「可是……」

「你會保護我吧？」

聽到意料外的話，狄米特里愣住了，凱撒站在全身鏡前整理好儀容後，轉頭看向狄米特里。

「對吧？我的堂弟。」

狄米特里的臉瞬間漲紅，他比任何時候都更加熱烈地大喊。

「那當然了，交給我！我的親人！我的兄弟！我的沙皇！」

我一定要幹掉你們！雷歐尼得！鄭利元！竟敢委託殺了沙皇，而且還對他開槍？竟然在那完美的臉蛋上留下傷痕！

看著他立刻跑出房間的背影，凱撒吩咐管家出去，剩下他獨自一人後，拿起了手機。

「……對，是我。我依照你說的說了……對，他剛剛離開了。」

凱撒微微皺眉追問。

「不過為什麼要說那麼肉麻的話？雖然我照著說出來了。」

凱撒像聲帶起了雞皮疙瘩似的打了寒顫，利元在電話那頭靜靜地聽他說完。

「只要有好的結果不就行了？你不知道那有什麼意義也沒關係，那不重要。」

狄米特里未來會更加迷戀你，更加努力替你做事比較重要。

利元說完就打算掛斷電話，但凱撒趁著這短暫的間隙說。

「《茶花女》的表演快開始了，要不要去看？」

「什麼時候？」

凱撒說了日期，聽到翻月曆的聲音後，利元回答道。

「沒辦法，那天和父親約好要見面了。」

音訊空白了一會兒，凱撒再次懷疑地問道。

「你真的不會和米哈伊做愛吧？」

電話被無情地掛斷了，利元好一陣子沒有接凱撒的電話。

──〈薔薇與親吻〉完

遲到了。

利元急忙地在家翻找圍巾。為什麼每次約會遲到時，想找的東西都會找不到。家裡雖然亂七八糟，但依然有自己的規則，利元總是可以立刻找到想要的物品。

不過很奇怪的，在這種日子裡，總是看不到想要的物品。他在亂七八糟的家裡到處翻找，好不容易在書櫃下方找到圍巾後，急忙圍在脖子上後卻停住了。圍巾滿是灰塵，就算輕拍好幾次也依然無法使用。

利元想了一下，不得不把圍巾丟進洗衣籃裡，找尋其他替代方案。這時，手機響起，每每遇上這種時刻都會這樣，利元急忙確認，發現是簡訊。

他正在等待。

看到父親寄來的簡訊，利元只能輕輕嘆氣。

利元的父親米哈伊不久前才退出羅莫諾索夫組織，因突如其來的退休宣告，不只是各派組織，連警界也造成一陣轟動，不過他坦然地告訴了所有人他退休的理由。

剩餘的人生，他想跟兒子一起度過。

對於利元，當然會有一種微妙的感覺，該怎麼形容這種既開心又有壓力的心情呢？不過他看著兒子的眼神比任何人都要認真，因此利元只能跟別人一樣替他鼓掌。

到此為止都還不錯，但接下來才是問題。

對於忙碌得不可開交，謹慎分配每一點時間的人來說，還要把私人時間分給某個人，是相當有壓力的事情，更不用說利元還要分給兩個人。因為一時的事故，米哈伊回到組織，但事情的善後工作結束後，弗拉迪米得一回歸，他又重回普通人的生活，再次和兒子保持頻繁的聯絡。

利元隨手收拾物品，急忙跑下樓梯，另一個問題人物站在那裡。

「嗨！」

利元尷尬地看著微笑的凱撒。

「有什麼事嗎？」

已經是下午了，他沒有先聯絡就過來了，是不是有什麼急事？雖然有點擔心，卻因為趕時間而一直環顧周圍。這時，凱撒開口了。

「你過得好嗎？上個月見面之後，一直沒有好好聯絡……」

凱撒想要繼續說，但利元沒時間聽下去。

「抱歉，我現在有點忙，下次再聊！」

利元急忙從一旁跑過，但凱撒突然抓住了他的手臂，原本趕著離開的利元只好停下來，回過頭看著他，凱撒急忙地說。

「今天有空嗎？我有重要的話要說。」

等待回答的凱撒，看起來有種微妙的興奮。利元眨著眼睛快速回答了。

「抱歉，我和父親有約。」

在這同時，凱撒的臉也變得扭曲，對於利元來說，不是無法理解他的心情，自從父親再次退休後，利元大部分的零碎時間都和父親一起度過。

「為什麼那麼常和米哈伊見面？」

凱撒果然不滿地抱怨，不僅約會時很容易被放鴿子，現在都來到家門口了還不能約會，確實值得生氣。再加上凱撒很明顯地不喜歡利元去見米哈伊，這個男人似乎不了解什麼是平凡的父子關係。

不過，凱撒沒有就此結束。

「米哈伊比較重要，還是我比較重要？」

「什麼？」

聽到意外的問題，利元的下巴都快掉下來了，這是什麼幼稚園水準的問題？利元雖然慌張地眨了眼睛，凱撒卻非常認真。

「你每次都只有工作、工作、工作，再加上一有空就和米哈伊見面，那我到底什麼時候可以跟你見面？我要抽號碼牌等待嗎？」

最後一句話把他的憤怒表現得徹徹底底，利元雖然理解他的心情，但同時也覺得很煩躁。

「沒辦法，我們以後再聊，今天我先……」

「不行，一定要今天說。」

凱撒再次抓住甩開手想要離開的利元。

「今天一定要。」

面對凱撒強硬的態度，看樣子無法再拒絕了，再加上他確實為了工作以及跟父親見面，把凱撒給拋到腦後，因此利元只能點頭。得到肯定的回答後，凱撒才放開了利元的手。

急忙跑走的利元回過頭看，凱撒正笑著揮手。看到他期待晚餐的樣子，利元的愧疚和疲憊一同湧上。

＊　＊　＊

米哈伊獨自住在市區古色古香的大樓裡，他雖然很有錢，但沒什麼朋友，現在偶爾跟他思念了一生的兒子一起度過閒暇時光，生活過得挺愜意的。

他待在和兒子約好的咖啡店裡，滿心期待地等著利元。每當門打開時，他就會不自覺地抬起頭，然後一臉失望地喝茶。就這樣反覆幾次，終於看到了期待已久的人。

「你來啦！利元。」

他每次看到利元都隱藏不住喜悅，總是走上前擁抱他。對其他人則是冷漠到令人生畏，但每次面對利元都熱情無比。利元也苦笑地回抱他，拍拍他的後背。米哈伊滿心期待地笑著看利元。

「最近好嗎？有沒有發生什麼事？」

明明三天前才見過面，米哈伊是真的很好奇所以才問了，利元也真誠地回答。

「是，我過得很好……您過得怎麼樣呢？」

利元沒能流暢地立刻反問，「爸爸」這個稱呼，他到現在依然不太能叫出口。米哈伊也注意到利元的猶豫，卻假裝不知情地回答道。

「昨天弗拉迪米得來過了。」

利元也知道他的名字，他是米哈伊的接班人，現任組織的首領。聽說是非常有能力的年輕人，冷血到被人認為血液裡流著寒冰。

雖然他因為荒唐的事件身受重傷，甚至住了院。

弗拉迪米得雖然是個眼疾手快的男人，處理組織的事情沒有問題，但只要遇到關於米哈伊的事情似乎就會失去理智。總之，幸好在那件事之後他就不再對利元胡言亂語了。利元心不在焉地想著，開口詢問他的事情。

「有什麼事嗎？他出院應該很久了吧？」

米哈伊搖搖頭。

「沒什麼事，他只是過來問安。那傢伙買了蛋糕過來，你有時間嗎？要不要去家裡跟我一起吃？」

米哈伊跟平常一樣，用掩飾不住期待的神色邀請他回家。

利元突然想起，有一次他送了上面寫著「兒子」的紅色針織衫作為禮物。某天去見他時就穿在身上，那時米哈伊也穿上了寫著「爸爸」的同款針織衫。

沒有特別需要拒絕的理由，時間上也可以，因此利元和他一起回家吃了蛋糕。他沒有任何想法的聽著米哈伊的日常生活，剛好手機收到了簡訊。

簡訊中只有一個單詞，傳送者是凱撒。

——今天。

利元確認簡訊後嘆了一口氣，他立刻把剩下的蛋糕吃光了。

「我差不多要回去了。」

利元把空盤子放下後站起來，米哈伊正好說著之前跟雷普下西洋棋的事情，驚訝地愣住了。

「這麼快就回去嗎？你的茶還沒有喝完呢！」

父親同時顯露出慌張和失望的神情想要挽留他，利元為難地對他道歉。

「很抱歉，今天有重要的約會。」

「不能下次再見面嗎？既然都來了，怎麼不再待久一點？」

就算是父親其實也只能占短暫的時間，利元掩飾不了歉意地緊緊握住他的手。

「我很快會再來找您。」

「好……」

米哈伊露出極度失望的表情垂頭喪氣著，不過很快就恢復了。

「如果有事情那就沒辦法了，找時間再見面吧。」

父親立刻打起精神，拍了一下利元的肩膀。利元愧疚地笑了笑，離開了大樓。

他一走到外面，就往電車的方向瘋狂的跑去。

我這是在做什麼？

他好不容易搭上即將駛離的電車，靠在牆上嘆了一口氣。

* * *

回到家之後，家門前有一隻孔雀在等著他。

「利元。」

凱撒默默地看著利元，他說話時每句的句尾似乎都帶著愛心符號。今天的凱撒穿著黑色燕尾服，拿著香檳和紅色的薔薇花束。利元把花束和香檳隨便放在家裡某處後，沒多說什麼就從他身邊走過。公寓的大門前面，果然有輛華麗的禮車正在待命，利元沒有多說什麼，上車後才開口問道。

「有什麼事？不是說有急事。」

聽到利元詢問，凱撒露出微笑。

「邊吃邊聊好了，是好事。」

是真的嗎？利元懷疑地看著凱撒，但他只是微笑。

凱撒預約的餐廳新開幕沒多久，由於菜單是曾被電視節目介紹過的全球知名主廚擬定和開發的，因此造成了話題。這間人氣餐廳的晚餐時段永遠都充滿人潮，凱撒卻能預約到私人包廂。

「香檳還是要喝香檳王（Dom Pérignon）。」

凱撒看著不斷冒出的氣泡，滿意地說。利元沒有任何想法，只是把餐點放進嘴裡，等待他究竟要說什麼。他會聊芭蕾舞劇，這次得獎的作家是誰，或是關於新上市的車款等事情，利元都會適當地附和和回應。

但當他看到凱撒的手後就愣住了。正確來說，是一瞬間看到了被袖子遮住的手腕。

「你受傷了嗎？」

他不自覺地提高了聲音發問，凱撒停頓了一下之後，不以為意地回答。

「這沒什麼。」

最近沒有發生重大的事件，如果凱撒受傷了，當然會被媒體報導。利元立刻察覺到發生了什麼事。

「雷歐尼得還沒放棄嗎？」

凱撒笑了一下。

「那傢伙之所以是這個業界的頂尖好手，就是因為不論什麼情況下都會完成委託。」

利元一時無言以對，那是自己想出來的方法，雖然凱撒大笑著同意了，但是利元不想一直看到他受傷的樣子。不過這就是以敵制敵的方法，可以同時處理狄米特里和雷歐尼得，除此之外也沒有其他好方法，現在也一樣。

如果狄米特里可以說服雷歐尼得，盡快結束這個情況就好了。幸運的是狄米特里的實力如同他所自信的，可以完美地保護凱撒，另一方面他也好幾次讓雷歐尼得從他眼皮底下逃跑，儘管他老是反覆強調地說著不久之後可以帶來好消息。

利元偷瞄了完美藏在袖子裡的傷口，出現傷口的那天，狄米特里可能氣憤得大哭，然後更加深了對雷歐尼得和利元的怨恨吧。

利元隔了一陣子才說。

「小心一點，你死了我也會死。」

嚴肅的警告裡隱含了對他的擔心和愧疚，不過得到的回答卻和預想的完全不一樣。

「是啊，沒有比這個更浪漫的了。」

利元覺得這個黑手黨比自己更加感性，安靜地切了一塊牛排放進嘴裡。

用餐到一半，利元終於從凱撒口中聽到了「重要的事情」。

「什麼休假？」

凱撒邊吃晚餐邊提出了計畫，讓利元放下手邊的牛排，眨了眼睛。凱撒故意預約了私人包廂，就是在等待著這一天，沒有隱藏自己的興奮。

「我不久前買了別墅，在臥房還可以清楚地聽到海浪聲。」

他把葡萄酒杯拿到嘴邊繼續說。

「因為是私人海灘，不需要擔心有不相干的人進來，我們可以享受完整的兩人世界。」

「原來如此。」

何必連海灘都買下來呢？利元雖然這麼想，但沒有說出口，畢竟是個人的喜好。他在腦海裡想了一下行程後說。

「這個月不行。」

凱撒停頓了一下，立刻露出笑容。

「下個月也沒關係。」

「下個月也有困難。」

「那再下一個月……」

「我要去韓國一趟。」

凱撒放下了葡萄酒杯，利元看到杯腳有微微的裂痕，立刻將視線移回凱撒臉上。

「那什麼時候可以？」

雖然聲音很溫柔，但感受得到一股殺氣。利元微笑著回答。

「明天不行嗎？」

那分明是玩笑話，但對方可是開不得玩笑的人，利元明明已經體驗過很多次了，卻沒有記取教訓。

* * *

天一亮，利元理所當然地開始埋首工作。新進來的委託是女兒受到新興宗教迷惑而離家出走，爸媽想要告發教主的案件。利元研究著教主密密麻麻的詐騙行為，努力思考對策，他認為應該先要求詐騙人賠償損害。

重要的是女兒的行蹤，利元想起前天哭喊著說想念女兒的婦人，就覺得心裡不太好受。

首先找找看有沒有類似案例好了。

他正在為了尋找檔案而傷透腦筋時，門外傳來上樓梯的沉悶聲音。他自然地抬起頭來，驚訝地聽到腳步聲越來越近。

不過那只是開始，腳步聲在家門口前停住了，接著門被打開，一群穿著西裝的男人同時闖入利元的家裡。

「啊！」

男人們一進門就立刻把利元抬起來搬離住宅，利元的耳朵上還插著原子筆。

「這是做什麼？還不快把我放下來！你們受到誰的指使？我要把你們都告上法庭！該死……！」

前後左右的鄰居全都跑出來了，不知所措地眼睜睜看利元被綁架。

利元被丟到優雅的轎車後座後，就這樣直接被載到了機場，意外的地點讓他目瞪口呆，不過事情並沒有就此結束，就像被塞進轎車一樣，他又被拉了出來，立刻被送上準備起飛的飛機裡。

「到底是誰……」

利元正準備發火時，突然「啊」的恍然大悟。飛機內，穿著藍色西裝的凱撒，正擺著帥氣的姿勢在喝香檳。把利元當成行李帶來的組織成員全都消失了，飛機內只剩下凱撒和利元。根本不需要有任何疑問，能做出這種事情的人，除了這個男人還有誰？

利元皺眉，挽著手臂低頭瞪著他。

「你這是做什麼？」

聽著利元嚴肅且低沉的聲音，凱撒慢條斯理地說。

「你不是說今天可以嗎？只住一天雖然有點短，但也沒辦法了。」

利元一邊的太陽穴上爆出了青筋。

「你連開玩笑都聽不懂嗎？明明只是隨口說說而已！怎麼可以突然把我拉過來，那我的行程怎麼辦？」

發完脾氣後的利元立刻轉身準備下飛機，可是飛機門已經無聲地關上了，正準備要起飛。

「等等，請等一下！」

利元慌張大喊，空服員靠過來說。

「很抱歉，目前準備起飛，請回座。」

「等等，我不要去，請讓我下飛機，我搭錯飛機了！」

「什麼？」

空服員看到利元用力拍打機門的樣子，慌張得手足無措。

「你會造成別人的困擾，快坐下。」

聽到凱撒平靜的聲音，利元氣得轉過身去。

這都是因為誰？本來想要狠狠地罵他，但凱撒先開口了。

「對了，你找到委託人的女兒在哪裡嗎？聽說在喬治亞。」

利元頓時愣住了，看著他默默無言。這是熟悉的手段。凱撒從容拿起香檳杯，勸阻利元的空服員則是不知所措地看著眼色。

「很快就要起飛了，請回座，麻煩您了。」

聽到她再三的請求，利元沒有辦法，只好坐下。

「竟然又用同樣的手段。」

利元厭倦地說，凱撒露出淺淺一笑。

「每次都很管用。」

利元無話可說，自己倒了香檳，一飲而盡。

＊＊＊

雖然是硬被拖來的，但是真如凱撒所炫耀的那般，別墅的確非常漂亮。從飛機上第一次俯瞰海岸時，利元不禁發出讚嘆聲。他第一次看到如此清澈美麗的海，終於理解他為什麼特地買下這裡。

下飛機，搭了一陣子的車後便抵達了別墅，近看更加漂亮。可能是因為一直都看著強調「一定要大」的俄羅斯建築，利元看到小巧的樣子不禁有點意外，但這種大小反而更適合幽靜的海邊。

說這裡是「小木屋」還是有點大，但比起俄羅斯的大宅邸顯得更精巧別致。別墅的裝潢全都是木製的，走上木製階梯打開門，開闊的客廳最先映入眼簾。

「聽說偶爾會下雨。」

凱撒喃喃說道，利元點點頭。把茶杯放在木桌上，看著無止盡的雨，似乎也別有一番風情。

或者聽著雨聲做愛……

利元突然回過神來，同時感受到浪漫與恐懼。更麻煩的是，當他感覺毛骨悚然的同時，自己也興奮了。

「怎麼了？」

凱撒訝異問道，利元則是回答沒事後便搖搖頭，但在心裡也出現了一股涼意。

原來我也是變態。

他急忙轉移視線，走向二樓，整齊乾淨的臥房、客房和書房，這裡做為放鬆、休息的地方簡直無可挑剔，利元了解凱撒硬是要帶他過來的理由。

從臥房俯瞰，一望無際海灘又是一個絕美的景色，最終利元舉雙手投降了。

「我喜歡。」

聽到利元的話，凱撒低頭看了他一眼，利元看著他再次說。

「我喜歡這個別墅。」

凱撒什麼都沒有說，只是露出淺淺的微笑親吻他。

他們聽著海浪聲代替雨聲來做愛。

「喔……」

利元輕輕呻吟著醒來，四周已經變暗了，他好像倒在床上，做愛後就睡著了。太陽光映照在遠處的水平線上，但他分辨不出來是上升還是下沉。

過了幾個小時呢？他醒來時覺得全身痠痛，看向一旁，凱撒依然熟睡著。

看著他睡著的臉有種微妙的感覺。利元坐起來低頭看著凱薩，但對方依然沒有醒來，他曾經睡得這麼毫無防備嗎？

利元感到陌生，溫柔地撥弄了他的頭髮，凱撒還是沒有醒來。利元只是坐在那裡，發了好一會兒的呆，然後一一撿起衣服穿上。為了讓凱撒睡久一點，躡手躡腳地走出房門。

＊＊＊

這裡連海浪聲都聽起來不太尋常。

利元在心裡想著，明明因為被擅自綁架而對他大發雷霆，卻一來到這裡就和他纏綿。

他在想自己是不是如此經不起誘惑的人，還是真的喜歡跟那傢伙做愛。

當然覺得凱撒有點過度，但事實上他也有所節制。

想到自己不自覺地替凱撒說話，利元急忙改掉想法。

那當然了，如果全部照單全收，我一定會早死。

利元搖搖頭，再次放慢了腳步。海浪規律地湧上又退下，利元赤腳走在潮溼的沙灘上，真的好久沒有像這樣度假了。

最重要的是這裡不冷，久違看到大海也很開心。其實利元也同樣需要休息，畢竟真的發生太多事情了。

如果沒有這樣被硬拉過來的話就好了。

他依稀回想著往事，看到準備從海底升起來的太陽，突然感覺到有人過來的氣息。他轉過頭去，看到凱撒停住了腳步。這一刻切身體會到私人海灘的意義，在那裡除了凱撒和利元之外，沒有任何人。

他和平時的樣子完全不同，永遠端正整齊的淺金色頭髮散亂在額頭上，身上沒有穿著毛皮大衣，而是鬆開扣子的休閒衫和棉褲。

對到視線後，凱撒微微一笑，看到他的臉，利元全部的憤怒一掃而空。為了來到這裡，足足花了六個小時的時間，他只有一天能休息，不想用吵架度過這段寶貴的時間。

而且，自己也確實沒有給這個男人足夠的時間。

隨著小小的反省，利元隨意撥弄被風吹亂的頭髮。

利元的臉頰被日出的光芒染紅，凱撒看著他說。

「你不累嗎？」

利元漫不經心地回答。

「在家也可以睡覺，難得來到新的地方，應該要好好享受。」

輕輕地說完，利元轉過身去，凱撒依然站在原地。利元伸出手來。

「要一起去嗎？雖然只是散步。」

凱撒默默注視著他，安靜地走向他取代回答。當凱撒站到利元的身旁時，利元沒有錯失這個機會，用力掐了他的鼻子。

「你再像這樣擅自綁架，到時候我不會原諒你！」

凱撒皺著眉，捏著疼痛的鼻子，什麼都沒說。

* * *

兩人好一陣子都只是默默地向前散步，規律又安靜的海浪聲填滿了兩人之間的沉默。輕輕握住的手，雖然有點令人在意，但不會討厭。利元靜靜地走著。

「我在韓國的時候也住在島上。」

利元望著遠方的大海說。

「我整天都能聽到海浪聲，一開始來到城市時，我根本睡不著，所以媽媽幫我把海浪聲錄了下來。」

利元的臉上露出淺笑，凱撒只是靜靜地看著他。突如颳起的海風吹亂了利元的頭髮，雖然海風有點強勁，但他根本不介意地望向遠方。

「……你想回去嗎？」

凱撒輕聲地問。

現在的我就在這裡生活。因此利元搖搖頭說「不會」。利元立刻轉移話題問了凱撒。

「你呢？你的媽媽是怎麼樣的人？」

凱撒好一會兒都沒有回答。利元後來才知道他不是在猶豫，而是為了回想才沉默。

「除了是金髮之外，我什麼都想不起來。」

「在你很小的時候過世嗎？」

聽到利元的話，凱撒搖搖頭。

「不是。」

凱撒用跟平時一樣不帶感情的語氣回答。

「我只有見過母親一次，在我很小的時候。」

利元驚訝地眨著眼睛，凱撒依然毫無感覺地說。

「所以不是很清楚是什麼樣的女人。」

他彷彿在談論跟自己完全無關的人，意外的回答讓利元感到不知所措。凱撒在談論自己的事情時從來沒有遲疑，也不覺得丟臉或介意。因為問，所以答，就是這麼簡單。

這個男人到底過著什麼樣的人生？

當他這麼想時，凱撒開口了。

「好奇怪，我從來沒說過這些事情。」

聽著平靜的聲音，利元轉頭抬頭看他。凱撒慢慢地邁著步伐，接著說。

「你每次都會讓我放鬆戒心。」

利元看著微笑的他皺了眉頭。

他會放鬆戒心？

是嗎？當利元回想過去的事情時，凱撒開口了。

「跟你在一起讓我感受心臟跳動。」

凱撒繼續說著，語氣像腳步一樣緩慢。

「至今，我從來沒擁有過這種感覺，就像是變成另一個我……」

凱撒停下腳步，低頭看著利元。

「你有過這種感受嗎？」

問題來得很突然，利元感到慌張，但是凱撒的表情非常認真。利元看著直直凝視自己的銀灰色眼眸，想不到該說什麼才好。利元沒想到會聽到這種告白，同時也覺得很無奈，這個男人竟然可以面不改色地說出甜言蜜語，明明連道歉都很難說出口，卻能輕易地將這種話脫口而出。但是利元想不出可以指責他的話語，他只是一言不發地看著凱撒，望著他晃動的眼神，利元訝異地從裡頭讀到了他的不安、焦慮、慌張、莫名的恐懼等各種情感。

「我想知道更多關於你的事情。」

利元低喃。

「我們依然不太了解對方。」

凝望著利元的凱撒說。

「你的眼睛就像深淵。」

凱撒瞇起雙眼。

「會讓我有深深陷入的感覺……」

聽到呢喃般的話語，利元沒有回答，只是嘆了一口氣。

「我可以吻你嗎？」

凱撒聽到時愣了一下，難以置信地眨眼。利元伸出手臂溫柔地摟上他的脖子，慢慢地將他拉近自己，利元閉上眼睛，忍不住發出甜蜜的嘆息。利元知道那是自己的呼吸聲，他沒有刻意壓抑，雙脣溫柔地相接。

凱撒閉上眼睛，接受了吻，肌膚間親密的吸吮和輕輕相觸的氣息，溫柔的吻像在撫慰著內心深處，讓他很想再多品嘗一點。凱撒不想要安慰，他想要更多其他的。

當他想要撬開唇瓣舔拭對方嘴裡時，利元突然把身體移開了。出乎意料的抽身讓凱撒愣了一下，利元靜靜地看著他，露出苦笑。

「不要誤會，是因為太陽升起我才吻你。」

利元不慌不忙地補充。

「在韓國，一起看日出的時候會接吻。」

「什麼？」

凱撒皺了眉頭，像在說「從來沒有聽過那種蠢話」般。

他果然沒有上當，但是利元還是假裝不知情地微笑著。

「下次你來練習說對不起吧。」

凱撒的臉變得扭曲，利元笑著再次吻他。

「我們以後也一直在一起。」

聽到甜蜜的低語，凱撒沒有回答，他只是歪著頭溫柔微笑，無言交疊的嘴唇讓利元閉上了眼睛。

——〈Secret Rose〉完

——《薔薇與親吻：薔薇與香檳外傳》完

——《薔薇與香檳》全系列完

高寶書版集團
gobooks.com.tw

CRS048
薔薇與親吻：薔薇與香檳外傳
장미와 키스

作　　者　ZIG
譯　　者　葛增娜
封面繪圖　鍋煮
編　　輯　林欣潔
美術編輯　林鈞儀
排　　版　彭立瑋
企　　劃　李欣霓

發 行 人　朱凱蕾
出　　版　朧月書版股份有限公司
　　　　　Hazy Moon Publishing Co., Ltd.
地　　址　臺北市內湖區洲子街 88 號 3 樓
網　　址　www.gobooks.com.tw
電　　話　(02) 27992788
電　　郵　readers@gobooks.com.tw（讀者服務部）
傳　　真　出版部　(02) 27990909　行銷部 (02) 27993088
郵政劃撥　19394552
戶　　名　英屬維京群島商高寶國際有限公司臺灣分公司
發　　行　英屬維京群島商高寶國際有限公司臺灣分公司 / Printed in Taiwan
　　　　　Global Group Holdings, Ltd.
法律顧問　永然聯合法律事務所
初版日期　2024 年 6 月

國家圖書館出版品預行編目 (CIP) 資料

薔薇與親吻：薔薇與香檳外傳 / ZIG 著；葛增娜譯 . -- 初版 .
-- 臺北市：朧月書版股份有限公司出版：英屬維京群島商高寶國際有限公司台灣分公司發行 , 2024.06
面；　公分 . --

譯自：장미와 키스

ISBN 978-626-7362-70-9 (平裝)

862.57　　　　113005377